感受陕西关中历史文化的无穷魅力……
抒写黄土塬上厚重浓烈的乡土情怀……

董卓武◎著

云空山传奇

YUNKONGSHAN
CHUANQI

陕西新华出版传媒集团
太白文艺出版社

图书在版编目（CIP）数据

蕴空山传奇 / 董卓武著. -- 2版. -- 西安：太白
文艺出版社, 2017.9（2022.3重印）
ISBN 978-7-5513-1259-2

Ⅰ. ①蕴… Ⅱ. ①董… Ⅲ. ①长篇小说－中国－当代
Ⅳ. ①I247.5

中国版本图书馆CIP数据核字(2017)第186104号

蕴空山传奇
QUNKONGSHAN CHUANQI

作　　者	董卓武
责任编辑	史　婷　汤　阳
整体设计	前程设计
出版发行	陕西新华出版传媒集团
	太白文艺出版社
经　　销	新华书店
印　　刷	三河市腾飞印务有限公司
开　　本	787mm×1092mm　1/16
字　　数	242千字
印　　张	15
版　　次	2016年12月第1版
	2017年9月第2版
印　　次	2022年3月第2次印刷
书　　号	ISBN 978-7-5513-1259-2
定　　价	52.00元

让历史和故事变成今天的文化食粮

——写在长篇小说《蕴空山传奇》前面

关中东府的华州是一片传奇热土，历史上，这里发生过很多传奇的往事，蕴空山悬棺的故事就是其中一个。

蕴空山是秦岭山脉在华州境内的一座山峰。有民间传说，在明末清初时期，明朝最后一位皇帝崇祯的四子朱慈烺国破外逃，几经辗转，最终来到了秦岭北麓的华州南塬上。当时的华州南塬，是乱世之中一个贫穷而荒僻的地方，几乎与外界隔绝，而且民风淳朴，这样的条件正好适宜朱慈烺隐居。朱慈烺在南塬上安顿下来以后，秘密联络明朝旧部人马，干下了一件惊天动地的大事——反清廷，复大明。在这期间，他领导的反清抗争活动取得了一些胜利，但随着清政府统治力量的逐渐强大，复明的愿望最终成为泡影。若干年后，朱慈烺抛却心中的国仇家恨，来到秦岭北麓的蕴空山削发为僧，遁入空门。在他圆寂的那一刻，他终于明白了，世间万事都不过是一场蕴含空意的梦，既无可争，也无可恋，他嘱托弟子把自己的尸枢悬空而葬，四周不着泥土，寓意一切蕴空。从那以后，蕴空山悬棺作为华州南塬上的一个旷世奇观，受到了当地群众的保护，一直传存数百年至今。其间，有人甚至说，蕴空山悬棺是整个黄河流域唯一的一座悬棺，此说有待考证。

依据以上这些传说故事，从小在南塬上生活和成长的华州籍作者董卓武同志创作出了长篇小说《蕴空山传奇》。《蕴空山传奇》是一部华州地域特色非常浓郁的文学作品。一是小说题材全部来自于华州，除了主线索是蕴空山悬棺的秘密之外，中间还穿插有华州大地震的史实以及在华州流传已久的关于"闯王刀"的轶事等。这些历史事件和传说故事都发生在华州，是华州一定时期的历史符号。作者把这些历史符号有机串联在一起，既增加了小说的故事性和可读性，又使华州的历史往事一下子生动和鲜活了起来。二是小说中无论是人物的刻画、环境的描写，还是语言的运用以及风俗习惯的介绍等，都立足于华州的传统和文化背景，使读者在阅读故事的同时，仿佛在面前展开了一幅华州历史文化和风土人情的画卷。基于以上两点，读《蕴空山传奇》最强烈的感觉，就是熟悉、亲切！我体会到，这也是作者通过《蕴空山传奇》这部长篇小说展示华州和宣传华州的用心之处。可以说，《蕴空山传奇》是近年来唯一一部华州人写的、全部是反映华州历史故事和风土人情的、专门给华州人看的华州人自己的长篇小说。

虽然没有史料明确记载，但依据华州南塬的地理位置和自然条件来看，在生产力落后的封建社会，南塬地区应该是一个偏僻落后、贫瘠荒凉的地方。但也正是这种生产生活条件恶劣的原因，才造就了华州南塬人民自古以来就有的勤劳朴实、勇敢坚强的秉性和本色。他们在这片土地上辛勤耕耘，顽强生息，养育了一代又一代的华州南塬人，一直传承到今天。《蕴空山传奇》中，作者通过对朱慈娘和众多人物事件的描写，尤其是朱慈娘最后悬棺南山、不沾清土的气节，实际上是对南塬人民那种顽强坚忍、不屈不挠精神的礼赞。我同意作者这个观点。

蕴空山的传说故事在华州尤其是南塬一带影响巨大，几乎人人皆知，村村有传。到现在，蕴空山悬棺已经是华州和关中地区一个重要的人文景点，每年都吸引着很多群众上山朝拜或者参观游览。随着渭南市和华州区"十三五"各项规划的实施，小说《蕴空山传奇》的出版发行，必将对下一步华州南塬乃至整个华州地区的新农村建设和经济、文化、旅游事业的发展起到一个很好的促进和带动作用。讲述华州的故事，让华州的历史和故事变成今天有益的文化食粮，长篇小说《蕴空山传奇》在这方面做了很好的尝试，并取得了可喜的成功。在此，我谨向作者表示祝贺！作者作为一个土生土长的华州人，通过讲述家乡的故事，字里行间也表达出了对家乡无限的热爱之情，赤子之心拳拳可鉴！希望作者再接再厉，继续关注家乡的发展，创作出更好更多的新作品。

中共华州区委常委、宣传部长

2016 年 6 月 6 日

目录

引子

我是塬上的娃,讲一个塬上的故事。塬上的故事,讲给塬上人听,因为,只有他们喜欢听,也只有他们能听得懂。

我是一个塬上的娃,同时,我还是一个塬上的精灵。我这个精灵能穿越塬上的历史,洞悉塬上的过去和未来,能与塬上的山川河流、兽鸟花木进行对话,还能与塬上那些众多的已经远逝的先人们的魂灵息息相通。

当然了,我只是讲一个故事,用不着运用我精灵一面的那些超级能力,只是略微地把其他人看不到和不知道的那些事情讲出来,以便使我这个故事看起来通顺、圆满。飞翔一下,穿越一下,在故事和现实之间变换一下,仅此而已。你们可以怀疑,但完全不用奇怪!

有一个塬上长大的小伙子,他已经骨骼长全,血肉充沛,在他略有羞怯、懵懂未经之际,我给他穿上衣服,把他推到了众人面前。这个小伙子,就是下面我要讲述的故事。

故事本身并不重要,重要的是一种情怀!

第一章　来到东府南塬上的神秘人

公元 1977 年,或许还应该更早一两年,或者是再晚一两年。

这年夏天的一个晚上,东府南塬遭遇了一次百年不遇的大暴雨。电光在西边的天上不停地炸响,每一下都把雨雾笼罩的南塬照得透亮。南塬是靠近秦岭的一个塬台区,地理位置比较高,按说不应该担心下暴雨会带来洪涝之类的灾害,但在盆倾缸泼一般的雨声之中,南塬上的人们没有人能睡得着觉。人们待在屋子里,睡不着觉,也不敢外出,一个个都提心吊胆,仿佛全都知道在这个不平常的暴风雨之夜南塬要发生不平常的事情。

好不容易等到天亮,人们打开家门。暴雨停了,南塬迎接他们的是一个太阳红彤彤的艳阳天。

龙首堡的人也从家里走出来,他们被一种声音吸引,纷纷向堡子的东边聚拢,声音是从堡子的东坡下面传来的。在龙首堡东坡下面,往常是涓涓细流的小河里,这时早已是大水翻滚、涛声怒号,龙首堡人听到的声音就是河水的怒号声。河水的怒号声盖过了牛羊要吃早饭的叫声,也淹没了空中飞鸟抓住虫子后得意的唱鸣声,人们之间的相互问候都要大声喊出来才能听得到。

人们说,河里发大水了。

河只是一条时断时续的季节性小河,连名字也没有。人们往河里看,往日窄浅的河道早已不见了痕迹,混浊的河水漫过了低矮的堤坝,冲刷着两边的土地,时不时地就会有一大块泥土"轰"的一声倒塌进翻滚的河水里不见了踪影。往日驯服的小溪流,此时变成了一头狂猛的野兽,泥沙俱下,杂物横流,肆无忌惮地向下游奔腾而去。

突然,围观在城堡边上的人们看见堡子里的老四和三娃两个人跑下东坡,直向河边而去。原来,汹涌奔腾的河水里有很多从上游冲刷下来的漂浮物,一个大南瓜翻滚着下来了,一堆带着藤蔓的红薯下来了,一棵完整的带根带叶的白杨树下来了,更惊心动魄的是一只小山羊在水里"咩、咩"叫着也下来了。小山羊被混浊的河水裹挟着,一会儿在河水里隐没,一会儿又冒出头,冒出头的时候,小山羊就赶紧发出一两声无助绝望的哀叫。

老四和三娃来到河边,追着漂浮在河水里的东西跑,稍有机会,他们就拿出耍杂技的本领,试图把那些东西从水里捞起来。但试了几次,都没有成功,还差点儿把自己掉进河水里。城堡边上又下去了几个男人,他们和老四、三娃一起围着河边打转,不时地高声大喊,听不见声音就互相打着手势,比画着怎么与河水来一场争夺战。

这时,正好那棵白杨树被冲到岸边卡住了,几个人便追上去齐心合力把长长的白杨树从河水里拽了上来。抓住白杨树的时候,小山羊也正好冲到了跟前,老四和三娃他们就利用白杨树在水里把小山羊拦住,小山羊也捞上来了,站在上面城堡边看热闹的人便是一阵喊叫和掌声。

看河水里有东西捞,龙首堡边上聚集观看的人便越来越多,有小孩子忍不住想下到河边凑热闹的,都被大人喝住了。雨后的河边土松地软,大水一冲,说不定哪块就会塌下去,小孩子没深没浅的,跑到河边万一掉到那水里可不是闹着玩的。

暴雨过后在河水里捞东西,这也是南塬上的一景。

天上出现了彩虹。五颜六色的彩虹桥,一头接着南塬上的土地,一头搭在高高的秦岭之巅,南塬上所有的村庄、房屋和人群都被装进巨大的彩虹桥之中,如诗如画,蔚为仙境。

一晌午快过去了,太阳热了,河水里的东西也渐渐地少了,老四、三娃和河边的男人们也准备从河边撤退。他们一晌午捞的最多的,就是各种庄稼,除了南瓜、红薯,还有很多连秆的玉米、长到半高的棉花秆、缠绕在一起的豆子蔓等,这些庄稼整整堆了一堆,一看就知道上游有很多正在生长庄稼的土地被这场大暴雨给毁了。

天空中的彩虹消失之后,突然有人惊呼,蕴空山上的古塔不见了。

蕴空山是秦岭北麓一座高高的山,端端正正耸立在南塬之南。很久以前,山上就有一座古塔,古塔无名无姓,孤零零但顽强地矗立在蕴空山的半山腰,整个南塬上的人都能看得到,是南塬上最醒目的一个标志物。

听到惊呼,人群抬头向蕴空山方向一望,果然,原来古塔站立的地方已经空了。空得非常扎眼,空得非常不习惯,空得使人们怀疑是不是自己站错了地方,或者是蕴空山换了另外一座山。

这座古塔我知道。我说过我就是塬上的娃,塬上的事我都知道。我从小时候就是看着那座古塔长大的,每天都要看,因为只要抬眼就能看到。南塬上的人每个人也都要看,天天看,它就好像是南塬上的魂。

古塔不见了,南塬上的魂没有了。

龙首堡和其他村的人们疯了一样四处打探,想知道到底发生了什么。很多人还跑到倒掉的古塔跟前去察看,但从到现场看过的人传来的消息说,看不到任何线索,找不到任何原因,那古塔就是倒了。

南塬上的人一时心里莫名发慌。

或许是大暴雨把古塔冲倒了吧,有一些人在心里自己安慰自己。

但有一个消息却在少部分人中间悄悄流传:蕴空山上有一个悬棺墓,悬棺墓就在那座古塔底下,有人在偷偷地寻找悬棺墓。

蕴空山悬棺!

蕴空山悬棺是南塬上的一个谜。

蕴空山悬棺是南塬上的一个谜,要揭开这个谜,得往前推三百多年,从三百多年前关中的白菜心西安城开始讲起。在这里要用一下下我精灵的超能力,这样我才能带你们看到几百年前的西安城在发生着什么。

三百多年前,也就是公元 1645 年,这时候是明末清初时期。农历正月的一天，还沉浸在过年气氛中的古城西安陷入一片混乱。

透过历史遥远的阻隔，我看见城内到处是李自成的大顺军队伍，他们一整天都在集结队伍，收拾行装。

从北京一路败退下来后，李自成和他的大顺军本想着到了陕西可以扎住脚跟，这里毕竟是大顺军的故乡和根据地。但是，清廷多铎和阿济格的军队如咬着尾巴的虎狼，紧紧跟在大顺军的后面，分别从榆林和潼关两个方向向西安急杀而来，一点儿不容李自成和大顺军有喘息的机会。

山海关和吴三桂一战，眼看着就要取得胜利的李自成和他的大顺军，突然受到清廷军队从背后的猛烈偷袭。李自成事先对吴三桂降清和清军入关的情况毫无所知，加之军队此前已连日作战，疲惫耗损严重，虽然拼命搏战，最终还是抵挡不住清军和吴三桂前后的凶猛夹击，仓皇败退。撤回北京城后，李自成在武英殿草草举行了称帝仪式，第二天就急忙撤离北京，率军西行归陕。

清廷在李自成前脚撤出的同时，他们后脚就进入了北京城，并且马上宣布清廷迁都于北京。这样，以山海关吴三桂献关降清为转折点，中国社会进入了一个新的历史时期。

清政府在北京安顿下来以后，摄政王多尔衮就打着为明复仇的旗号，派出英亲王阿济格和豫亲王多铎兵分两路南下征讨李自成。两路大军经直隶，过山西，从陕北的榆林、延安和潼关两个方向直逼西安而来。李自成先是赶到潼关亲自布防，意图同多铎在潼关决一死战，守住陕西。但阿济格的北路大军在榆林只留下少部分兵力，牵制大顺军守城的李过和高一功，阿济格本人则亲率主力攻克延安后直接南下，兵临西安指日可待。

听到消息，李自成感到战守潼关已无意义，急忙又从潼关匆匆赶回西安。经过与谋士和大将们紧急商讨，李自成决定避开清军锋芒，率军撤出陕西向湖北陕西交界的方向转移，到那里先把大顺军的实力保存起来，择机再图东山再起。

傍晚时分，一声令下，大顺军队浩浩荡荡出西安城往东南方向蓝田境内的秦岭山口而去。一会儿是装载齐整的车马辎重和军械粮草，一会儿是全副武装、威严肃整的大顺将士，几位骑着高头大马的大顺军将领，警觉地在队伍前后不停地来回巡察。夜幕降临了,队伍中点起了依稀的火把,在火把隐隐约约的照耀下,井然而行的大顺军队伍犹如黑夜中潜行的一条巨蛇,悄然无声而又暗藏杀机。

半夜子时,老营人马开始出城。大顺军的老营由李自成的夫人高桂英和他们的义子李双喜率领,是大顺军的后勤保障部队,保管着大顺军的钱粮财物,一些老人妇女和孩童也跟在老营的队伍里。从北京城西撤的时候,老营的车队里突然增加了二百多辆神秘的大车。这二百多辆神秘的大车都装载得整整齐齐,包裹得严严密密,并且有专人看管,一路上从没打开过,也不许外人靠近,显然和其他的辎重车辆有所不同。少年将军李双喜主要负责这二百多辆车的看管和指挥。

城里燃起了几处大火,火光映红了西安城的天空。高桂英的车走在前面,中间是长长的车队,李双喜带着几个将领紧跟在车队后面。这么庞大的队伍,全凭了将士的忠心耿耿和训练有素,才保证了行军路上井井有条、忙而不乱的秩序。忽然,车队中有一辆大车陷进了路边的沟里,李双喜带着几个将领急忙上前,一齐帮着把那辆大车推了出来。

就在这当口,车队后面有一辆单驾马车悄悄地离开队伍,拐进了旁边的一条岔道,隐匿在夜晚的黑暗之中。李双喜和几个将领没有发现这一悄然的变故,继续指挥大军一路而去。

这辆单驾马车离开了大顺军的队伍之后,慌乱之中不分南北东西,见路就走。开始还是马蹄轻掩、车轮无声,悄悄地行了一阵之后,估摸着离大顺军已有了一段距离,便渐渐放开了马蹄,快马加鞭,驱车狂奔,仿佛是从地狱里往外逃命一般。

精灵的我知道,这确实是两个逃命的人。这大半年时间以来,天地动荡,生死变幻,他们的命运先是从天上跌到地上,又从地上跌进地狱,接着又从地狱里弹起来又跌进地狱里的地下室。在突然变故和悲惨现实的无情打击下,这两个人就是有八条命怕是都折腾得差不多了,这会儿他们就像无头的苍蝇、被打蒙的羔羊,已经不是他们在逃命,而是命在逃他们,连我看见了都替他们难过,惶恐。

马车在夜色中狂奔,周围的物影黑漆漆地从身边掠过。经过了正在萌发新芽的灞桥垂柳,经过了烽火戏诸侯的骊山,经过了刘邦会项羽的鸿门,在夜色和慌乱中他们全然不知。一口气稀里糊涂地跑了大约几个时辰,看着四周不再有什么动静,车夫才慢慢放松了手里紧绷的缰绳,让跑得直喘粗气的马慢了一点儿脚步。

坐在车里的人感觉到车子慢了下来,一个中年男人撩开车窗上的布帘探出头来,压着声音对车夫问:"老哥,我们到哪儿了?"

赶车的车夫环顾了一下四周,说:"不知道这是哪里,好像是西安城的东边。"

问话的中年男人通过车窗往外看了看,一脸茫然。这时天色开始发亮,但路上还看不见一个行人。

走到一个十字路口,有几家小店孤零零竖在路边。车夫把马车轻声吁停,从车上下来活动了几下僵硬的身体,刚才问话的中年男人也从车厢里跨了出来。这个中年人看上去约有四十多年纪,身材修长,面容白皙,但一脸倦容。他下来以后,往周围看了看,然后回身又从车里搀扶出一个约有十一二岁的男孩。

这个男孩头发散乱,满脸泪痕,神情慌乱,虽然身上穿的衣服已经长短不整,脏破不堪,但仍能看出是一身富贵人家的穿着。男孩子下得车来,摇摇晃晃,几乎站立不住,只好倚靠在中年男人的身上。

三个人茫然看着身边这陌生的一切,不知道这儿到底是什么地方,也不知道下一步该往哪里去。

忽然,大概是听到了外面的动静,路边一家小店的门"吱扭"一声打开了,一个人探出了半边身子往这边张望。

车夫赶紧跑过去,边跑边"老乡老乡"地叫。那个人摸不着头脑有点儿害怕,倏地把身子缩进去就要关门。车夫赶忙跑到跟前把门抵住,好话央求,说是走迷了想打听个路。

那人将信将疑地听车夫说了一会儿,才略微放下心来。他告诉车夫,目前站脚的这个地方是西安城东边的华州一个叫赤水的小镇,往前走是潼关,往北走是渭河滩,往南走是秦岭山区。

潼关!别的没听明白,和男孩站在一起的中年男人听到"潼关"两个字浑身一激灵。他马上明白了,他们是从西安黑灯瞎火地跑上了西安到潼关的官道,现在已经到了华州的地界,再往前面走马上就到潼关了。

潼关,那地方可不能去!中年男人知道,李自成之所以从西安撤退,就是因为清军已经打到了潼关。如果再往潼关方向走,不是撞上后退回来的大顺军,就是被追杀而来的清军逮个正着。

不能往前走了,不能往前走了!中年男人马上把车夫叫到跟前,把这个情况告诉了车夫。

车夫抬头看了看渐渐放亮的天色,说:"我要过渭河回老家去,你们也自寻出路吧,咱们两不相干。"

中年男人回头看了看那个男孩,转过来对车夫说:"谢谢老哥了,你走你的吧,我和孩子先进秦岭山中躲一躲。"

车夫也不再啰唆,只给中年男人叮咛了一句:"咱们就此别过,你看好那个可怜的娃娃!"说完便跳上车,掉转马头向渭河滩方向疾驰而去。

中年男人向店家讨了两碗水,让自己和男孩咕咚咕咚喝完,又问了问一些当地的路况,便把自己那简单的包裹往身后一背,牵起茫然无措的男孩沿着向南的一条道路往秦岭山方向而去,留下那个说了半天话的店家一头雾水,不知道这到底是些什么人。

就这样,关中东府的南塬上来了一位神秘、传奇的人物。

第二章　关中自古天府国

精灵的我可以飞翔,可以把自己飞得很高,由此我看到了很多只有从高处才能领略的风光——譬如,我的秦岭!

从高处往下看,我的秦岭横亘在中国版图的中心,东西走向,连绵起伏,犹如巨龙。真是雄伟壮丽啊! 我心里忍不住惊叹。我知道在教科书上,秦岭是中国地理的南北分界线和长江黄河的分水岭。多么牛的一座山!

我大言不惭地说秦岭是我的,不是我脸皮厚,是因为我从心里爱它。我的家就在秦岭脚下,我的塬也在秦岭脚下,有秦岭才有了我塬上的家园。

当然了,会有很多人和我想的一样。

我诗兴大发,即兴作《大道秦岭》诗一首,赞云:"终南万里,长岭曰秦;雄踞中央,横断南北。万峰朝上,仰承高天;八荒落下,直指地远。屏障关中,廊走东西;绿色巨龙,铁骨脊梁。金戈铁马,周秦汉唐;白云渺渺,揽尽云华。紫气东来,迤逦八百;集聚阴阳,接合南北。丛林密纵,洞天云深;人文圣地,生命乐园。万物相谐,人天一共;千年万化,道法自然。载日载月,开示明来;天下中南,大道秦岭。"

秦岭之南,是秀丽的巴山蜀水,而在它的北坡,则是富庶的八百里关中平原。东起函谷关,西至大散关,北从萧关,南到武关,四关之内,名为关中。依偎秦岭的北坡,渭河穿流关中而过,它汇聚了从南面秦岭中流出来的一条条山溪河流,又接收了从北面黄土高原上奔流而下的雨水,浩浩荡荡,至潼关并入黄河。

关中自古帝王都,关中记载着中国历史的盛世和辉煌,而这些盛世和辉煌全都与秦岭和渭河有着紧密的联系。一山一河,护佑了关中,滋养了关中,也成就了关中。

有秦岭山脉的屏障,又有渭河水的浇灌,得天独厚的关中平原史称"天府之国"。

现在人们称"天府之国",一般是指四川或成都平原,殊不知最早的"天府之国"是指关中一带。《前汉书》第四十卷记载,张良建议刘邦定都关中时说:"夫关中左崤函,右陇蜀,沃野千里,……此所谓金城千里,天府之国。"这个时候,关中就被称为"天府之国"。成都平原被称为"天府"约在公元208年,诸葛亮所作的《隆中对》提到蜀地是"天府之土",比关中称"天府"晚了五百多年。而把四川称作"天府之国"最早见于陈子昂所写的文章中,陈子昂属初唐时人,此时已比关中称"天府之国"晚了八百多年。

关中称为"天府"一直被流传了下来。现在在关中,以西安为中心,东边的地区被称为"东府",西边的地区被称为"西府"。这应该是关中被称为"天府之国"在民间留下来的最活生生的例证。

如果按字面意思来想象,"府"应该是一个高贵人家的住所,应该被精心装饰,而且还应该有高阔的门庭和严密的围墙来显示它的难以逾越和不可接近。但实际上关中的"东府"也好,"西府"也好,指的是一片广大的地方,是一个地域概念,包括山川河流,庄稼草木,农户村庄,道路阡陌,既不为哪一户人家所独有,也没有门庭和围墙相阻隔。

这是一个多么奇特的"府"啊,但这就是关中人的"府",是所有关中人的"府上"!

古人说的"天府",应该是指天下最美好的地方。后来,"府"虽然也被用作行政区划,但它美好的寓意被一直沿用下来。在关中,称一声"东府"或"西府",那种历史的深邃感和自豪感油然而生,瞬间便使这一片土地变得高贵、优雅和富足!当然了,"东府""西府"的名字只有住在府内的关中人才这么叫,算是昵称或者爱称,各种地理地名出版物上没有这个名字,外人也一时很难弄清楚这"东府"或"西府"究竟为何府,但是,关中人就爱这么叫,也会永远这么叫下去。

有历史就是这么任性！

在东府的秦岭北麓一带，由于秦岭长年流出的雨水冲刷，从南往北形成了很多宽窄不一的沟沟壑壑，沟壑两边高出的台地就叫塬。从秦岭北坡开始，先是小塬，再是大塬，塬塬相连，层叠而下，向北面一直延伸到西潼古道的边上，形成突兀的塬台区，与渭河两岸的平原高低相对。

当地人把高高的塬区叫南塬。

龙首塬是南塬上靠近秦岭的一个小塬。这个小塬从秦岭的豆瓣岭下来，正好像一条下山的长龙，横卧在南塬中央。塬头恰似昂起的龙首，所以，这个小塬叫龙首塬。

在龙首塬塬头的位置有一个村子叫龙首堡。

夏天的一个晌午，大人们都下地干活去了，平平、小军、宝良三个孩子打着闹着从龙首堡出来，身后跟着小军养的大黄狗。平平和宝良今年十一岁，小军十二岁，三个人在同一个学校上学，家都住在龙首堡。从穿着上看，这是三个普通的农家孩子，大概是从哥哥或姐姐身上穿过轮到他们身上的，三个人的衣服都不是很合身，有的宽大，有的紧小，但能看出来都是农家自己做的衣服，尤其是三个人脚上穿着的圆口黑布鞋。这种布鞋的鞋底是用废旧的布片浆裱晒干后一层一层叠起来，再用粗麻绳一针一针把它们纳在一起，所以叫"千层底"。纳千层底的时候每纳一下都要把麻绳缠到手腕上用力拽三拽，以保证鞋底的结实、坚硬，这样在农村的土路上才耐穿，才能走更远的路。这三个孩子平时的关系非常要好，上学的时候一块儿去，下学了也是一起回，放羊打草也是你叫我我等你，用农村人的话说是红萝卜不择把，用城里人的话说是形影不离。

平平、小军和宝良对我来说，是再熟悉不过的人物，他们就是我小时候的影子。小时候的我和他们生活在同样的环境，接受同样的教育，也有着同样的情感。所以，在故事中我会和他们一路同行。讲述他们的故事，也就是在讲述我的故事。

平平、小军、宝良和我代表着塬上的一代人。现实中,我们这一代人在塬上长大,塬上的粮食、水、空气、精神把我们喂养到羽翼丰满的时候才彼此分开,各奔前程。有的人继续留在塬上,有的人则从塬上出发,去闯荡世界了。但南塬是我们的根,是我们中间看不见的一根线,南塬永远把我们联结在一起。

现在,现实中的我已经成年,而平平、小军和宝良三个孩子还停留在当年,停留在我的故事当中。我讲述三个孩子的生活和故事,是对自己的回忆,也是对以往岁月的纪念。回忆南塬,回忆那过去的岁月,往事历历在目,仿佛就在昨天——我是不是老了?这么爱回忆的!

前两天学校刚放了暑假,这个时候正是他们上房揭瓦、翻天闹地的时候。

"哎,你们去不去马河?"刚走出村子,小军问平平和宝良。小军长着一副浓眉毛,方脸庞,两只眼睛大而有神,虽然只比他两个大了一岁,但显然是个娃娃头。

"马河,有多远啊,那儿是不是有很多马?"平平好奇地问。平平是一个瘦高个,有着一张秀气的脸,笑起来两只眼睛会眯成一条缝。

宝良跟着说:"我听说过马河,可它离咱龙首堡太远了吧!"宝良是个小胖子,圆圆的脑袋上留着一个盖盖头,小胖脸上永远是洗不干净的样子,不是沾有灰土,就是有出汗后用手抹来抹去留下来的印痕。想到去马河路有点儿远,宝良不太愿意去。

这东府的南塬区,从东往西依次是金辉塬、大明塬、高唐塬和崇宁塬,塬和塬之间以宽窄不一的川道相连接。龙首塬在高唐塬上,而孩子们说的马河则在清明山下的大明塬上,离龙首堡大约有十多里地呢。那里有一个村子叫马场村,村旁边有一条河就叫马河。

小军说:"我姑家在马场村,前两天我姑来我家说,有人在马河里挖出了一件老古董,说是什么明清时期的东西,值钱得很,吸引了好多人都到马河里寻宝呢,咱们也去寻去!"

平平和宝良瞪大了眼睛:"真的啊?"

"我姑说的还能有假？"小军说。"那里还有马，马河也很宽、很大，河里有很多鱼，寻不到宝就当咱们浪一圈！"

宝良一听，便不再反对，和平平异口同声说要去。

秦岭北麓有七十二条峪，峪峪神奇。在东部这一带有两条重要的山峪，一条叫涧峪，一条叫乔峪。从这两条峪道中涌出的秦岭溪水，形成了东府南塬上两条最大的河流。《山海经》和《水经注》对这两处水流都有详细记载。

在《山海经》中，涧峪河称为灌水。在《水经注》中涧峪河称为小赤水，它旁边的箭峪河称为大赤水。涧峪河与箭峪河在下游圣山武家堡汇合，形成现在的赤水河。《山海经》中说，灌水中有硫黄和赤土，将这种水涂洒在牛马的身上就能使牛马健壮不生病。硫黄和赤土使灌水颜色发黄，赤水河便由此而得名。

乔峪山在《山海经》中称为符禺山。《山海经》中说，符禺水从这座山发源，然后向北流入渭河。《水经注》中，符禺水又称招水，它的下游称遇仙河。由于东汉时得道成仙的道士王乔在乔峪中隐居，后人又称这里为王乔谷，后又演变为乔谷、乔峪，也有人叫桥峪。

涧峪河和乔峪河，一个西，一个东，浇灌了整个东府的南塬。涧峪河是高唐塬上的一条河流，在龙首塬的西边，龙首塬上的人就称涧峪河为西河。而乔峪河在大明塬上，因为它旁边的村子叫马场村，远近的人就把它叫马河。龙首塬在两条河的中间，但更靠近西河，孩子们的学校也在西河边上，所以，他们对西河比较熟悉，而马河却相对遥远而陌生。

在好奇心的引导下，平平、小军和宝良三个人决定今天去马河寻宝。

暑假是农村孩子的天堂。庄稼地里苞谷长高了，保不准哪一块儿地里藏着兔子和野鸡。野草、树木也正茂盛，折一根树枝窝成一圈戴在头上，和伙伴们在草丛中捉迷藏，一玩就不知道了时间。可以下河游泳摸鱼捉螃蟹了，可以进山采野果了，也可以下沟上梁爬树撵狗满世界疯了野了。

蓝天白云的暑假里，是塬上孩子们一年四季成长最快的季节，仿佛风一吹，你就能听见孩子身体中"嘎嘣嘎嘣"拔节长高的声音。

平平、小军和宝良从龙首堡出来，一路上是无穷无尽的苞谷地。狗儿大黄一会儿前一会儿后，好像没有出过远门一样，兴奋得不亦乐乎。这东府南塬一带,有大秦岭的护佑,一年四季基本上是风调雨顺,即便遇到天旱的年份,也可以掘引各条峪道的河水浇灌田地,以保收成。塬上最主要的庄稼是小麦和苞谷,夏季的时候,麦浪滚滚,金黄一片;秋天,一片一片的苞谷林,无边无际,像涌动的绿色林海。

现在虽然还没有到秋天,但正是苞谷生长的时节,一片一片的田地里都已经是齐刷刷半人高的苞谷林,平平、小军和宝良带着大黄就在这绿色的苞谷林海中穿行。他们不知道到马河到底有多远,只是顺着往东的路一直在苞谷地里往前走,遇到村庄过村庄,遇到河沟翻河沟。离开龙首堡这么远,对他们来说已经相当于是一次探险之旅了。

也不知道走了多远,平平、小军和宝良他们来到一个陌生的村子。忽然,谁也没发现,一只硕大凶恶的黑狗从村口扑过来。说它硕大是因为孩子们从来没见过这么大的狗,和大黄比起来真是太大了,和小牛犊一样高。三个孩子一下子被吓住了,站在原地一动不敢动。孩子们知道,这个时候不要乱跑是最上策,你一跑肯定就成了黑狗的目标。大黄也显然没有任何准备,一看大黑狗来势凶猛,它倒是没有乖乖地站住,但也没有勇敢地冲上去,而是非常丢人地掉头就往回跑,一边跑一边还夹着尾巴吱吱哀叫。大黑狗绕过孩子们径直向大黄杀去,大黄哪敢怠慢,朝着回家的方向一路遁去。追了一阵,看着把大黄赶出了自己的地盘,大黑狗也不再恋战,转过头"呼哧呼哧"地回到它原来待着的墙根继续卧下了。

孩子们一看黑狗的目标并不是他们,才放下了提到半空中的心,然后大着胆子小心翼翼地从大黑狗身旁经过。回过头叫大黄时,大黄显然是被黑狗吓破了胆,只是站在远处看着他们,死活不肯再往前走一步。这让小军在伙伴们面前非常丢脸,小军老夸他的大黄多么多么厉害,这一回显然是把链子掉到家了。又叫了一会儿,大黄还是没有跟过来的意思,看来它是过不了黑狗这一关了。

小军面子上挂不住,一生气说:"不要它了,咱们走。"

平平不放心地说:"那大黄会不会丢啊?"

宝良回答说:"不会,狗认路,大黄自己会跑回家的。"一副与己无关、没心没肺的样子。小军和平平也没有办法,只好依依不舍地抛下大黄继续赶路。

边走边问,他们终于来到了马河。马河宽宽的,跟西河差不多,就是河里的水比西河的水要大得多。三个孩子站在河边,河上河下地望了一遍,连一个人影影都看不到。平平和宝良就问小军:"一个人都看不到,还寻宝呢,你姑是胡吹的吧?"

小军也无奈:"我姑真说了,说有好多人在马河寻宝呢,咋一个人也没有?"

宝良说:"让我来寻一寻。"说着就脱了鞋下到河水里四处找寻起来,一会儿翻石头,一会儿拨草丛。小军和平平也找周围的大石头往底下去瞅。

三人忙活了一阵,没见有什么宝的影子,就把注意力转移到河里的鱼和螃蟹身上了。小军和平平也随宝良脱了鞋,三个人先是在河里的石头上蹦来蹦去地找,看到了鱼就跳进水里去抓。鱼哪有那么好抓的,看到人影就纷纷找了石头底下躲藏起来。藏起来不要紧,小军自有办法。只见小军先瞅准了鱼躲藏的地方,然后搬起旁边的石头,高高举起来用力砸向藏着鱼的石头,只听"咣""咚"两声,一声是石头和石头撞击的声音,一声是撞击后石头掉进水里的声音。不一会儿,被震晕过去的鱼就翻着白肚皮从藏着的石头底下漂了出来,平平和宝良抢着把鱼捞起。这是小军他们抓鱼的绝招,叫"咣"鱼,就是利用石头的撞击把鱼"咣"晕,这办法只有在小河里能用。如果是机井或池塘,他们就用鱼钩钓,或者用他们做的一个长条形开口很深的铁丝笼下窝子。因为铁丝笼很深,他们把诱饵放在笼底,鱼一旦进去,便有可能找不到出口出来,就成了他们的囊中物。在小河里抓鱼他们还有一个最厉害的办法,就是在谁家盖房子的时候偷一篮子白石灰,把白石灰往河水的上游一撒,在河水的流动下,会把一河的小鱼都呛翻漂上来,他们只管在水流的下方一条一条往起捞,但这样做如果让大人们抓住的话,会被美美地收拾一顿的。

抓一会儿鱼三个人又寻着抓螃蟹,螃蟹也藏在石头底下,但这回不用石头砸了,翻开石头直接抓。螃蟹跑得慢,翻开石头螃蟹刚想跑的时候,马上伸手从后盖上摁住它,用另一只手从两侧小心地把它抓起。万万不能抓螃蟹的前面,螃蟹前面有两只大钳子,你还没抓住它,它就可能先把你给抓住了！抓住大一点儿的螃蟹他们就把螃蟹的钳子和腿拧下来放在嘴里嚼着吸，能吸出一股咸咸的味道。

晒着太阳，玩着水，一会儿就累了，三人的肚子也开始咕咕叫，毕竟来时走了那么远的路。小军带着平平和宝良到他姑姑家吃饭，姑姑一见三个孩子来家，连忙热情地烧锅擀面。

小军不满地对他姑姑抱怨："姑姑你骗我们呢，马河里就没有宝，也没有人，你还说有很多人在马河里寻宝！"

姑姑笑他们说："哦，你们是寻宝来啦，瓜娃些，还当真了！"说完自己都摇摇头。

平平和宝良也问："姑姑，马河到底有宝没有？"

姑姑告诉他们说："前些天真有人在马河里捡到了一个古代的什么东西，说是文物，能值很多钱！"

"真有宝贝啊！"三个孩子说。

"这地方能有啥宝贝？荒山野岭的，净是山沟沟，古代还有人来？"小军还是有点儿怀疑不相信。

小军姑姑放下手中的活，领孩子们来到村口，往周围一指说："你们看，这方圆好几里的地方都叫马场村，这马场村还有一段故事传说呢！"

"啥故事传说？"孩子们问。

姑姑说："传说在清朝的时候，有一个人在这里偷偷地操兵练马，练成以后起兵造反，你们看现在这马场村在当时号称是十里马场，这里打过大仗呢！"

"啊——"孩子们惊异叫道。

姑姑接着说："后来那个人造反失败了，就跑到蕴空山上当和尚了。"

"啊，跑到蕴空山上去了？"蕴空山孩子们都知道，就在龙首塬南面的豆瓣岭上。

"就因为这个传说，我们这里才叫的马场村。所以啊，这里有古代人留下的东西不奇怪吧！"小军姑姑说，"姑姑没有骗你们吧！"

"村子叫马场村，河就叫马河了，对不对？"宝良倒是反应快。

姑姑笑着点头称是。

孩子们放眼望去,马河和马场村紧密相连,河很宽,村子也很大。比起龙首塬的狭窄,这马河和马场村周围平坦、宽阔,绿色的苞谷地连成一片,一眼都看不到边。马场村的正南方就是乔峪峪口,旁边是挺拔峻峭的清明山。

平平感叹道:"这地方真平,比咱龙首塬上宽敞多了!"

宝良也说:"看这沙土软和得很,真是跑马练兵的好地方。"

平平又问:"姑姑,这里现在还有马吗?"

姑姑说:"有呢,在生产队养着哩!"

似乎是为了配合小军姑姑的话,这时一匹枣红色骏马从乔峪方向的大路上奔驰而来,骑在马上的人策马扬鞭,马蹄踏在沙土路上发出一串清脆的"嘚嘚"声。孩子们长这么大第一次看见马,他们一瞬间就被眼前骏马奔驰的一幕镇住了。如果搁在现在,孩子们肯定会大呼"帅呆了""酷毙了"。

返回的路上,平平、小军和宝良非常兴奋。马河、马场村、飞驰的骏马,使他们大开眼界,还有马河、马场村的来历和故事传说,引起了他们无限的想象。虽然没有寻到什么宝,但三个人比得了宝还高兴,尤其是那个清朝什么人起兵造反的事情引起了他们极大的兴趣。他们决定回去以后去蕴空山,看看那个人在蕴空山上还有什么秘密。

小军、平平和宝良的兴奋劲慢慢过去的时候,他们来到了那个有大黑狗的村子。经过那个村子以后,三个人都又累又渴,没有人说话,光顾着低头往家赶,小军伤感地想着他的大黄,走在最后面。

突然,他觉得有什么东西碰他的脚后跟,一下,又一下。他一回头,咦——大黄,他惊喜地叫了起来,其他两人也回头来看,可不是嘛,真是大黄!狗真是有灵性的伙伴,大黄虽然过不了黑狗那一关,但它知道孩子们还要从这儿回来,就一直躲在这附近的苞谷地里等他们。

小军眼里溢出泪花,孩子们又叽叽喳喳地兴奋起来。

那次马河之行回到龙首堡的时候,天已经黑了,傍晚的龙首堡正在为堡子里的光棍老汉董兵爷举行葬礼。

第三章　皇宫惨案中的幸存者

在讲述孩子们的故事的同时，我也仿佛回到了那分外熟悉又分外快乐的孩提时光。这一切，让我现在回想起来，心里也是满满的快乐和幸福，那是一种只有塬上孩子才有的快乐和幸福。

那么接下来，我们再穿越到那个来到东府南塬上的神秘人物的身边，看看他到底是个什么样的人。

要弄清那个神秘人物是谁，我们要再往前推一年，而且还要来到一个新的地方——北京。

因为，1644 年的北京城又发生了一件大事，这个大事件和那个来到东府南塬的神秘人有着紧密联系。

这一年，风雨飘摇的大明王朝走到了它的历史终点，二百七十八朱家江山在一夜之间梦断煤山。伴随着明朝灭亡，那个神秘人物在懵懵懂懂之间，也被一下子从天上人间打入十八层地狱，生生地经历了人世间最悲不过如此的国破家亡、生离死别，以至亡命天涯。

公元 1644 年农历三月十九日的夜晚。

傍晚时分，崇祯皇帝朱由检听着皇宫外越来越近的喊杀声，他知道属于他的所有的一切都要结束了。他从开始的慌乱之中镇静下来，穿过冷冷清清的宫殿，来到皇后寝宫。还没有进门，已听见周皇后悲痛欲绝的哭声。他踌躇片刻,迈步跨了进去。

周皇后一见崇祯,哭叫一声:"皇上……"

崇祯冷静地望着她,说道:"城破国亡,尔为天下母,应自绝。"说完转身而去。

田妃、袁妃、懿安后哭着从后面奔来,一见皇上,哭得更厉害了。崇祯厉声喝道:"事已至此,哭有何用? 皇后已经自缢,你等还不随皇后去,更待何时?"

三人哀哀欲绝地叩拜崇祯,各自从怀中取出三尺白绫,便去自缢。

崇祯又径直来到寿宁宫,唤出十六岁的长女长平公主。长平公主出来时泪流满面,已哭泣多时。

崇祯平日最娇纵这个女儿,也最宠爱这个女儿。今日一见长平公主哭得可怜,真是又心痛又无奈——女儿正是如花似玉的年纪,一旦落到贼人手里,后果不堪设想啊。他狠狠心,只说了一声:

"好孩子! 你——为什么生在我的家里!"

说罢,左手掩面,右手突然举剑便向女儿头上砍去。长平公主大吃一惊,叫了声"父皇",一闪身,左臂已被齐肩砍下,顿时血流喷涌而出,她一下子扑倒在地。

崇祯咬牙举剑再砍时,却见长平公主脸色惨白,凄然一笑,颤声说道:"好父皇——"崇祯登时心如刀绞,泪眼模糊,长剑再也不忍砍下。

这时,司礼太监王承恩带着几名小太监赶来,见状大惊,奔上来跪在崇祯面前哭道:"皇上,皇上! 请放过公主殿下吧……"

在崇祯犹豫难舍之际,两名太监慌忙将昏倒在血泊中的长平公主救护下去。忽然,崇祯六岁的小女儿连哭带喊地跑来,边哭边叫道:"父皇,我害怕,我害怕——"

王承恩一见,忙喊:"小公主,你别过来——"话音未落,小公主已跑到近前。崇祯一咬牙,举剑便刺,小公主尚未明白怎么回事儿,便尖叫一声,结束了幼小的生命。

崇祯命身边的一个小太监立即传召三位皇子。一会儿,三位皇子慌忙而来,一进门,他们便被眼前的景象惊呆了。平日里富贵华丽的皇宫这时一片狼藉,目光呆滞的父皇浑身血迹,地上的血泊中赫然躺着最年幼的已经气绝身亡的妹妹。这哪里是人人向往的皇家宫室,分明是血淋淋的人间地狱。

惶恐间,只听崇祯肃然命令:"立即脱去皇子服装。"

司礼太监王承恩捧来已准备好的百姓服装,崇祯亲自为三个儿子解下皇衣换上布装。他手扶三个儿子的肩膀,冷静而又语重心长地做了最后告诫:

"社稷倾覆,为父之过也。然我总算是尽心竭力了。你们今为皇子,明日即为庶民。离乱之中,应当混迹于百姓间隐藏姓名。见年长者呼之曰翁,少者称之为叔。万一你等苟全性命,找到忠心之士,应报国仇家恨!"他说到这里,泪水涌上眼眶,哽咽不能再语。他轻轻推了三人一把,哽咽道:

"去吧,莫忘为父今日之告诫,好自为之——"

"父皇——"三位皇子看着父皇寂然决然的眼神,泪流满面,依依不舍,今日一别,不知今世是否还能相见。崇祯挥挥手,一名太监过来,领三位皇子从侧门而出。

崇祯全身虚脱一般地跌坐在地上。

此时天交五鼓,应该是已经到了甲申年三月二十日了。

崇祯遣散众太监,让他们各自逃命,只有王承恩至死不走。君臣二人在宫中无言地坐了片刻,便缓步向煤山而去。此时,崇祯是很平静的。宫里的一切都处理完了,剩下的只有带不走的北京城和无穷无尽的珍宝了。

崇祯在王承恩搀扶下走上煤山,举目遥望,但见北京城里火把通明,人马纷乱,到处是喧嚣嘈杂的场面。北京城,他生于斯,长于斯,亦败于斯,这里有他童年的无忧无虑,也有他少年的发奋刻苦。即位十七年来,为了中兴大明,他在这里不知熬了多少不眠之夜,那乾清宫、奉先殿,那张御案,那把龙椅,而今这里的一切都将离他远去。他长叹一声,解下身上的白绫带,搭在一棵松树横枝上,把自己的脖子套了上去……

历史啊历史,作为穿越过来的我看到这里也不忍直视这悲痛的一幕。

大明王朝随着崇祯皇帝朱由检在煤山上的脖子一歪远去了,但那个神秘人物却从此开始向我们走来,向东府南塬走来,越走越近。

三位皇子随着护送他们的太监出了皇宫没有多远，两个哥哥就被混乱的人流冲散了，四皇子朱慈炴由于年龄最小，一直紧紧拉着太监的手，才没有被冲散。护送他们的太监叫三和，危急中，三和太监顾不上寻找丢失的两位皇子，能做的就是把四皇子的手拉得更紧，以防再被人流冲散。黑漆漆的北京城人嘶马叫，火光冲天，到处是大顺军的队伍，稍有不慎就可能被当成反抗者被抓或被杀，生与死就在一瞬之间，真是世界末日一般。

三和太监拉着四皇子朱慈炴一会儿朝东一会儿朝西，一会儿跑一会儿躲。他们本来是准备到四皇子的外祖父田弘遇家躲避的，后来看着实在是跑不到田弘遇家了，三和太监就拉着四皇子朱慈炴躲进了一间豆腐店里。

隐匿了几日，街上的兵马嘈杂声少了。三和太监出去打探了一圈回来，说李自成带兵赴山海关征讨吴三桂去了。

四皇子问："我们怎么办？"一脸的惶恐和不安。

三和太监说："外祖父田弘遇家太远去不了，我带皇子去嘉定侯周奎府上吧，离这儿就两条街。"嘉定侯周奎是周皇后的父亲，虽然四皇子是田妃所生而非周皇后，但按辈分嘉定侯周奎也是四皇子的外公辈。年幼的四皇子想想也没有其他办法，就答应去嘉定侯周奎府上。

脸上抹得五马六道，一身衣服脏污不堪的四皇子来到嘉定侯周奎府上时，周奎全然认不出他是何人。虽然有三和太监的通报，但周奎还是把四皇子挡在门房里问三问四，不想让他进到家里。在周奎心里，他压根不想承认眼前的这个人就是四皇子朱慈炴。一是周奎不相信四皇子能活着从宫里逃出来；二呢，即便真是四皇子，这个时候到他的家里，让大顺军知道了，那不是明摆着引火烧身嘛！

穿越过来的我看出了周奎的心思，他是打定主意不想收容四皇子朱慈炴。我暗自叹一声，世事难料，人心浅薄，灾祸面前各顾各，真是不假啊！

两人正僵在门房里的时候，长平公主在里面听见了。长平公主在宫里被崇祯砍断一只胳膊昏迷过去后，几个太监把她连夜送到了外公周奎家，经过医治,她整整昏睡了四天才苏醒过来。长平公主拖着虚弱的身体出来,认出了是弟弟朱慈烺,姐弟俩抱头痛哭。周奎一看这情形,才勉强同意四皇子在他家住下。

可才住了两天,周奎想想还是不行。他把四皇子叫过来,对他说:"你在我家住下来可以,但必须改姓刘,对外也只能称是我们家的仆人。"

四皇子一听,让他改姓隐名当仆人,明显是把他当外人了,心里感到屈辱,坚决不同意。

周奎说:"如果你不同意,那就请便,离开我家。"

孤独无助的四皇子凄惨地对周奎说:"周大人,你身为国丈,今日在国破家亡之际,不想办法拯救国难也就罢了,却为何还要这样不体孤恤亲,绝情绝义?!"

周奎表示无奈,厚着脸皮说:"皇子,老身也是自身难保啊,真对不住了,你还是另寻去处吧。"说着就让两个家丁上来赶四皇子出门。

四皇子哪里受到过如此奇耻大辱,而且他知道出了周家的大门他又能往哪里去呢?委屈和不甘的四皇子,便和周奎争辩理论。争辩声惊动了外面巡查的大顺军人,大顺军人冲进来查问缘由,一听是从皇宫里逃出来的四皇子,二话没说抓起来就带走了。周奎看着四皇子被抓走,脸定得平平的拦也不拦一下,只有三和一看情况不对,赶紧跟在后面追了上去。

朱慈烺从皇宫里逃出来,想着是逃过了一劫,可没有想到在周奎府上又让他见识了人情冷暖和世态炎凉,小小年纪的他一下子不知道了这世界究竟为何物,不知道自己究竟是谁?失去了父皇的护佑,失去了皇宫华丽坚硬的外壳,犹如暴风雨之后的一叶浮萍,朱慈烺也失去了生命的方向和力量!

这一年,四皇子朱慈烺才十二岁,还是个娃娃呢!

在万念俱灰、以泪洗面的日子里,朱慈烺满脑子都是那一晚上血雨腥风的记忆,悲痛、绝望充斥着他的身心,幸好三和太监没有抛弃他,一直紧紧跟随和保护着他,显示了人性还有着美好和善良的一面,显示了大明王朝还有在危难面前不离不弃的忠臣。

在被大顺军抓起来后,四皇子和三和遇见了同样被大顺军抓起来的翰林院编修李士淳和几位死不投降的明朝将领。李自成大军围攻北京城的时候，见风使舵的文武大臣们躲的躲，逃的逃，降的降，压根就没有进行像样的抵抗，还有人竟然亲自打开城门，引大顺军入城。大顺军攻破内城时，崇祯帝亲自上殿响钟召集百官，可是竟没有一个人响应到场。更可气的是，就在崇祯帝缢亡仅两天之后，城内百官就聚集起来向李自成上劝进表，希望李自成速登帝位。李自成不见他们，他们就三天两头地来跪到金銮殿门口，吹捧李自成堪比尧舜汤武，求着让李自成赶快登基，忘恩负义和无耻的奴才嘴脸尽览无余。崇祯生前曾说，"诸臣误朕""百官可杀"，也算是没有看错那帮家伙。

当然，也有对大明朝忠心耿耿的人，翰林院编修李士淳就是其中一个。面对文武百官的所作所为，他忍不住心中的愤怒，只身一人跑到金銮殿门口，对着跪在那里涎着脸皮的文武百官一阵痛骂。痛骂之后，痛哭不可自抑，就准备在金銮殿门口自尽殉国，结果被大顺军抓了起来，同几位不愿意接受招抚的将领关押在一起。

他们几人一见到四皇子，仿佛见到了崇祯皇帝，一个个满含热泪，痛哭流涕，纷纷表示誓死保护四皇子，恢复大明江山。这让身处大顺军控制的四皇子朱慈烺的心中得到了些许安慰。

大顺军被吴三桂和清军所败，撤出京城，西退陕西。在撤退途中，四皇子、李士淳、三和等也被挟持随军而行，看管押送他们的是李自成的夫人高桂英所率领的老营人马。这支队伍先于李自成大军离开北京，一路上晓行夜宿，专行人迹罕至的道路，戒备森严，分外谨慎。

一天在行军途中，四皇子他们发现了李自成的一个惊天大秘密。

第四章 人吃土一世,土吃人一口

在龙首塬上的龙首堡村,人们给光棍老汉董兵爷举行了一个隆重的葬礼。

东府南塬上,婚丧、嫁娶、过寿、过满月等一般都称为过事,喜庆的事叫喜事,也叫红事,大白天过;死人的事叫白事,在傍天黑的时候过。人死了,不叫死,塬上叫老了。

谁家老了人,先是干完了一天农活的亲戚朋友接到丧报后到主家来吊唁。女人们一个接一个到灵前哭,男人们则烧个纸上个香后,主动帮忙寻活干,撑帐子、拉电灯,借桌子,借板凳,张罗碗筷等,还要商量请厨子、请戏子、上街割肉买菜的事。看天全黑下来了,就开始祭奠活动。男孝子们在鼓、镲、号和唢呐的吹打声的陪伴下,背着白纸剪的灵幡,一趟一趟啼哭着来到村边或地头的老坟上,按顺序祭奠那些已经逝去的先人,请他们的魂灵回家。女孝子们则跪在家门口哭成一片,迎接跟随男孝子们回家来的各个先人的灵幡,这个仪式叫接灵。刺耳凄厉的唢呐声让整个村子都充满哀伤,方圆好几里远都能听到。晚上,所有孝子都跪在灵前参加祭奠,给灵位敬酒敬菜敬饭,给逝去的人奉上一顿丰盛的也是最后的一次晚宴。这是一个庄严的仪式,每一碗酒菜饭都要经过每个人的手传递,并且要高举头顶拜三拜。饭菜很多的时候,孝子们要跪到腿发麻,膝发软,最后有的人会瘫成一团。

第二天一大早,天还未亮的时候,先放两响通天炮,接着鼓、镲、号、唢呐开始吹打，全村人包括周围村子的人都会赶来，一起喊着叫着把新亡人的棺木装进灵帐，捆绑固定结实，然后"一、二、起"抬上肩头，这是开始出殡了。抬灵帐的人每拨十几个人或二十几个人不等，抬的人有人抬不动了，旁边的人随时替换。遇到上坡或过沟过桥，大家伙儿会一拥而上一齐搭上手，喊叫着指挥着确保灵帐安全通过，那场面浩浩浩荡荡，人声鼎沸，满含离别的哀伤又充满不舍的乡情。穿白衣的男孝子们哭着号着走在前面，肩上背着一大把昨晚接回来的先人灵幡，每走一段都要停下来转回头，向抬着亲人灵帐的乡亲们磕头行礼，表示心中的感激。女孝子们是早来到坟头等着了，灵帐到来的时候，她们早已白花花地跪成一片，哭成一堆。

到坟前卸下灵帐后，会有村中年长的人指挥，大家伙儿慢慢地把棺木放进墓室，这时候，出殡仪式进入最后一节，也进入了高潮。鼓声号声唢呐声会突然大作起来，男女孝子们知道和亲人最后告别的时刻到了，纷纷哭叫着拥向坟口，有人还会跳到墓室抱着棺木不肯松手，旁边劝的人拉都拉不住。在哀乐和哭声中，来送的人和帮忙的人一齐上阵，扬锹挥土，一会儿，墓室就让黄土填平了，又一会儿，一座尖尖的新坟起来了。从此后，黄土之下，阴阳两隔，逝者已远去，生者继续活。

古辈的农村人有一句话说，人吃土一世，土吃人一口。你一世、一辈子在土里刨吃食，靠地吃饭，到最后不言不传的黄土地只吃你一口，就这一口，你就全进去了。

董兵爷是龙首堡的一个五保户，无儿无女，孤身一人。在世的时候一个人住在村北头的三间厦子房里，平常他有自己的几分地，种点儿粮食也够自己吃，村子里再给一些照顾，虽然孤苦伶仃，但他也乐得自在逍遥。他早年在国民党的部队当过兵，打过仗，后来投诚解放军，新中国成立后干了几年公家的事，再后来就干脆回到龙首堡老家。回来后，父母亲已经殁了，也没什么亲戚了，平平的奶奶看他可怜，就让他在村北头平平家的园子里盖了三间简单的厦子房住进去。董兵爷感激平平奶奶，农忙的时候，就经常到平平家里来帮忙干这干那，两家人的关系就走得比较亲近。

有了这层关系，无儿无女的董兵爷的葬礼基本上是平平家给操办的。

葬礼过后的好几天，平平奶奶让平平他大（方言：爸）去把董兵爷的家收拾一下,小心别让野猫野狗把那里当成了窝。平平他大刚去一会儿就急匆匆跑回来,一边跑一边嘴里嚷嚷着说:"董兵爷家出事了!"

平平奶奶惊异地问:"董兵爷人都死了,家里是个空房子,还能出个啥事情?"

等来到董兵爷家里一看,平平奶奶也傻眼了。只见在董兵爷平常做饭的灶房里,地面上出现了一个黑洞洞的地道口,走近了往里一瞅,黑乎乎看不到底。地道不远处散乱地堆着一堆新土,显然是有人刚挖的。

平平奶奶颤巍巍地在地道口查看了一圈,骂道:"狗日的贼东西,人死了都不放过。"听她的话语,似乎她知道这里面的隐情。

很快,董兵爷家发现地道的消息就在龙首堡炸开了。村子里的人呼呼啦啦地跑到董兵爷家里,看到这刚死了人的屋子里突然出现的地道,一时惊得胡说乱猜,传言四起。有人说董兵爷家闹鬼了,这是鬼打洞;有人说是盗墓贼来了,董兵爷的房子底下原来是一座古墓,盗墓贼来挖古墓了;但更多的一种说法是贼娃子来把董兵爷藏下的钱财偷走了。紧张、刺激、混乱的气氛一时弥漫了董兵爷家的老屋。

和董兵爷家住得最近的三娃说:"我这几天一直听见这屋里有咚咚咚的声音,原来是鬼在打洞啊!"

"什么鬼打洞?你离得最近,是你干的吧?"三娃一说,倒把大家的注意力引向了他自己。"快说,你挖到啥好东西了?"一群人拿他起哄。

"不是我,不是我,真不是我!"三娃脸涨得通红,手忙脚乱地为自己辩护。

人们乱哄哄地嚷着,平平奶奶却没吭一声,她在心里琢磨着。早在好多年前,龙首堡就有风声说董兵爷在国民党部队的时候,发过一笔小财,说是小财其实数目还不小!还说董兵爷不娶老婆,一辈子也没有什么爱好,光杆一人就是为了守住他那些钱财。这些话也有人当面问过董兵爷,但董兵爷都缄口不说,守口如瓶。有一天晚上平平家的自留地浇地,董兵爷帮着在渠上看水。南塬这一带遇到天旱的时候,村村都要引秦岭峪中的水浇地,你要浇他也要浇,如果你不在上游大渠上看水,别人就会把水引到他家的地里,所以谁家浇地谁家就得有人在上游大渠上看水。

就在董兵爷在渠上看水的那天晚上，贼娃子进了董兵爷家，等董兵爷第二天早晨回来一看，吓得不轻，赶紧在家里检查了一圈，然后长舒了一口气，对平平奶奶说："没丢啥，想偷我的东西没门！"看样子是贼娃子没偷走什么东西。平平奶奶打趣他说："你个光棍汉能有个啥东西嘛，还怕偷？"董兵爷对平平奶奶比较信任，就说："也没有啥，就有几个拿命换回来的钱，我咋想都舍不得用，先留着再说。"平平奶奶一听，知道外面的传说是真的了，就叮咛他把钱财放好，不要大意。后来，没见董兵爷再说起过这事，不知道他是已经把那笔钱财处理了呢，还是一直在家里哪个地方藏着，平平奶奶也没有再问，一直到他突然死去。当看到董兵爷家被挖成了这个样子的时候，平平奶奶想起了这事，她估摸着这八成是有人在找董兵爷那笔钱财呢！

人才死了几天，就来胡折腾，不怕董兵爷的鬼魂缠了去！平平奶奶想到这里，一边在心里骂着来董兵爷家挖地盗财的人，一边又怪怨董兵爷那个死老汉，早不把自己的钱财交代清楚，安置妥当，硬硬地到死了还引来这一堆不得安生的事。

这时，董兵爷家聚拢的人越来越多，几个年轻人吵吵着要下地道里一探究竟。平平奶奶心想，要是这帮人下去真发现了董兵爷的钱财，那还不给哄抢了啊，那样咋对得起死去的光棍老汉嘛！所以她赶紧又是挡，又是劝，可那帮急眼的年轻人哪管你一个老太婆，脱衣挽袖就要下，正在吵吵嚷嚷的时候，村子里的长者京书爷来了。

京书爷是平平他大叫来的，他看现场局面不可控制，就赶紧去把京书爷叫来。

京书爷八十多岁，是村子里有威望的老汉。他到来后，黑脸一沉，用手里的烟窝袋一指，就挡住了几个跃跃欲试的年轻人。

京书爷的形象和南塬上众多的老汉一样，头上戴着一顶半旧的蓝色布料帽子，身穿一身黑粗布衣裤，夏天的时候会把上衣换成白色的夹衣或褂子，脚上经常蹬一双粗布老鞋。那时农村的老汉很少有胖的，京书爷也一样，人精瘦，腰微弯，一生的沧桑岁月都刻画在他那张黑瘦的脸上。随身离不开的只有一样，那就是烟窝袋，长长的烟窝杆上吊一个装烟叶末的布袋子，有时叼在嘴上，有时别在裤带上。虽然烟窝袋整天随身不离，但京书爷身上最显眼的标志还并不是烟窝袋，而是他脑袋上的右耳朵。

京书爷的左边耳朵像正常人的一样，紧贴在脸颊上，但他右边的耳朵却没有那么顺溜，不是顺着头势长着，而是硬生生、直撅撅地竖在右边脸上。老远一看，还以为京书爷只长着一只耳朵，其实是竖着的那只耳朵太扎眼。京书爷耳朵这种奇怪的长法自然有一段来历，堡子里的人都知道，平平、小军和宝良也知道——那是狼咬的。

在京书爷小的时候，这塬上狼多。一到傍天黑，狼就从豆瓣岭上下来，顺着东边的河川道来到龙首堡和周围的几个村子，逮人家里的猪、羊、鸡等活物吃。虽然狼的目标是猪、羊和鸡，但人也一点点儿不敢大意。大人们说，狼饿急了也会对人下手，而且下手的时候非常狡猾。狼看到一个人在路上行走，它会悄悄地靠上去，然后从后面把两只前爪搭到人的肩膀上。人这时候如果以为是其他人在拍他，一回头看，狼就一口下去，咬住人的气管和脖子不松口，直到人气断身亡。有经验的老人说，遇到狼搭上自己肩膀时，千万不能回头，有一招可置狼于死地。这一招就是用自己的双手反抓狼的两只前爪，同时脑袋用力往后顶，顶住狼的下颌，使狼既咬不着你又动弹不得。有一个人半路遇到狼，就是这样把狼一直顶着背回了家，背回家一看，狼早就给顶死没气了。

京书爷不是这样遇到的狼，他遇到狼的时候还是个孩子。那时为了防狼，家家户户都关门早。有一天，京书爷从蕴空山回来，半路上就被一只狼盯上了。到了东河沟里，那狼窜出来，一口咬住了京书爷的右耳朵。那狼是把京书爷当成猪来逮了。因为狼逮猪的时候，就是咬住猪的一只耳朵，一边往它的狼窝里拖，一边还在后面用自己的尾巴赶，猪疼着被狼尾巴赶着就让狼给逮走了。京书爷不是猪，狼咬住他的时候他可不会乖乖跟着狼走，京书爷就挣扎，就喊叫。龙首堡已经关了门的人家听到喊声冲了出来，狼一急，硬生生把京书爷的耳朵给咬了下来。京书爷他大追到跟前时，狼已经跑远了，那只被咬下来的耳朵掉在地上，京书爷右边脸上一片血肉模糊。京书爷他大一看娃的耳朵没有了，想都没想，一把抓起掉在地上的耳朵就往京书爷的脸上按去。回到家以后，不知道那时的土医生怎么给处理的，反正那只耳朵就奇迹般在原来的地方又长住了，唯一不足的是长成了硬生生、直撅撅的样子,可能是京书爷他大当时按的时候用力过猛了点儿吧。

有了这狼耳朵的传说,京书爷平常在村道里话语不多,老黑着个脸,像一只洞察一切的老狼。他和你说话的时候,先盯着你的眼睛看半天,常看得和他说话的人心里发慌,所以堡子里的大人小孩见了京书爷都有点儿怯怯的。

京书爷说:"让平平他大一个人下去,别人都不要下。"年轻人还想争的,碍于京书爷的威严,都忍住了。

在大家的注视和期待下,平平他大背着一个手电筒钻进了地道口。地道口不大,仅能容一个人下去,平平他大下去以后,开始还不断地和上面的人喊着话,告诉下面看到的情况,上面的人也不断地问这问那。但喊着喊着就听不到平平他大的声音了,连一点儿动静都没有,上面的人不由得一阵揪心。

有人说:"下面不会真有鬼吧,别把平平他大给抓去了。"

也有人说:"说不定平平他大真发现财宝了呢!"这个人说完又加了一句,"真有财宝的话,在场的人人有份,谁也不能独吞!"

有人接着他说:"有个屁财宝,平平他大怕是掉到老墓坑里了吧,人安全出来就算好的了!"

有兴奋的,有紧张的,有贪婪的,也有起哄的。京书爷守在洞口,不让任何人下去,等待着平平他大的消息。

在人们焦急的等待中,大概也就是京书爷抽一袋烟的工夫,突然从董兵爷老屋的外面传来平平他大的喊声。大家都专注在老屋内的地道口,一时没有反应过来这声音是从哪里传来的,待回过神跑出老屋一看,像变魔术一样,平平他大出现在西边崖下的龙王庙门口。这是咋回事? 平平他大明明是从这边的地道口进去的,怎么会从那边冒出来呢? 难道平平他大成了钻地鼠,能在地底下穿土而行?

突然出现的这一幕惊呆了现场的所有人,大家一时不知道平平他大在地道里发生了什么事情。

说起这龙首堡的位置,还真不亏它那个名字。龙首塬从秦岭的豆瓣岭迤逦而下,到龙首堡这里是它高高昂起的龙头。说它高高昂起,是因为这里正好是龙首塬的源头。源头的东面是深坡,坡下是时断时流的干河沟;北面是深深的沟壑;西边虽然没有深沟,但和下面的庄稼地之间也有十几米高的土崖。从远处看,龙首堡高高地坐落在龙首塬的塬头上,恰似长龙抬头。

龙首堡有了这龙头风水,便不知何年何月在村子的西边盖了一座龙王庙,村人经常从西门下来进行祭拜。经过"文化大革命",现在的龙王庙只剩下一个空壳,里面的神像都已经被拆除,大殿被改作村上的仓库,平常堆放一些农具和杂物。但龙首堡的人说,龙王庙的灵气还在。

在龙首堡的北头,因为靠近沟崖,就没有盖房住人,留了一大片空地,长着各种各样的树木和荒草。早些年,这一片空地就是平平家的园子,农业合作社的时候,虽然把各家的园子都归了生产队,但堡子里的人习惯上还是把谁家的园子就当成是谁家的,并不认真计较,所以这个园子的使用权和上面长的树木还归平平家所有。董兵爷的三间厦房就盖在平平家的这个园子里,站在董兵爷厦房的位置,刚好和下面的龙王庙正对。

等平平他大回到董兵爷的老屋,终于给大家揭开了谜底,原来这董兵爷家被挖开的地道竟然一直通到了龙王庙的大殿里。在大家连珠炮似的追问下,头发上脸上衣服上到处沾满了地下灰土的平平他大描述了下到地道里的大概情况。

平平他大说:"刚下去的时候,周围全都是新土,能看出来是新挖的,但再往下就突然出现一个朝西的洞口,进去后就是一个老地道。进入老地道后,凭手电筒的亮光摸索着往前走,不知走了多远,看见前头有亮光,爬出来一看,竟然是龙王庙的大殿。"

有人问他:"洞里面有没有董兵爷的银圆?"

平平他大说:"看你问的,有我还不给提上来了,我眼又不瞎!"

还有人问:"下面没发现个瓶瓶罐罐啥的宝贝?"

平平他大骂:"有个狗屁!"

就在大家围着平平他大发问的时候,平平奶奶仔细地把地道口端详了一遍。

突然,只见她双手一拍,对京书爷喊道:"坏了,坏了,这是挖着咱龙首堡的老地道了!"

平平奶奶这一喊惊着全场人不要紧,道出了龙首堡的一个久远的秘密。

第五章　与巨额财宝同入秦

龙首堡的秘密我们暂且放下,四皇子他们发现了李自成的什么惊天大秘密还在等着我们呢。

大顺军进入北京城以后,李自成实施了一项严酷的政策,叫"追赃助饷"。他先是拿空了明朝的国库和崇祯帝所有的私人财产,还把皇宫里所有的金银器皿等物件洗劫一空。再就是对明朝的宗室、勋戚、太监、富商等进行抄家,抄完了还要把那些高官和有钱人抓起来严刑拷打,让他们把藏起来的钱物财宝也交出来。交出钱财的,便可免死,不交或交不全的一律往死里打,这叫"追赃"。"助饷"就是把这些追缴出来的钱财拿去作为大顺军的军费开支。

这"追赃助饷"的政策还真收到奇效,据史书记载,李自成光收缴崇祯帝的私人财产就有白银三千七百万两,黄金一百五十万两,加上明朝国库和大臣巨贾的财产,数量相当庞大。就拿周奎来说,他是崇祯皇帝的老丈人,在李自成闹得最凶的时候,崇祯号召众大臣掏掏腰包,为国家捐点儿钱用来剿灭李自成,周奎一听倒是捐了,捐了两万两银子。可后来李自成对他"追赃助饷"的时候,他助的却不是两万两,而是五十三万两——这中间的差别,让人觉着真是太讽刺了! 自己的女婿,自己的国家需要的时候,他能抠就抠,舍不得给,而敌人刀往脖子上一架,硬的一来,他马上就投降了。这叫什么,用塬上人的话说,这叫山里的核桃——得砸着吃。当然了,他如果不交钱,命可能就没了。

为了方便保管和运送,大顺军架起十个大铁炉,把所有"追赃助饷"得来的黄金白银包括器皿物件放进铁炉进行熔化,熔化后又统一铸成一千两一个的金饼和银饼,饼上还铸有大顺字样。在从北京城撤退的时候,李自成把这些金饼和银饼装上二百多辆大车,交给了夫人高桂英。

现在,四皇子他们发现,这庞大的运宝车队就在他们身边,正在和他们一起被押往陕西。只见这二百多辆马车、骡车,大小样式不一,但都装载齐整,包裹严密,混杂在老营其他的辎重车辆中,外人很难看出它上面装的是什么东西。

当四皇子他们从守卫的闲谈中偶然得知了这一秘密后,他们几人大吃一惊!

这些财宝是大明朝几百年积累下来的财富,可一夜之间,尽落贼人之手,真是令四皇子痛心疾首,心中不甘!李士淳、三和和那些明朝的旧将也同四皇子一样,看着长长的运宝车队,感到就像在割自己身上的肉一样难受。最让他们痛苦和无奈的是,看着这些财宝就在身边,近在咫尺,但却拿不到,得不到,只能看着它一步一步离大明朝越走越远!

运宝车队经直隶过山西,一路小心地向陕西境内行进。行到山西祁县孙家河附近,遇到明军夜袭,双方皆情况不明,狭路相逢,引起一阵混战。老营人马虽然英勇,击退来敌,但有数辆运宝车翻滚山崖之下,山高林密,一时无法寻起。行到临汾地界时,追兵迫近,疲惫不堪的运宝车队仓促之间,又散失了几辆大车。进入万荣县,又有几辆大车散落遗失在当地的灵青山里,车上财宝不知所终。有民间传说,这些遗失的财宝后来全被当地人所得,并且由于得到这批财宝,实力大增,才奠定了晋商在清朝中叶的崛起。

过了黄河,好不容易进入了陕西地界,运宝队伍却出现了骚动。原来,老营的部分将士原以为要将财宝运到米脂、绥德一带的陕北老家,可看到运宝车队绕过了去陕北的路转而南下的时候,群情激愤,驻足不前,纷纷要求运宝车队掉头北上。陕北是李自成的家乡,也是大顺军的故土,很多大顺军将士的老家都在这一带,大家想把这些钱财留给家乡,留给亲人,好在以后不打仗的时候,回家能有个依靠,至少箍个窑洞娶个婆姨吧。

面对危局,高夫人站了出来。老营将士都是她一手带出来的,她非常理解这些人,也非常理解他们这些朴素的想法,她知道这个时候不能采取简单粗暴的训斥和命令,只要讲清利害,申明大义,老营将士是会顾全大局的,所以她耐心地给大家分析了面临的形势。

高夫人头裹一道白色布巾,身披一件红色大氅,身材修直。只见她站上一处高出的土台,向聚拢而来的将士讲道:"陕北地区虽然是我们大顺军的老家,我们对这里有感情,人缘基础也好,但你们也知道,这一片黄土塬地薄人稀,物产缺乏,不利于部队供给和发展,而且地形狭窄,无坚可守,不利作战,后面吴三桂和清军追来的时候,我们在这里是难以长期坚守的。如果我们把这批财宝留在陕北,即便是秘密隐藏起来,但也实难做到万无一失。陕北是李闯王和我们大顺军的故乡,也必定是吴三桂和清军搜查的重点对象,他们就是挖地三尺也要找到咱们的宝藏,到那时候不但这批宝藏成了吴三桂和清军的囊中之物,还会给咱们的乡亲们带来灾祸。所以,这批财宝不但不能留在陕北,而且还要赶快南下,今后闯王和我们大家一起取天下,再打回北京城,全靠这些财宝做坚强后盾!"不愧是老营将士,高夫人的一席话,很快就使他们认清了形势,统一了思想,改变了主意。

这时,快报送来军情,吴三桂和清军追杀很急,后面闯王的大军已经撤退到了黄河对岸。运宝队伍这才立即起程,继续往关中进发。

一路上发生的这一切,随军同行的四皇子他们都看在眼里。

这一天,趁看管的兵士不严,李士淳给四皇子和三和传来一个重要消息。

抓住四皇子后,大顺军知道四皇子身份特殊,除了着意看管之外,并没其他亏待,一路上还专程给他安排了一辆单驾马车,并让三和太监随行照顾。另外那些被抓起来的明朝官员将领,有的被严加看管,有的则被充进队伍做一些搬运、赶车的苦力活。一路上有被杀的,也有逃跑的,而李士淳等几个忠心故旧,因心系四皇子的安危,一路上虽历尽千辛万苦,却始终不愿意自己一个人逃跑,他们在寻找着帮助四皇子一起逃脱的机会。

李士淳告诉四皇子和三和,跟他一同被抓的几位明朝将领,已看准了大顺军的看管漏洞,准备在夜晚秘密解救四皇子,让四皇子和三和做好准备,见机行事。

除了解救四皇子,李士淳还同时谋划着另一件重要事情。一路上,看着身边这庞大的运宝车队,他们同四皇子一样心里真是不甘。看到半路上那些损失和遗失的运宝车辆,他们心里有些高兴,高兴的是这些财宝不能为李贼所得,但也有更多的是惋惜和心痛。老营将士骚动事件之后,高夫人和李双喜对运宝人员进行了调整,有几位被抓的明军官兵被分派到运宝车队赶车,这让李士淳终于找到了机会。

在行军的间隙,李士淳悄悄同这几位明军官兵取得联络,他们秘密约定,准备在解救四皇子的同时,劫持运宝车辆。

就在当夜,李士淳按计划开始行动。

三更时分,正是人马最为困乏的时候,整个宿营地一片静寂。突然,在轻手轻脚之中,有两辆运宝车躲过打瞌睡的守卫,悄悄地脱离了车队营地,隐匿进旁边起起伏伏的山峁沟壑之中。

李士淳躲在远处,看运宝车已得手,就摸黑来到四皇子的马车跟前,背起早已等待的四皇子欲往旁边的沟岔里隐匿。当晚歇息的地方是一片黄土塬区,周围有很多的沟沟岔岔,只要能躲进其中的一个沟岔,就能利用这复杂地形的掩护逃脱大顺军的追赶。

李士淳背着四皇子刚走了几步,不想后面的三和由于紧张,一头撞上了一堆兵械,一阵稀里哗啦乱响,被大顺军的守卫发觉。

"谁?"

"什么人?"

"干什么的?"

一阵吆喝,打瞌睡的守卫全都醒了过来。

李士淳一看行动暴露,再跑必然要被抓住,就赶紧把四皇子送回马车,自己也就势躺在地上假装睡觉。

一阵混乱中,大顺军发现有运宝车辆丢失,马上就派出兵马追击,幸好没有人发现四皇子和李士淳这边的情况。

在一阵人喊马嘶之后,李士淳和四皇子听到大顺军追兵回报,说追回了一辆运宝车,另一辆运宝车逃脱不知去向。大顺军将领一阵训斥,要求对运宝车辆严加看管。

李士淳解救四皇子的计划失败。

到了金锁关,李自成的大军就从后面赶上了老营的运宝队伍,两队合成一队,人马势力更为强大,李士淳和四皇子再也没有找到逃脱的机会。

不几日,到了西安城。

到西安后,四皇子和三和被单独看管在一处,而李士淳等一路上同被抓来的明朝官员和将领们则不见了踪影。四皇子让三和打听了一下,说是大顺军战事吃紧,他们那些人大都让拉到前线充当兵勇了,不愿意的都被一杀了事。

四皇子和三和不知道李士淳是上了前线,还是被杀,但不管怎样他们心里为失去李士淳这样的忠臣而感到伤心,这让四皇子的情绪和心情又低落了下去。

过了一段时间,原来看守四皇子的一队大顺军人突然不见了,只留下为四皇子和三和太监赶车的车夫一个人看守他俩。这一天,三和看车夫一个人坐在那里靠着城墙晒太阳,就凑上前套近乎。

"老哥,那几个军爷咋不见了,前两天他们还在嘛。"

"哦,你说胡万他们啊。"车夫约有五十多岁,挺和蔼地用陕北口音回答三和,"去潼关了,狗日的多尔衮追得紧,打仗人手不够啊!"

"这样子的啊。老哥,一路上我们坐你的车辛苦你了,多谢啊!"三和说话谦恭得体,让车夫听了很舒坦。在宫里当差这几年,练就了他委曲求全、八面玲珑的本事,一路上全靠他这样和车夫、看守的军人周旋,赢得了他们的好感,才使四皇子和他没有受太大的委屈。

"谢啥呢嘛,我们是当兵吃粮,叫干啥就干啥。"车夫从怀里掏出一根卷烟点上,吸了一口,"车上那个娃也不容易,皇上的娃嘛,现在是要啥没啥,光杆杆一个,成天就只剩下泪蛋蛋抹脸,我看着都可怜得很!"

"就是啊,就是啊!"三和附和着说,"孩子整天在车上也不说话,送的饭也吃得少,我怕时间长了会闹出什么毛病来。"

"命苦的娃娃,没办法啊!把娃多劝劝,该吃就吃,该喝就喝,这乱世道的,能活着就已经是烧高香了!"车夫也说得对,照着四皇子的情形,能活到今天已经是不容易了。想想被崇祯帝刺死的小公主和被砍断胳膊的长平公主,还有他那几个不知所终的哥哥,四皇子确实是幸运的了。

两人又随便聊了一些别的,炊事兵送饭来了。在一碗简单的饭食中竟有一个西安的特色小吃物——肉夹馍,看来大顺军对四皇子的照顾还算不错的。

进入正月,西安城里的大顺军营越来越显出紧张的气氛,每天都有兵进兵出,人喊马叫,调兵遣将之声不绝于耳。

这一天,三和又和车夫凑到一起聊天。

三和小心翼翼地问车夫:"老哥,我看情况不对啊,李闯王是不是不想守西安城了?"

从北京一路上过来几个月了,车夫对四皇子和三和已经非常熟悉,他认为一个太监和一个十几岁的孩子不会对他和大顺军构成什么威胁,所以和三和聊起来他也不加掩饰,随口就来。

车夫接着三和的话说:"不守西安城咋办,还要往哪儿跑? 要是闯王不守西安城了,我就回陕北老家去,我不想再跑了。"从北京城出来的时候,大顺军每人身上都有了少则三五十两多则成百上千两的真金白银,这是攻下北京城的战利品。手里有了钱,他们中间很多人想赶快拿这些钱财回老家买房子置地,过那种老婆孩子热炕头的日子。在他们心里,北京城的金銮殿咱也占了,皇帝咱也当了,这天下不就是咱们的了嘛,还要往哪里跑呢?

三和说:"听说清军的先头部队多铎已经到了潼关,如果潼关守不住,西安城就很危险啊!"

"闯王已亲自到潼关了,狗日的多铎咬得很紧,闯王决定在潼关剁掉这个尾巴。"车夫对李自成的潼关之战抱有很大的信心。

说完这话没过几日,车夫突然来到三和和四皇子居住的小屋,脸上难掩失望和愤怒:"奶奶个腿,潼关失利,北边的清军又来了。闯王已回到了西安城,听说马上要撤出西安城往南边走。"说完车夫注视着四皇子和三和,心里在想着什么。

四皇子和三和不敢吭声,不知道车夫是什么意思。

沉默了一会儿，车夫突然说："我要回老家去。"看三和和四皇子没有反应，车夫又对四皇子说，"娃娃，你也逃命吧！"四皇子和三和一惊，不敢接车夫的话茬儿。

"估计今晚要下达撤退命令，撤退时我准备离开大军队伍，回陕北老家去。趁大军混乱之际，你们也快逃走吧，可怜的娃我放你一条生路。"车夫表现出了农民军善良的本性。

等四皇子和三和太监弄懂了车夫放走他们是真实的想法时，他们心中忍不住狂喜。

自从上次李士淳解救四皇子的行动失败以后，四皇子对自己的前途和命运是更加绝望了。逃是逃不走，等大明的军队来解救，也没有任何可能。这下倒好，清军又打过来了，看来这天下已真的不再是朱家的天下，我四皇子将要何去何从也只有听天由命了！正在他悲观失望的时候，没想到在这个节骨眼上，机会出现了，大顺军真是顾不上他们了。

四皇子和三和怀着狂喜和忐忑不安的心情接受了车夫的建议。

当夜，李自成果然下达了撤退的命令，车夫把自己积攒下来的家当细软藏进四皇子和三和坐的车里，假装和大军一起撤退，到了出城的节骨眼上，趁机逃离了大军队伍。

就这样，在好心车夫的帮助下，四皇子和三和太监终于逃出了大顺军的控制，懵懂慌乱之际一头撞到了关中东府的南塬上。

跟着穿越的我看到这里，你应该知道了吧，来到东府南塬上的神秘人就是明朝末代的四皇子朱慈烺。

第六章　老地道里捡到宝贝

历史上,这东府南塬便是土匪经常出没、恣意横行的地方。因为上得塬来,地广人稀,远离官府,再有秦岭各峪道内方便躲避藏匿,各路强人、散兵游勇便在这一带结伙集聚,形成匪窝。有官兵来剿时,土匪们就躲进山沟密林;等官兵一走,他们又出来打家劫舍,胡作非为。所以历代以来东府南塬匪患猖獗,各村、寨、堡无有幸免,龙首堡也曾数次经历过土匪的劫掠。

为了对付横行的土匪,龙首堡几家稍富裕的大户便率领全堡人在堡子四周筑堡修墙,加盖城门,想抵御土匪于堡外。没想到的是,修了一圈城堡之后,这龙首堡在这南塬一带更显招摇,更让土匪觉得这堡子里有钱有大户,反倒成了他们抢掠的重点。

有一年,来了上百人的土匪,他们放火烧着了堡子外面的十几个麦秸垛,熊熊大火映红了龙首塬。借着火势,土匪把龙首堡四面包围,火枪炸药一齐上,最后有城堡也没能抵挡住土匪的进攻。土匪攻进堡子后,挨家挨户洗劫,据老人们回忆说,那次遭匪,龙首堡损失惨重。土匪在做木炭生意的驮子家抢走了十三簸箕的麻钱,打断了死不交出钱财的东娃他爷的腿,烧了憨喜他家的房,还强暴了稍有姿色的锁子他妈。升唤一家把前院后院和上房门二门子都关紧顶死,结果土匪上到房顶从天井跳进屋里,不但舀干净了粮柜里的粮食,还把升唤吊在树上活活烧死。

经过那一次匪灾之后,眼看这土匪把人害得实在不行了,龙首堡的人就在村子的北头挖了一个地道,地道一直通到堡西的龙王庙里。一旦土匪再来,要么连人带财一起藏进地道,要么就从地道里外逃避难。有了这个地道后,土匪即便进到堡子里,也抢不了多少东西,后来就慢慢来得少了。土匪来得少了,地道也就不太用了。随着时间的推移和一些老辈人的去世,这个失去了逃难避祸作用的地道也逐渐被人遗忘,大概是到了清朝的同治年间,这个地道口就被在世的几个老人掩埋了。到了现在,很多堡子里的后人压根就不知道还有这个地道,有个别人知道有这个地道存在,但究竟在哪儿,谁也说不清。

因为这地道口正好在平平家的园子里,平平奶奶是知道有这个地道的,但具体位置在哪儿她也不知道。听到平平他大跟大家谈说下面的情况,平平奶奶突然意识到这就是那个消失了很久的老地道。不知道这贼娃子是想来挖董兵爷的那些钱财,不想正好挖到了老地道上呢,还是本就冲着这老地道来的? 不管是哪一种情况,看来这龙首堡的老秘密就这样被戳破了。

平平奶奶一喊,京书爷也明白过来了。他心里本来就想到这贼娃子挖的地道里肯定有文章,不是有董兵爷的钱财,就是有其他情况,所以他只让平平他大一个人下去,省得下去的人多了乱搅和,发生其他状况。

老地道的事他当然也知道,还知道老地道是龙首堡的秘密,是龙首堡的龙脉所在。在正常情况下,这龙首堡的秘密是不能让外人知道的,更不能挖开,那样的话会破了堡子的脉气。但现在这秘密突然被贼娃子发现了,老地道被挖开,龙脉已暴露,他除了暗骂那贼娃子缺德阴险、不得好报之外一时也无可奈何。

在场的人一听是挖到了老地道,这比挖到了董兵爷的钱财还让他们兴奋。

有人气愤地说:"这下让贼娃子发了,老几辈人的钱财都在下面埋着呢,都让贼娃子挖跑了!"

也有人说:"老地道里没有钱财,那是咱先人的逃难通道,贼娃子挖不到啥东西的!"

那几个心急胆大的小伙子不顾人们的阻拦,硬钻进老地道里寻宝去了,有些人就在洞口不停地往下喊,还有些人嚷嚷着跑到龙王庙那个出口去等。

平平奶奶和京书爷已无心拦挡，场面吵吵嚷嚷，一时混乱不已。

一连几天，老地道口旁边都围着人，人们对老地道里到底有宝没宝争论不休。有胆子大的人下到地道里去寻宝，大家就在旁边等，期望能从里面发现个坛坛坛罐罐的东西，但结果什么都没有发现，或许是发现了啥宝贝的人都悄悄藏了不吭声。

这天傍晚，看着没人了，小军、平平、宝良三个小家伙儿来到董兵爷的老房子里，他们也想要下老地道里寻宝。

黑洞洞的地道口在暮色中阴森恐怖，宝良看着怎么都不敢下，小军和平平两个人大着胆子钻了进去。

地道先是竖着往下，两人踩着洞壁凿出来的脚窝一步一步往下挪。大约下到三五米深，看到一个朝西边开的口，要弯着腰才能钻进去。钻进这个口以后，隐约是一个向下的斜坡道，里面一片麻黑。来的时候没有找到家里的手电筒，小军只在口袋里装了一盒火柴，他们猫着腰在地道里走两步，就划着一根火柴，再走两步，又划一根火柴，靠着火柴微弱的亮光摸索前行。地道里黑暗憋闷的感觉让小军和平平又害怕又刺激，时不时地你撞我一下，我踩你一下，发出吱哇乱叫的声音。摸到地面和洞壁时，有一股潮湿瘆人的感觉，还能闻到浓烈的霉变的土腥味。

到最后看到亮光的时候，地道又成了竖直往上，他们像开始下来时一样踩着洞壁上的脚窝一步一步往上挪，终于从龙王庙大殿的出口爬了出来。

平平、小军他们对龙王庙是很熟悉的。夏天收完麦子，生产队会把一袋一袋麦子堆放进龙王庙的大殿里，白天扛出去晒，天黑收起来又搬进来。秋天收回来的玉米棒子会把龙王庙的大殿堆得满满的，晚上在房顶上亮起大大的电灯，全村的人都围坐在大殿里剥苞谷皮，人们有说有笑的，那场面热闹又温馨。还有一包一包的棉花，都存放在庙里。

大人们干活的时候，孩子们就在庙里疯玩，要么前前后后地你追我打，要么就对着墙上的古代壁画让大人给讲一些鬼怪故事。可一旦大人们干完走了，孩子们是万万不敢在龙王庙里逗留的。一个原因是这庙里本来就是神鬼之地，虽然庙里的神像神龛早都被拆完了，但那些神鬼的传说让孩子们从心里害怕待在这地方。另一个原因是在龙王庙大殿的墙上绘满了花花绿绿的壁画,那是盖庙的时候就画在上面了,由于壁画很精美,就被村人们一直保留了下来。壁画内容描述的都是古代或传说中的神鬼故事,比如有龙王治水归大海、龙王施雨救万民等故事,有《三国演义》从"桃园结义"到"三国归晋"的全套故事,还有阴曹地府图绘如"八蛮进宝图"等。尤其是"八蛮进宝图",讲的是做了八种坏事的八个人死后到了阴间,被变成八种奇形怪状的动物。他们为了不被阎王惩罚,每个人都准备了一样宝贝,前去向阎王献宝,阎王称他们为"蛮子"。虽然孩子们看不懂画面的内容,但其中大概的寓意和那种大红大绿的颜色,也会让孩子们头皮发麻,感到害怕。

有一年夏天,一个孩子趁大人干活时在庙里凉凉的砖地上睡着了,等他睡醒来时,天已经傍黑了,忘记叫他的大人们也都回家去了。那孩子睡眼惺忪中,被龙王庙里那种恐怖阴森的气氛所骇住,四周墙上那些可怕的神鬼都在盯着他,像是要随时下来抓他一样,那个孩子被吓得当场大哭,回家后几天都一直做噩梦,从此不敢再靠近龙王庙半步。

龙王庙的这些故事,小军和平平都知道,所以当他们从地道口爬出来,突然置身于龙王庙静谧昏暗的大殿里时,并没有感到特别害怕。

平平和小军从老地道里爬出来,看到龙王庙大殿里还是他们知道的那个样子。墙上还是那些花花绿绿的鬼怪神仙,各种各样的农具散乱地堆放在大殿中央,只是多了一口不知是谁家的黑木棺材,停放在一个角落,这让他俩有点儿紧张。刚才爬出来的地道口开在龙王庙大殿的一个角上,本来都是青砖铺起来的地面,在地道口周围被挖开来一片。

平平催促小军快出去,说这里面太瘆人了,小军心里也毛毛的,但他不太甘心就这么结束他的地道探险之旅。小军觉得贼娃子挖到了这么神秘的老地道,不可能没有发现什么宝贝东西,他想在龙王庙里找一找,看看贼娃子盗了老地道后,有没有遗留下什么东西来。平平看着天快要黑下来了,不停地在后面催促。

突然,小军轻声喊道:"快来看,这里有人写的字!"

平平凑上前一看,只见在离地道口不远的大殿的墙上,有人用木棍之类的东西写着两行字,虽然大殿的墙上有很多乱写乱画的东西,但这两行字很新鲜,字的痕迹还划烂了墙上的壁画。

平平和小军轻声念道："天也奇,地也奇,大清地盘竖起大明旗。说也怪,唱也怪,得了大明宫,尸棺悬空中。"念完了之后,他俩你看我,我看你,闹不清是啥意思。

"尸棺悬空中"——在琢磨着这句话的时候,他俩几乎同时扭头看了一下停放在墙角的那口黑乎乎的棺材,突然心里感到一阵害怕,赶忙起身一齐跑出了龙王庙。

就在平平和小军穿越老地道的第二天,平平神秘兮兮地跑来找小军和宝良,说有好东西给他们看。

三个人来到村外一个没有人的地方,平平小心地掏出一个东西。只见这东西跟平平的手掌大小差不多,表面沾满了陈旧的泥土,但能看出来是个铁家伙。扒掉上面的泥土,它的形状很奇怪,大概样子像一个农村盖房用的瓦片,但比瓦片要圆一些,在"瓦片"拱起来的后背上有一条像鱼鳍一样突出的铁棱,铁棱两边还有条纹状的装饰。

小军把那东西接过去在手里掂了掂,问平平："这东西还挺沉的,是啥东西? 哪里来的?"

平平说："我也不知道这是啥,我昨天在老地道里摸黑捡的,黑麻咕咚,没顾得上给你说,出来后在龙王庙里又给吓得忘记了。"

小军听了说："老地道里捡的? 不会是个宝贝吧!"

宝良把那东西要过去,一边在手里把玩,一边嘴里还发出啧啧的称奇声。

三个人对着那件铁家伙开始研究,但左看右看也看不出个名堂,弄不清那到底是个什么东西。

平平有些失望了,说："怕是个没用的东西吧? 要是个宝贝的话早让别人发现捡走了,还能给我们留着。"

小军说："就是的,这家伙要是个金的或银的那就值钱了,这烂铜烂铁没有用,人家看见了都不要的。"

宝良说："我看着挺好玩,你们不要给我吧,我拿着玩了。"说着就把那东西放在地上一出溜,出溜出去好远。

平平、小军和宝良三个人判断那件东西没有多大价值,也就失去了兴趣,拿那个东西当成玩意儿开始玩开了。一会儿你扔给我,一会儿我又扔给你,再一会儿又比赛看谁扔得远,反正那家伙沉沉的手感正好,适宜于投远。

三人玩得不亦乐乎,不知什么时候,堡子里的老四站在他们的身后。老四定眼对那个在地上被抛来抛去的玩物看了半天,突然趁三个孩子不注意,伸手一抓把那东西拿在自己的手里。

老四一副瘦麻秆的样子,在堡子里是个公认的蔫蔫坏。他天天喊着自己身体不好,借口不好好在生产队干活,光四处游荡。

看老四抢他们的东西,三个孩子也不跟他客气,上来就把他扯住,要从他手里再把东西抢回去。

老四边躲边喊:"等等,等等,让我看一下嘛,看是啥东西!"说着就赶紧把那东西拿在手里囫囵地看了一遍。

孩子们扯着他不松手,非要他还东西,老四只好软下口气说:"好娃些,把这东西送给叔,叔给我娃买糖吃,行不?"

"不行。"三个孩子可不是好哄的,直接给了老四一鼻子灰。

"那卖给叔行不行?叔给你们钱。"老四又换了个办法。

"给多少钱?"宝良问老四。

老四狡黠地想了想说:"给你们两毛钱,卖给叔,好吧?"

"避!不卖。"避在南塬这一带方言里是走开、让开的意思,生气的时候就是叫你滚。但滚不用"滚"字而用"避"字,显得含蓄、文雅,这是南塬上老辈人留下的古风。

孩子们一听老四只给两毛钱,就知道老四还是想哄他们,就让他"避"。

老四一看软的不行,就想来硬的。只见他脸一拉,眼一瞪,冲着三个孩子就凶:"想挨打是不是?不听叔的话,小心叔拾掇你们!"说着就想强行拿着那东西走人。

平平、小军和宝良正是半大不小、愣头愣脑的年纪,老四想要横,他们才不怕呢!再说,就老四那风一吹就能飘起来的身板,对几个初生牛犊来说根本就没有放在眼里。

"就不给你,就不给你。"孩子们一边嚷着,一边硬从老四手里把那东西夺了下来,一溜烟地跑没了,留下老四悻悻地站在那里无可奈何。

老地道的风波在龙首堡闹腾了好几天,不断有人偷偷地钻进老地道寻宝,还有一些外村的人也鬼鬼祟祟地在老地道和龙王庙周围转悠。这让平平奶奶心里很不是滋味,她天天都去老地道口转转,或者就守在那里,看到有人下地道就骂,就赶。平平奶奶觉得这太不像话了,老地道是龙首堡的秘密,承载着龙首堡先辈的历史,现在被人挖开了,晾晒在光天化日之下,还要任人参观戏弄,接受不怀好意的窥探,真是丢先人的脸!而且老地道是龙首堡的龙脉所在,怎么能任外人随便地接近,影响堡子的气脉!

这一天,她找到京书爷一合计,决定把老地道填埋了。在他俩和一些老人的招呼下,堡子里来了很多人,先是把龙王庙大殿里那个洞口用土填埋结实,又把董兵爷家灶房里被挖开的洞口用土埋上。最后平平奶奶觉得还不放心,一狠心说,拆房子。大伙儿又三下五除二把董兵爷原来住的三间厦房给拆了,除了把房上的木料让平平他大扛了回去之外,其他的泥土瓦块烂门破窗全都一股脑堆压在地道口上面,老地道风波这才暂告平息。

第七章　太平寺中度日月

我是精灵，我知道南塬过去的历史。

一直以来，这里贫穷闭塞，少人问津，几乎是一片蛮荒之土。生活在这里的人们日出而作，日落而息，一代又一代，自然祥和但却有些死气沉沉。

作为精灵的我，与南塬也是漠然相处，毫无感情。

但有一天，仿佛是一块儿巨石砸向了这块儿土地，这块儿土地始散发出金色的光芒。

在金色的光芒里，我看到南塬沉静而悠远，浩瀚而广博，顽强而坚忍，朴实而充满活力——我看到了大美的南塬。仿佛是心有灵犀，情有互动，在金色光芒的照耀下，南塬一瞬间从死气沉沉的劳作里苏醒，从漫不经心的日子里焕发精神，从亘古遥远以来发出一声怒吼。

金色的光芒，也温暖了我精灵的身体——我知道，从这一刻起，南塬爱我，我爱南塬！

南塬，我的南塬。

南塬是一个非常隐蔽偏僻的地方。这里南依秦岭北麓，北临滔滔渭河，是一片由秦岭北坡向渭河平原过渡的塬台区。由西安到潼关的官道从塬下穿境而过，经过官道时，看不到塬上的任何情况，也听不到任何声音，除非上到塬上来，否则外人绝想不到塬上还有这样一大片宽阔的地方。由于地处偏僻,交通不便,几乎与外界隔绝。这里民风淳厚,人心尚古,这特殊的地理环境和淳朴的民风,正好成为四皇子在这里隐匿下来的有利条件。

四皇子和三和离开赤水小镇后,一老一少互相搀扶着沿一条乡间小道往秦岭山方向而行。这时,天色已经放亮,路边的沟沟坎坎和一层一层的黄土塬台展现在四皇子和三和的眼前。

三和叹一声道:"这是什么地方啊,如此的荒凉不堪!"

他们先是在一个叫圣山的村子找了一孔无人居住的窑洞住了下来,可住下没几天,攻破潼关的清朝军队从塬下的官道上漫杀而过。他们感觉到圣山离官道太近不安全,就又随着逃难的人群离开了圣山村。

两人漫无目标地在南塬上的沟沟岔岔里辗转了几天,最后来到了一个小镇上,一打听,叫太平镇。

他们走进一家小店里,要了些吃的,然后和店家攀谈起来。两人说是遇到兵祸,家被毁了,流落到此,不知哪里能够安身。

店家看这一老一少不像坏人,心生恻隐,就说这里有一座古寺,叫太平寺,是前朝遗留下来的,今荒弃已久,但仍有几炷香火,有几间房子,尚可安身。

二人听了,觉得也算是权宜之计,便寻着来到太平寺。

这太平寺据传为明宣德八年(1433年)六月参议同郭氏所建,四皇子他们到来时,这座寺院已有二百多年历史。因当时天下太平,为颂扬皇恩,留名万世,故名太平寺。寺院山门朝北,意为面向京城。

入寺即进前院,前院两边分列钟、鼓二楼,左右平置有石鼓两墩。进入中殿有弥勒像一尊,笑口常开,大肚能容之态。弥勒佛像旁边是四大天王各执法器,威风凛凛;背后是韦陀天将一尊,手持宝杵镇魔,昼夜护法。走过弥勒殿,就进入后院,后院两边是寮居旁宅,正中三间是大雄宝殿供奉释祖佛像,也是过去僧人修经趺坐的禅堂。

四皇子和三和把寺院前后转看了一遭,虽然房屋殿堂呈现一副破败模样,但遮风挡雨、暂住栖身不成问题,遂感到甚为满意。简单地和寺院旁边的住户道过打扰,就在太平寺安顿了下来。

住进太平寺,三和太监穿上袈裟削发为僧,而四皇子由于年幼对外则称为俗家弟子,名字叫朱恒,尊三和为师父。没人的时候,三和还是恭敬地称他为皇子殿下。师徒二人就这样在这一片贫瘠荒凉的东府南塬上蛰居了下来,一边苟以活命,一边舐疗伤口,恢复心灵深处的创伤。

住在东府南塬上的人多是沿官道逃难而来的可怜人,他们走着走着走不动了,就从官道上下来往山里的方向一拐,在塬上的各个沟沟岔岔里,找一片黄土崖,往里挖几尺,就是一孔窑洞就是家。太平镇所处的位置算是比较平展的地方,依太平寺住着几户人家,用胡墼土坯垒起来的墙,盖着南塬地区独有的半边房子。

在那个年代逃难的人满世界都是,所以四皇子和三和的到来并没有引起塬上人们太多的注意。虽然有几个好奇的人来打探,但通过简单的打问交流,大家便互相接受了,没有人去寻根问底,更没有人去官府报告。兵荒马乱的日子,谁还有心思和精力去管别人的闲事? 更何况这两个人也不像什么恶僧花和尚之类,反倒是和气谦恭一副佛家慈悲为怀的行作,时间长了倒也相处得融洽。

住了些时日,四皇子和三和慢慢把这个地方弄明白了。原来这太平镇所在地方叫太平塬,依然属东府华州地界,这里离那西安城已有一百多里地,离华州府也有三十里路远,地广人稀,偏居一隅,正好适宜隐居。从太平镇顺塬朝南,秦岭山脉近在咫尺,高大厚重的秦岭山让四皇子和三和住在太平塬上,心里感到一种踏实和依靠。

一天,太平寺里来了一个人。这个人一进门就仔细端详一身僧装打扮的三和。突然,他把三和肩膀一拍,压低嗓门叫了一声三和的名字。

到太平寺以后,四皇子和三和都改了名字,突然听到来人叫三和,把三和着实吓了一跳!

他抬头仔细一看,来人竟然是李士淳。

三和大惊,忙把李士淳拉进后面的小屋和四皇子相见。李士淳给四皇子行过君臣之礼后,三人抱头痛哭。

原来李士淳被大顺军充进队伍,开到潼关前线抵抗清军。在大顺军失败撤回西安的路上,李士淳趁乱逃离了队伍,不想也正好流落到这东府南塬上。前两天,他无意中听到当地人说太平寺里新来了两个逃难的人,说的那两个人的情况有点儿像四皇子和三和,他心里一动,就寻到这太平寺里来了,不想一俟见面,正是他二人。

真是乱世里遇到亲人,寒冬里涌来暖流一般,三人心中的欣喜自不必说!

李士淳的归来,让四皇子的心里增添了一份温暖和力量。从此,在李士淳和三和的照料和呵护下,四皇子朱慈焕在这处普通的乡间小庙里逐渐成长,开始了他在东府南塬上的传奇故事。

穿越到这里,我为四皇子的命运庆幸,也为我的南塬叫好。虽然我的南塬当时还是那么样的贫瘠荒凉,但它静静地默默地收留了落难中的四皇子,就像宽博的大地接纳一片落叶。

李士淳到来后,给四皇子确认了父皇崇祯帝殉国的噩耗。

一路上,在四处躲难和被大顺军严加看管期间,四皇子虽然也听到了一些关于父皇的流言,但他心里总是抱着一丝希望,希望父皇能逃过那场灾难。他甚至天真地想,即便是天下不要了,皇帝不当了,父皇还可以做一个平民百姓。当李士淳给他说起崇祯帝煤山殉国一节时,四皇子惊呆了,想不到北京城那一晚急乱中的离别竟真的是阴阳分道,永无相见。

父皇亲手给他和两个哥哥换上平民的服装,送他们出宫的那一刻,四皇子的心里什么也顾不上想,他只是感到害怕,求生的本能让他和两个哥哥光顾着自己逃命,根本没有想到父皇留下来会怎么样!现在四皇子明白了,父皇殷殷地把他和两个哥哥护送出宫,而他自己却留下来独自承担了失国失家的巨大悲痛!煤山一举,是父皇谢天谢地谢天下的自我问责,也是对朱家历朝历代先祖们的一个惨痛的交代!

在四皇子的眼里,父皇朱由检是一个好皇帝,是一个好父亲。父皇在治理国家上勤勉严谨,事必躬亲,经常晚上还在朝堂上处理公文国事。他不好色,不贪财,没有其他个人生活上的不良嗜好,身体健康。在复杂的宫廷斗争中,虽然强大的文官集团经常给父皇以掣肘,但父皇在关键时刻也能拿出强硬的一面,以维护他的权威和国家的整体利益。但即便这样,正值壮年的父皇还是在他执政十七年以后,在经验能力身体情况应该是俱佳的黄金时期却以失败告终,国破家亡,自己也以身殉国。这中间父皇到底是在什么地方出了错,朱家的龙气到底泄在了什么地方呢?

四皇子不明白历史自有历史的规律,失败肯定有失败的缘由,在那电光石火的历史瞬间,他心里只有一片茫然!

但茫然中四皇子永远忘不了父皇送他和两个哥哥出宫时的殷殷告诫:"社稷倾覆,为父之过也。然我总算是尽心竭力了。你们今为皇子,明日即为庶民。离乱之中,应当混迹于百姓间隐藏姓名。见年长者呼之曰翁,少者称之为叔。万一你等苟全性命,找到忠心之士,应报国仇家恨!"在父皇的话语和痛惜的情绪中,有深深的自责,有要他们报国复仇的期望,也有一个父亲对孩子切切的牵挂和无尽的护爱!

在宫里的时候,作为高高在上的皇家子弟,四皇子和哥哥姐姐妹妹们尽情地享受着优越的生活,大大小小的事情都有专人照料。他们每天都过着无忧无虑、开心快活的生活,衣来伸手,饭来张口,想要什么就有什么,想干什么就干什么。但有一项缺憾,就是他们没有像普通老百姓家庭那样,父母和孩子们之间那种亲密无间、耳鬓厮磨,以及融融的天伦之乐。严密的等级制度使父皇在四皇子他们眼里只是一个高高在上的形象。有时候四皇子甚至觉得,父皇只关心国家大事,从来就不知道关心他们。而现在再想起这一切,四皇子朱慈烺明白了,父皇不是不关心他们,更不是不爱他们,作为一国之君,父皇要心系整个国家,心系整个天下,在巨大的责任和压力面前,父皇只能把一个父亲对孩子的慈爱深深地埋进心底!

对年幼的四皇子来说,失去了才知道宝贵,经历了苦难,才体会到了当初的至爱亲情!

四皇子心中对父皇仅存的一丝希望破灭了,他真切感受到自己犹如一棵大树上飘落下来的叶子,大树已倒,他这一片叶子不知要飘向何方!

这个时候的东府南塬上依然是寒风呼啸,万物凋零,看不出一点儿生机,恰似四皇子犹如寒冰的心情。

李士淳和三和看四皇子整天以泪洗面,郁郁寡欢,只能尽力抚慰和保护好他,耐心等待春天的慢慢到来。

太平寺里的日子相当清苦,三和主要近身照料四皇子的起居等一应琐事,全凭李士淳一个人经常外出化缘来供养三个人的生活。住进太平寺以后,李士淳也同三和一样,一副僧人打扮,这外出化缘,倒也正好符合身份。

一天,李士淳又来给四皇子和三和辞行,说他准备外出去化缘,而且这一次外出化缘比以往时日要长些,四皇子和三和不解。

李士淳问:"皇子可否记得李贼的运宝车队?"四皇子和三和点头。

李士淳又问:"皇子可否记得在解救你的那个晚上,有一辆运宝车半道逃脱?"四皇子和三和听出李士淳的话中有话,不由得睁大了眼睛,他们当然记得。

原来李士淳经过近段时间打探,已经和当时劫持运宝车辆的明朝将领取得了联系,他这一次出去就是要把那一车财宝运回太平塬上。

这一情况让四皇子和三和从心底里感到兴奋,尤其是四皇子。自从四皇子发现李自成的运宝秘密之后,心中的痛惜和不甘就没有停息过,但他的处境又没有能力和办法从李自成手里夺回那批财宝,所以虽有不甘但也只能仰天长叹。从西安逃脱出来以后,他心里时时在牵挂着那批财宝,正苦恼不知那批财宝的去向时,李士淳却主动告诉他这么个好消息,这自然让他兴奋。

"多谢李翰林对我大明的忠心!"四皇子高兴地对李士淳说。逃难以来,四皇子一直沉默寡言,很少开口说话,李士淳的归来才使他的话渐渐多了起来。

"李翰林这番外出,除了取得那一车宝物,还要进一步查明剩余运宝车辆的去向。想那李贼所掠,是我大明朝几百年的积累,等到报国仇、血家恨的那一天,定要原物归主,再为我大明所用!"看来这四皇子虽然不多开口说话,但心里面却一直有数。

李士淳听了,自然心领意会。

第二日,李士淳即下塬而去。

四皇子惦记着那批财宝,却不知道有人同样也在惦记着那批财宝,而且还同时在惦记着他四皇子。

李自成的大顺军撤退之后,清军迅速攻占了陕西,在进攻陕西和甘肃的战役中表现突出的汉人孟乔芳被清政府任命为第一任陕西总督。他也是清朝初期为清朝统一大业立下汗马功劳的一大批汉族文臣武将中突出的一员。在他的手下还有一位著名的汉族将领,名叫张勇。张勇是陕西咸宁人,善于骑射,在明末时已官至副将,清军进入陕西后他率部降清,归属陕西总督孟乔芳管辖。归顺清朝后,张勇逐渐显露出他非凡的军事才能,几乎是逢仗必胜。张勇的英勇善战,使他同孟乔芳一起成了稳定陕西和西北地区的中流砥柱。

当时李自成的余部仍在陕西、宁夏等地活动,严重威胁清朝在西北的统治,其中最大的一支是据守在汉中的贺珍和孙守法部。就在清军刚进入陕西不久,贺珍和孙守法突然率兵七万,从汉中出动围攻西安,立足未稳、猝不及防的清政府和陕西全境为之震动。面对危局,孟乔芳从容不迫,冷静指挥,他首先将城内的防御系统布置得井井有条,并派人潜出城外调集张勇部增援。张勇部正驻扎在天水一带,接到命令后迅速带领精锐骑兵,一天一夜赶到西安城下。在城内军队的顽强守卫和张勇援兵的凌厉攻势下,贺珍和孙守法部队全面溃败,此战奠定了清政府在陕西的统治。

三月的一天,西安南院门总督府,陕西首任总督孟乔芳接到了朝中发来的一道密旨。

这是一道不同寻常的密旨,密旨内容有两条:一是秘密探查大顺军从北京所得巨额财宝的去向;二是查找崇祯三个儿子的下落。密旨要求很明确:绝对保密,悄悄进行。

陕西是李自成的老家和根据地。从北京撤退后,李自成首先到了西安,并且在西安驻扎了半年多。这半年多的时间里有足够的时间处理那批巨额财宝,所以陕西是追查李自成巨额财宝去向的重要地方。至于崇祯的三个儿子,有情报说是被李自成劫为人质,一路押送随军同行,很有可能在陕西能找出个线索。

孟乔芳看完密旨后,心中默默进行了一番筹划。

冬去春来,天气渐渐暖和了,太平寺里的老榆树开始长出嫩绿的榆钱。

经过了几个月的蛰伏休养和李士淳、三和的精心照顾,那个哀苦忧伤、满脸泪痕的四皇子也从噩梦中慢慢苏醒了过来,虽然不能完全忘掉内心的痛苦创伤,但他的眼神活泛了,身体灵动了,一个十二岁孩子的天性慢慢地回来了。

我们现在就开始叫四皇子为朱恒吧。

四月一个暖暖的晌午后,明亮的阳光照耀在太平塬上的沟沟畔畔,刚长出新枝叶的杨树和槐树散发着春天的气息。

在太平寺的前院里,朱恒身着一身轻快的薄衣裳,在院子里认真专注地练剑。他在皇宫里的时候,有专门的师傅给他教习剑术,这会儿他把练剑当玩,要不他一个孩子家的,要玩没人玩,想出门又不敢出,不能活活憋在那里吧!

春天给太平塬和朱恒都带来了生机。

忽然传来一阵女孩子脆生生如银铃一般的笑声,打乱了朱恒练剑的步伐。他回头一看,一个娇小的塬上女娃正看着他笑。

这女娃大约十一二岁的样子,上身穿着蓝色印花对襟小褂,下身着土黄皂色长裤,脚蹬一双黑色缀花布鞋,小巧的身子秀秀气气,圆圆的脸盘开朗俊俏。

朱恒吓了一跳,以为自己被看出了什么,后悔自己不该在前院来练剑,就收起架势要往回走。

"哎,小师父,小师父。"那女娃见他要走,就急忙喊他。

朱恒停下来,回过头看那女娃。

那女娃说:"小师父,我妈在家里蒸了些槐花麦饭,让我给师父们送来,我放在哪儿呀?"

不待朱恒开口,听到说话声的三和连忙从屋子里跑出来。三和把那女娃送的槐花麦饭接住,拿到灶房倒进锅里,再把女娃的碗还给她,连连说:"谢谢小施主! 谢谢小施主!"

女娃拿了自己的空碗,看了一眼还站在那里的朱恒,笑嘻嘻地跑了出去。

三和对朱恒说:"没事,这孩子叫会儿,以前和她妈来过。她妈是李嫂,她们家就住在西边沟里。"

太平寺是一座乡村小庙，平常庙里做佛事的时候，周围的人家就会送一些吃食过来，算是给寺庙的供养。有一些信佛虔诚的穷苦人，看三和他们来到庙里后生活困难，偶尔家里有点儿好吃的东西也会给他们送点儿。只是以前这些事都是李士淳和三和来接待，朱恒一般都躲在后面的院子，所以今天突然让会儿撞见，朱恒着实虚惊了一场。

这一次是一场虚惊，但接下来就是一场"战争"。

又是一个明亮而温暖的午后，朱恒在太平寺后院一个人烦闷，就跑到前院里找三和。

朱恒前后找了一圈也没有看到三和的人影，正不知如何发作时，隐约听到哪个地方有窃窃私语的声音。

朱恒往门口看看，没人；又往周围看看，还是没人，他就低头往后院去。走着走着他听清楚了，声音是从背后的墙头上传来的，他猛一回头，一下子把他吓了一跳。

只见寺院外面靠近院墙的一棵大树上，有三个男孩子正冲着他不知嘀咕什么，边嘀咕还边向他这边瞅。

正烦闷的朱恒一下子被这些孩子的偷看行为激怒了，他大喝一声：

"你们干什么！给我下来！"

三个孩子一看朱恒看见他们了，也不再躲藏和避讳了，叽叽喳喳一阵放肆的大笑，分头找一根树枝，往更高的地方爬去，边爬还边故意把长满新芽的树枝使劲摇晃，来挑逗朱恒。

第八章　"日""月"为"明"

我可以飞翔,但更多的时间我都是生活在人间。

南塬就是我的人间。

从龙首堡往南约三里地,就是高大的秦岭山脉。迤逦而下的秦岭北坡,就像是秦岭伸展开来的宽厚的臂膀,把龙首堡和它周围的村庄、土地一起拢进自己的怀抱里。龙首堡和它周围村庄的人们就在秦岭的护荫下劳作、生息,一年一年,一代一代。

最幸福的是这里的孩子们,秦岭山就像一座高大的围墙,整个南塬就像孩子们宽阔的后院,孩子们在这里一边安全地玩耍,一边迎着风儿长大。天热的时候,秦岭山为孩子们遮起一片荫凉,送来阵阵凉风,刮风下雨的时候,秦岭山为孩子们撑起一方高高的屏障;冬天,寂静无垠的秦岭山给孩子们以沉静和安宁,夏天,满眼翠绿、万物茂盛的秦岭山给孩子们以自由奔放和生命的活力。

在玩闹够了的时候,孩子们常常会坐在村头对着秦岭山发呆。看着连绵起伏、一望无际的群山,一会儿我问你一句,一会儿你问我一句,问着问着,他们小小的心儿就和秦岭山融为了一体。

"哎——你们说山的那边有什么啊?"看着秦岭山,孩子们都快醉了,一个孩子痴痴地问。

"你们说,山里都有些什么?有老虎豹子吗?有猴子吗?"还没有人回答第一个孩子的问题,第二个孩子又接着问了。

"你们看,那一座山好远啊,它上面会有神仙吗?"有一座远远的山峰上白云缭绕。还是没有人回答,孩子们的思想全集中在对秦岭山的想象和探索中了。

"你们看那一座山,上面会有妖怪吗?"一个孩子伸手指向另一座山,那座山有个陡峭的山顶。

"你们看那一座很高的山,它上面肯定会有宝藏呢!"又一孩子指向另外一座山。

秦岭山对南塬上的孩子们来说,充满了各种各样的好奇和幻想。这些好奇和幻想犹如一颗种子,在孩子们小小的心灵里扎根发芽,然后在他们的成长过程中开花结果——这就是爱,对秦岭山的爱,对南塬的爱,也是他们以后对生活和人生的爱!

我就是他们中间的一个呢!

这两天,对平平、小军和宝良三个人来说,思想全集中在那件玩物上了。他们本来没有在意,只当是个随便的玩意儿,但经过和老四的抢夺,让他们意识到这东西可能还不是没有一点儿用。那次过后,老四还找过他们几次,软磨硬泡的,目的还是想得到那个东西,这更让孩子们觉得对那东西不能小视了。

这一天,孩子们来到京书爷家,想让京书爷看看认不认识那个东西,不就是个铁疙瘩嘛,为什么老四要抢它?

搁在前几年,小军、平平和宝良他们这一帮子碎仔子可是不敢来找京书爷的,就是在村道里碰见了都要远远地跑掉。因为京书爷在他们眼里是个怪人,平常见别人老都是黑着个脸,可一旦碰见了堡子里的碎男娃,却一下兴奋得一边吱里哇啦乱喊乱叫,一边舞手舞脚地让你不知道他要干什么。就在你不知所措跑也不是躲也不是的时候,京书爷一把就把手伸进他们这些碎男娃的裤裆里摸一下,然后喊一句"摸小牛牛喽",才会心满意足地让你走。这些年京书爷老了,玩劲下去了,再说他们这一帮碎仔子也长大了,京书爷也不会再摸他们的小牛牛了,这样他们才敢接近京书爷,但京书爷在孩子们面前爱玩爱闹的习惯还是没有改变。

三个孩子到京书爷家时，京书爷正在院子里的树荫下拉着二胡唱着秦腔，唱到美处，摇头晃脑，怡然自得，这和他在外人面前的形象简直判若两人。

京书爷在堡子里不光有威望，而且还是一个很有学问的人。家里有很多老书，还会哼着唱一些谁也听不懂的戏，更厉害的是他能给人瞧病，可以说是一个被埋没在广袤农村的知识型人才。

京书爷会瞧病的功夫是跟他大学的。京书爷他大是东府南塬上很有名气的外科先生，他的"升降药"绝技在全县都很有名。西安一个医科大学的教授带学生还来挖掘整理过这一升降药绝技，并为这一民间技艺起名为"新疹划点疗法"，还出了一本书。

升降药一般是晚上进行，因为配药和熬制的过程需要很长时间，晚上没人打扰正好集中精力来做。开始熬制升降药的时候，京书爷他大先要设坛敬香，清除外人，一方面以示恭敬，另外是为了对这门民间中医绝技进行保密，所以关于升降药的一些具体细节外人知道得不多。升降药完成以后，会熬制出两种药粉，一种是红颜色的药粉，叫"旋"药；另一种是白颜色的药粉，叫"点"药。它们的用法又有一些讲究。

刚出生的新生儿或者小孩童，头上长疮或不长头发时，把升降药熬制药膏时剩下的锅底研成粉末往头上一抹，疮疤即好，不长头发的很快就能长出新发。乔峪有个木匠，盖房的时候用平均（一种木工工具）劈檩，檩木踩在脚底下不小心一转，平均一下子劈进了自己的脚脖子，伤口裂得像张开的碎娃嘴。治了一段时间，不见好转，家里人用架子车把木匠拉到龙首堡的时候，木匠脚脖子上的伤口已经溃烂脓变，露出了肉里面白生生的骨头碴口。京书爷他大一看，二话没说，先拿起一瓶"旋"药，整瓶倒在了木匠的伤口上。几天后，再来一看，京书爷他大觉得还不行，又倒了一整瓶的"旋"药在伤口上。第三次，又用了一瓶"旋"药，这才把伤口上的死烂腐肉清理干净。原来，这"旋"药性烈，就是专门用来"旋"掉伤口上的死烂腐肉的，旋掉死烂腐肉，新肉才能生长。这三瓶"旋"药，要京书爷他大熬制好几个晚上呢。用了三次"旋"药后，木匠的伤口才清理干净，这时，京书爷他大开始给木匠换上

"点"药。"点"药是活血化瘀、催化肌肉复合生长用的,这次京书爷他大又往木匠伤口敷了一整瓶"点"药,然后把伤口包扎严实。半年后,木匠的腿就完完全全地好了。为了表达对京书爷他大高超医术的敬佩和感激,木匠用上好木料亲自制作了一个精致的医用药柜送到了京书爷他大的家里,到现在那个柜子还在京书爷家保存着呢。

龙首塬上有人得了关节炎,京书爷他大也有办法。他拿一个刀片在酒精里消过毒,然后用刀片在膝盖周围一下一下扎,等扎开的小口子从里面往外渗出血珠子的时候,京书爷他大就倒一些"点"药在手心里,用自己的唾液一搅,往膝盖周围均匀涂抹,不用包不用裹,过一段时间准好。在南塬上流传着一句话:"神水仙丹灵芝草,都没有龙首堡的升降药好。"赞的就是京书爷他大的这个绝活。

京书爷跟了他大,学了他大的真传,在堡子和周围几十里远的地方都牛气十足。

平平、小军和宝良来到京书爷家,三个人一起围到京书爷跟前。平平把那件东西递给京书爷,京书爷抓过去看也不看,抬手往远处一扬,嘴里发出"嗖"的一声。

平平三个以为京书爷把那东西扔了,忙急得喊:"哎——哎——"

京书爷嘻嘻嘻地笑了起来,笑得涎水流到了胡子上。他手一张,原来是故意逗平平几个玩哩,那东西还在他手里拿着呢!

平平几个把京书爷围住"爷、爷"地叫。

平平说:"京书爷,你看看这是啥东西嘛。"白净的小脸一脸认真。

宝良说:"爷,你看这值钱不?"说完还"嘿嘿"笑两声。

听他们这么说,京书爷这才把他们带来的东西拿在手里认真看起来,看着看着他不吭声了。

平平忍不住问:"是不是古代的宝贝?"说完往京书爷跟前凑了凑。

京书爷像是没有听见一样,继续对着那东西发呆。

"值钱得很吧?"宝良接着平平问,问完眼里充满期待。小军也凑上来,等着京书爷给他们一个肯定的答复。

好一会儿,京书爷才慢慢抬起头,问:"你们是从哪里得到的?"

平平突然感到京书爷的眼神怪怪的,像要把他吃了一样。嗫嚅地说:"我在老地道里捡的!"

京书爷伸出两手,一把捏住平平的小脸蛋使劲摇起来,疼得平平哇哇大叫,他却像发现新大陆一样兴奋地从凳子上站起来大喊:"这是我家的东西,这是我家的东西啊!终于找到了!"说着就变成了一个老顽童,在院子里手舞足蹈地转起圈来。

平平、小军和宝良一听,惊得瞬间张大了嘴巴,不明白这明明是老地道里发现的东西么,咋就成了京书爷家的了?

兴奋的京书爷扔下三个孩子,一溜小跑钻进了他家的上房屋,留下平平、小军和宝良面面相觑,不知就里。

京书爷家的房子是带天井的四合院,前面是三间上房,两边接檐再盖三间厦房,后头再用三间厦房收拢,形成紧紧凑凑的一院庄子。这种庄子的特点是封闭严实,防盗防匪,当然也只有家境殷实的人才能盖得起。平平家的庄子也是这样的,平平家还有二层木板阁楼,那时一层木楼就相当一座房的造价,据说是平平的爷爷的爷爷盖下的。一看这留下的庄子,就知道京书爷的先人和平平的爷爷的爷爷那肯定都是个能行人。

不大一会儿工夫,乐颠颠的京书爷从上房屋里出来了,他从背后拿出两样东西往三个孩子眼前一放,平平、小军和宝良先是没有看明白,可等京书爷把两件东西往起一合,三个孩子有些吃惊了。

两件东西一个是他们带来的那件东西,而另一个的模样则完全不同,大体像一个不标准的半圆柱体,只是在圆柱体一侧的背后,也有一条像鱼鳍一样突出的铁棱。两件东西材质一样,铁棱相同,最关键的是把两件东西往起一合,孩子们带来的那件,正好合在另外一件不标准的圆柱体的一侧。合起来后,两件东西组成了一个新的圆柱形物件,两条铁棱对称地分布在圆柱形的两侧,整个物件浑然一体。

孩子们发出惊奇的叫声,他们意识到这中间肯定有故事。京书爷指着两件东西问孩子:"这件是我大给我留下来的,那件是你们从老地道里捡的,你们看它们合在一起是不是就成了一个?"

孩子们齐声说:"就是的,合在一起就是一个,这太奇怪了!"

京书爷又说:"还有,你们再仔细看。"说着把两个物件分别拿起来,用衣袖把上面的灰土拭了拭,递到三个孩子眼前,"它两个上面都有字,看你们能认出来不?"

三个人头对头凑到一起,果然看到在两个物件的顶端都刻着一个字,由于字体细小,孩子们之前竟然没有发现。字是古体,平平、小军和宝良三个人对着字转过来转过去认了半天,认不出是啥字。

京书爷说:"这是篆体字,你们拿来的那件上面刻的是'月'字,我家这件上刻的是'日'字。"

这确实不能怪孩子,塬上这么大的农村孩子有几个人学过篆体字?经京书爷一说,孩子们也算是长了见识,认识了"日""月"两个字的篆体写法。

"这两件东西分开了是两个,合起来是一个,是我家传下来的宝贝。有一年躲土匪时跑丢了其中的一件,到我手里就剩一件了。"京书爷继续说。

"看来是丢到了老地道里了。"小军接着京书爷的话说。

"是啊,没想到这么长时间了,又让你们给捡回来了,真是祖宗保佑啊!"京书爷说着一阵唏嘘,老眼流出了热泪。

平平问:"爷,这东西是干什么用的?"

京书爷把两件东西拿在手里说:"我大传给我时给我讲过,这是蕴空山寺庙里的供器,是一个叫普乾的和尚送给我们家祖上的信物。"

"蕴空山!"

"普乾和尚!"

孩子们叫道。他们想起来了,上次在马场村,小军姑姑给他们讲过清朝有一个人打仗失败后到蕴空山当和尚的事,那个人会不会就是普乾和尚呢?

京书爷说:"是的,就是普乾和尚。普乾和尚在咱这南塬上起兵反抗清朝,失败以后就上了豆瓣岭的蕴空山。"说着,他又把那两个合在一起的物件给孩子们看,"这'日''月'两个字合在一起就是个'明'字,就代表着普乾和尚反清复明的愿望!"

京书爷这么一说,孩子们心中对普乾法师和蕴空山的好奇更加强烈,他们嚷嚷着让京书爷讲一讲普乾和尚的故事。

我是塬上的娃，这些塬上的传说故事我自然知道。我不光知道这个故事的内容，我还知道在这个故事中京书爷的特殊身份和他与蕴空山的神秘关系。

先来说这个故事的内容。

原来，在明朝末年的时候，崇祯皇帝在北京自尽身亡，大明王朝宣告覆灭。但崇祯的四皇子却在一片混乱之中逃出皇宫，几经辗转后来到了东府南塬上。来到东府南塬以后，四皇子反清复明之心不死，他以东府南塬为根据地，纠集明朝旧部举起了反清大旗。南塬上的百姓也不堪清人的凌辱，一齐跟随四皇子投入了反抗清朝统治的斗争之中。经过好多年你来我往的激烈战斗，虽然四皇子在南塬人民的支持下取得了一定的胜利，但清军的力量逐渐强大，如果继续对抗下去，必然会带来更大的牺牲。为了避免更多南塬百姓的伤亡，四皇子决定罢战议和，再不与清廷相争。议和成功后，他遣散了明朝旧部，只带了几个随从上了凤凰山，住进山上的云寂寺，削发为僧，法号普乾。

普乾法师是南塬上的传奇人物，围绕他有很多奇异的传说，直到今天还被南塬上的百姓津津乐道，广为流传。传说普乾法师在凤凰山讲经布道时，有几个居士给山上运送食物，走到十八盘第三盘时累了，坐在道旁休息，迷糊之间便睡着了，醒来之后已到山顶。他们说是梦见几位神仙，神仙用祥云把他们托送上山顶的。为感念神仙相助，这几个居士便在第三盘转弯的地方修建一桥，以示纪念，名曰"遇仙桥"。还有十八盘"歇虎石"的传说更为神奇。凤凰山的十八盘，山高路险，为此，普乾法师经常要用一小骡驹为山上驮运食物。一日，普乾法师和小骡驹走到中途，窜出一只猛虎，吃掉了小骡驹，还要吃普乾法师。危急时刻，普乾法师施法降伏猛虎，并将猛虎收为徒弟。从此，此虎似通人性，相随法师终不离身，每逢下山去乡里市街化缘购物，均由虎徒夜间驮回。今天，在十八盘第五盘道旁左右各有一重约千斤的巨石，名曰"歇虎石"，传说就是普乾法师的虎徒歇脚的地方。

普乾法师在凤凰山潜心修佛二十余年，在他圆寂的时候，他留言叮嘱弟子："我是明朝的皇子，生不做清朝人，死不沾清朝土，尸枢悬空葬之，此后称蕴空和尚。"弟子们遵照普乾法师的遗愿,就在凤凰山上修建墓室,把他的棺椁用铁链悬吊在墓室的中央,四周悬空,不着泥土。普乾法师的"蕴空"二字,既蕴含佛家讲求的空意,又含蓄不露地隐藏着普乾法师反清复明的决心和未了的心愿,显而不露,秘而不宣。从此后,"凤凰山"遂改为"蕴空山","云寂寺"也改成"蕴空寺",就有了东府南塬上远近有名的奇观——蕴空山悬棺。

几百年过去了,南塬上的百姓依据这段历史和故事,流传下来两句歌谣:"天也奇,地也奇,大清地盘竖起大明旗。说也怪,唱也怪,得了大明宫,尸棺悬空中。"说的就是四皇子的那段故事。

平平、小军和宝良三个人在京书爷讲述的时候,听得如醉如痴,津津有味,他们没想到在他们生活的这东府南塬上还发生过这么一段传奇故事。

但当他们听到最后那两句歌谣时,平平和小军一声惊呼,那两句歌谣和写在龙王庙大殿墙上的一模一样!

平平和小军把他们在龙王庙大殿墙上看到那两句歌谣的情况告诉了京书爷,京书爷听了后那只竖着的耳朵一跳,脸色也瞬间大变。

京书爷仰天叹一声,说:"塔倒了,贼娃子来了,蕴空山上要出事了。"

听京书爷一说,三个孩子才想起前两天下大暴雨后,蕴空山上的塔突然倒掉的事,看来塔倒掉真不是个好兆头。

京书爷缓和了一下情绪,告诉孩子们说:"最近有一伙盗墓贼在咱南塬上到处下手,据我掌握的情况看,咱们龙首堡的老地道就是他们挖开的。现在看来,这帮家伙又开始打蕴空山悬棺的主意了!"

第九章　太平塬上的黑娃

穿越回到三百多年前的太平寺里,四皇子——也就是朱恒正面临着一场挑战。

朱恒看到那几个孩子在树上招摇,知道他们是在向自己挑衅。但他哪里上过树,估计连见也没有看见过,一时羞窘无计,只对着那几个孩子喊:"你们给我下来!"有一股皇子威严的口气。

"你上来呀!"上得最高的一个黑黑的男孩子看出了朱恒的无奈,就更故意地逗他,边说边用小手一招一招的。

"就是,有本事你也上来啊。"另两个孩子也来劲了,跟着起哄。

受到几个像野猴子一样的乡村小孩的戏弄,朱恒真后悔没有带他自己的弓箭来,要是有弓箭在,他非把这几个野猴子从树上射下来。

虽然没有弓箭,朱恒也不甘就这样在他们面前示弱。只见他转身在地上捡起几块儿砖头瓦片,奋力向树上掷去,结果没有一个能够得上树上的那几个孩子,全落到墙外面去了。树上的孩子一看朱恒根本就打不到他们,就更得意了。

正在两军对峙、互不相让之际,突然从墙外面传来一个女孩的哭叫声:"哎呀,打着我的头了,甭打了,甭打了。"

树上的和寺院里的都一惊。

只听树上的一个孩子喊道："黑娃，那小子打着会儿了。"

被叫黑娃的孩子说："快下去看一下。"说完，三个孩子哧溜哧溜从树上下去了。

只听见墙外传来一阵混乱。"哎哟，会儿头上流血了。"是一个男孩的声音。

"甭动，疼。"是女孩的声音。

"赶快回家吧。"是另一个男孩的声音。

"都是那小子干的好事。"又一个男孩的声音。

"走，找那小子去。"男孩的声音。

"甭去，甭去。"女孩的声音。

朱恒听到自己把人打着了，心里有点儿忐忑不安，开始还想着出去看看，但自从来到太平寺以后，他还没有自己一个人出过寺院大门，就是跟师父一块儿也出去得很少。正在他愣在院子里不知所措的时候，几个孩子吵吵嚷嚷从寺院门口拥了进来，会儿一只手捂着自己受伤的脑袋，一只手拉着黑娃，看样子是想劝住他们几个。

上次来太平寺无意中撞见朱恒以后，会儿回去给黑娃他们说太平寺来了一个男孩子，长得还挺俊的，黑娃一听不服气，就带着他们几个来会挺俊的朱恒。可没想到他们几个上到树上光顾着闹腾，却让朱恒扔出的砖块砸到了树下的会儿。

黑娃他们几个往朱恒面前一站，两边形成了鲜明的对比。朱恒白净、秀气，身材匀称，穿着合身合体的衣服，而黑娃他们几个脸上抹得五马六道，穿的衣服也是腰长腿短，补丁摞补丁，看不出个样样行行来。三个人往那里一站，叉腰斜胯，盛气凌人的，完全是一副山大王的架势。领头的黑娃有一个黑黑的脸庞，如果脱光了衣服估计也是一身瓷黑，还有那满脸匪气，一看就是成天风里雨里浪逛的塬上野孩子。旁边一个叫墩子的，听名字就知道是小胖墩一个。还有一个叫蛋蛋的，没有什么明显的特征，就是鼻子下面老挂着两行鼻涕，看着吊长了吊长了就用鼻子一吸，又吊长了又用鼻子一吸，在看的人忍无可忍的时候，他就用衣袖一抹，抹得多了，两个衣袖口黑亮黑亮地结了一层垢痂。只有会儿在他们中间还显得文静整洁，清秀可人。

朱恒看着这几个野猴子一般的孩子气势汹汹地闯进来,心里还真有点儿害怕:这是孩子吗?会不会是乱贼、土匪啊?他们是要怎么样对我啊,我要跑还是要跟他们对抗啊?朱恒真是没有经历过这样的场面,一下子也不知道该怎么办。

不等朱恒理出个头绪,黑娃已经横到朱恒面前。只见黑娃双手叉腰,肚子一挺:"小子,给爷报上名来。"果然是山大王的口气。

墩子:"快回黑大爷的话,你叫什么名字?"这是一个喽啰。

蛋蛋:"你闯、闯、闯祸了,把会儿的头打、打烂了。"这个也得理不饶人,趁势来威胁,说话急了还打结巴。

什么,把你叫爷?朱恒不管怎么没见过这样的场面,但要让他叫别人为爷,怕是他第一不答应的事情,以前可都是别人叫他爷的,这种屈辱,他心里还是能明白的。

屈辱激发了朱恒心中的胆气,他把腰一挺:"我才是爷呢!"

"啥?你是爷?"黑娃往前迈了一步,进一步威逼道,"你才来了几天,你也不打听打听,这塬上是我黑娃的天下!"

"你的天下也不能欺负人!我又没惹你们,是你们在树上偷看我!"朱恒为自己据理力争。

墩子插上来说:"你把会儿的头打烂了,你说怎么办吧?"

"叫、叫他的师父出来,赔、赔、赔会儿的头。"叫蛋蛋的一急嘴上更结巴了。

"我师父不在。"朱恒用师父不在来拒绝承担打破会儿头的责任,三和也确实不在寺里。

"他师父不在,那就打他!"不知是墩子还是蛋蛋喊了一声,把黑娃心里对朱恒的羡慕嫉妒恨全勾引出来了。黑娃照着朱恒当胸就是一掌,把朱恒推倒在地,紧接着黑娃上去骑马式压在朱恒的身上,黑拳头在朱恒身上一阵乱打,朱恒在黑娃的身下竭力反抗。会儿急得又哭又拉,可根本就近不了身。墩子和蛋蛋一边加油助威,一边幸灾乐祸,寺院里面一时硝烟弥漫,哭喊一片。

看着天气暖和了,为长远打算,三和就在太平寺不远的地方开垦了一片荒地,这会儿他正在开垦的荒地里侍弄着准备点上一些土豆。在干活的空隙三和隐约听到从寺院里传来孩子们的哭喊声,感觉不对劲,就赶紧放下手中的活计赶了回来,一进院子就看到了那混乱的"战争"场面。

三和一声大喝,墩子和蛋蛋看见三和赶紧拉起骑在朱恒身上的黑娃跑出寺院大门遁去了。三和上前扶起躺在地上的朱恒,可怜的朱恒鼻子流血,满脸灰土,身上的衣服也被扯破好几处,一看见三和眼睛里流出了委屈的泪水。三和把朱恒抱进屋里,看见会儿还傻傻地站在那里,头上流着血,也赶紧把会儿叫进屋子,又是擦洗又是包扎,先后给两人收拾停当。

会儿想给朱恒说些抱歉的话,可朱恒理都不理会儿,会儿心里一阵难过。

住在西沟里的李嫂,是一个快人快语的中年妇女。她丈夫叫羊娃,一个老实巴交的庄稼人。两口子带着当时不到一岁的女儿会儿从山西逃难而来,住在这里已经有十多年了。李嫂是个热心肠的人,看三和和朱恒住进太平寺以后,吃喝艰难,便时常做些塬上人爱吃的苞谷面煎饼、麦饭、野菜疙瘩、饸饹面、南瓜包子什么的给他们送来吃,平常也帮助寺院里做了不少的事情。

会儿回家把黑娃和朱恒打架的事给李嫂说了,李嫂一听就把黑娃几个叫到家里狠狠收拾了一顿。

这黑娃原来是个没爹没娘的孩子,一个人整天就知道在塬上偷鸡摸狗,打捶斗架,没有人能惹得起他。碰上哪家大人看不惯骂他几句,他就敢去把人家地里的庄稼踩得横七竖八,或者就去斫人家地畔上的树或者打人家的碎娃,是个真真的塬上愣娃,十三四岁的年纪就得了一个"混世小魔王"的绰号。李嫂看黑娃虽然作恶不断,受人嫌弃,但知道他也是个苦命的孩子,只是没有人愿意给他温暖,才使娃收拦不住自己的性子越来越野。

有一天,李嫂对黑娃说:"你做我干儿子吧!"

黑娃狡黠的眼睛一瞪,对李嫂说:"你不嫌我匪啊?"

李嫂说:"我不嫌!我黑娃不匪,我黑娃其实是个乖娃!上次会儿从北崖上摔了下去,还是你背着会儿跑了十几里去看大夫,多亏了我黑娃呢,我咋会嫌你嘛!"夸完了李嫂又接着说,"以后想匪你就匪,想浪你就浪,匪够了浪够了就来家里吃,来家里住。有你这个干儿,再加上会儿我就是儿女双全的人了,就是个有福气的人了!"

李嫂的一番话说得黑娃心里暖暖的,从此后就认李嫂为干娘,羊娃为干爹,会儿为干妹妹,别人的话不一定听,但李嫂的话他一定听,对会儿也非常好,处处保护着会儿,不是亲的比亲的还亲。

李嫂把黑娃收拾了一顿后,又在家里烙了一个大锅盔,让黑娃背上锅盔,带着墩子、蛋蛋、会儿一起来到太平寺里看望朱恒。在李嫂心里,她隐约感到三和和朱恒不是普通人,尤其是朱恒那孩子,长得俊俊秀秀,乖巧灵气,眉眼神态之间有一种她说不上的气概,根本就不是塬上这帮野孩子们能比的。她不想让黑娃这二愣子因为这一架和太平寺结下冤仇,成天给寺院找麻烦。她想把孩子们拉到一块说和说和,让他们以后好好地相处。

李嫂他们进得庙来,三和看见了,招呼他们进屋,又给他们倒水。朱恒一见黑娃几个,怒目而视,转身就要走开。

李嫂忙拉住朱恒,说:"小师父啊,黑娃给你赔不是来了。你看,他们几个都知道错了。"说着拍了黑娃一下。

黑娃和墩子、蛋蛋连忙脸上挤出笑,又是点头,又是哈腰。

"我错了。"

"我们错了。"

"我们错了。"

看黑娃三个人都有了承认错误的态度,李嫂又对朱恒说道:"小师父啊,别跟塬上这一帮野孩子一般见识。来,吃我烙的锅盔。"说着让黑娃从背上取下锅盔。大大的锅盔是用包袱包起来,背在黑娃的背上背来的。

李嫂烙的锅盔又大又厚,头上还缠着纱布的会儿走上前来用她的小手使劲才掰下来一小块。她双手捧着锅盔送到朱恒跟前,嗫嚅地对朱恒说:"朱恒哥哥,这是我娘烙的锅盔,给你吃。"

"我不吃。"朱恒脸一扭,还在生气。

"朱恒哥哥,你别生气了,都怪我,我不该带他们来寺院里。"会儿小声低气的样子让站在旁边的三和看了直心疼,真是个懂事乖巧的女娃子。

三和对朱恒说:"恒儿,快接了吧!你看会儿头上还往外渗血呢!"朱恒转头看了一眼会儿的头，会儿的头上还包着纱布，纱布上有一点点血渗出来。

朱恒看到会儿伤得比他自己还要厉害，他心里觉得有些对不住会儿，再加上李嫂在旁边不停地劝说，和黑娃他们几个刚才的道歉，朱恒慢慢消除了心中的敌意。他对着会儿缠着纱布的头和那双哀婉凄切的眼睛，终于软下了心。

"你的头……"朱恒张开口想对会儿说话，可还是有些放不下架势。

"我的头早不疼了。朱恒哥哥，我不怪你的。"看朱恒态度好转了，会儿也兴奋了，睁着一双圆圆的大眼睛连忙接上朱恒的话。

"我不知道你在外面，我不是故意打到你的。"朱恒表达了对会儿的歉意，"真不疼了吗？让我摸一下看看。"说着朱恒用手轻轻摸会儿头上缠着纱布的地方。

"看，我不疼吧！"会儿一动不动地说，天真烂漫的样子逗得旁边的人也都一起笑了。

李嫂高兴了，对黑娃说："黑娃，你是老大，以后也要好好保护小师父啊！"又指着墩子和蛋蛋说，"你们几个也一样，要和小师父一起好好玩，不准再闹架吵嘴，听到没有？"黑娃和墩子、蛋蛋忙不迭答应，黑娃还很不好意思地挠挠头。

三和师父拿来药膏，把会儿头上的纱布解开，给伤口换上新药，又重新把纱布包上。换好以后，会儿对三和师父说："三和师父，让朱恒哥哥到我家去玩，好吗？我娘给朱恒哥哥做好吃的。"

三和看着朱恒终于露出了笑容，知道这孩子自从逃到这里安身以来，也孤单得太久了，老是躲啊藏啊，担惊受怕，远离人群，都快把一个孩子的天性磨灭完了。今天难得看到他露出轻松的笑容，说明这些伙伴的出现给他带来了一些活力。

"好吧，恒儿随会儿姑娘去吧，不过可要早早回来，要记住师父给你说的话，不可叨扰别人！"后面的话特别加重了语气。他们刚到这里的时候，三和就已给朱恒交代清楚了，对人只称是从河南逃难来的，其他的什么都不说，更不能泄露自己的真实身份。朱恒聪慧机敏，知道这事关重大，听了师父的话心中自然明白分量。

见三和答应，会儿欣然拉起朱恒的手，黑娃他们一声吆喝，几个人如放飞的鸟，拥着呼着出门而去。

李嫂也起身同三和告辞，随他们出了寺院大门。

这一天傍晚，外出一个多月的李士淳回来了，果然带回了在金锁关前面被劫走的那辆运宝车。关上庙门，打开车上的遮盖，十几箱金饼和银饼呈现在大家面前。这些金银饼大小规格相同，每个重约千斤（两），总数大约有近百万斤（两）之多。即便只有这一车，也是一笔巨额财富，在这人心离散的乱世中，没人贪，没人藏，能完好无缺地给四皇子送回来，真真显示了明朝将士们的忠心。对太平寺和朱恒来说，这一车财宝无疑是一个巨大的惊喜，也更是及时雨、雪中炭，不但解决了他们生活上的燃眉之急，而且为他们日后的反清活动奠定了强大的财力基础。

惊喜还不止于此，随同李士淳和运宝车一起归来的还有三位明朝将领，一个是原河北守备使孙赞，一个是原宁夏总兵徐一功，还有一个是山西的文官，叫赵守义。孙赞是那天晚上在半道劫走运宝车的人，他和李士淳早有联系。孙赞劫走运宝车以后，秘密地将运宝车隐藏了起来，其间偶然遇到了四处逃亡的徐一功和赵守义。他们都不甘心大明的天下被清朝所有，听说四皇子隐藏在这里后，就急切地赶过来，想要随四皇子一起光复大明天下。

这是四皇子逃难以来最受感动，也是最受鼓舞的一天。大明朝国难当前，有多少人在生与死、血与火面前，或为求得自保和活命，或为追求个人的利益和得失，背信弃义，卖主求荣，背叛国家，出卖人格，丝毫不顾惜大明朝的国威与尊严，丝毫不惦恋大明朝的禄养和恩待，就像在嘉定侯周奎府上的遭遇一样，令四皇子切切地感受到了现实的残酷和人情的冷暖。但面前这几位追随他而来的将领，还有他们誓死效忠大明朝的决心以及这一车完好无损送回来的巨额财物，使四皇子一下从逃难以来的沮丧、颓废和无助的状态中受到了鼓舞，找回了信心。他感到大明朝还在人们的心中，父皇还在人们的心中，上天并没有抛弃大明朝，没有抛弃他四皇子。大明朝的精神还在，大明朝的魂魄还在！

在小小的太平寺里，君臣几人悄悄地庆祝了一番，彻夜畅叙离乱中的情义，受到鼓舞的四皇子心中涌起了生命的斗志！

那批财宝自然被四皇子他们严密隐藏了起来，以备急需。

第十章　龙首堡是个文化村

龙首堡是明清时期从秦岭山中搬出来的几户人家形成的堡子,刚搬来的时候,都在旁边的沟里打窑洞住,后来慢慢条件好了,就在这龙首塬头盖起了屋架房。防土匪的时候,堡子依塬头一圈筑起城墙,城墙四个方向都有角楼,在角楼上通过瞭望孔,可观察周围四面八方的动向,整个村子如一座牢固坚实的城堡。筑好城墙后,由于北和东都是深沟,不能出入通行,所以堡子只开南和西两个城门。堡子的西门连着龙王坡,是迎接龙王的方向,坡下就是龙王庙。南门连着城堡内南北走向的主村道,是堡子的大门。西城门是水门,堡子里过喜事,要走西城门进西城门出。堡子的南门是火门,走丧事。两座城门都是砖石结构,建造坚固,门板均为厚木板上裹铁皮,长钉大铆,密密排行,锃明瓦亮。早年间,城门洞盘有火炕,夜晚有人看守,按时关闭开启。后来城门毁坏、厚木门板丢失,就不再有人看守,常年城堡门大开,随人出入。

龙首堡有个奇特的现象,就是堡子入赘的女婿多。东头的许兵当兵回来领养了一个女儿叫兰花,兰花长大了招了个上门女婿,叫黄天运。虽然做了上门女婿,黄天运却没有改姓,但他和兰花生的娃却都跟了兰花姓牛。南头的熨子给他的女儿招了个上门女婿叫公社,西坡仙草她大给仙草也招了个上门女婿叫从喜,村中间大院里的老书记先是领养了本村的一个女子,后又生了一个亲女子,一养一亲两个女儿先后都招了个上门女婿。八万是招来的上门女婿,后来的赵建刚老师也是龙首堡的上门女婿。这一现象说明龙首堡女子不愿意外嫁,并且还能吸引外村的男人来,村子有气脉。

龙首堡有气脉不单单是能招来男人,它还是这南塬上有名的文化村。在龙首堡周围,有几个出名的村子。一个是仁峪口村,出了个白雨青县长。1946 年 7 月,中原突围出来的李先念,从商洛翻山出秦岭时从仁峪口村经过。白雨青当时已经是地下中共党员,他带领乡亲给李先念的队伍提供粮草和情报,疗养伤兵,立下了功劳,新中国成立后白雨青当上了华州县县长。再一个是枣林村,就在龙首堡的紧西边,出了大名鼎鼎的潘志强,潘志强后来担任过陕西省委书记,当过驻苏联大使等。还有一个吉河家村,也出了一个大人物,名叫钟银光。钟银光后来当过开国元帅贺龙的秘书,任过中国体育学院院长,参加过 1984 年美国洛杉矶奥运会,直到 2001 年在北京逝世。钟银光同潘志强等都是南塬上土生土长,后来走向全国,走向世界的南塬人,是南塬的骄傲,是南塬人的荣耀。这些南塬上的人物,名气很大,远近皆知,所以村因人贵。

龙首堡和他们几个村都不一样,不是单靠某一个名人而出名,而是有自己的文化特色。一个文化特色是先生多。人说"上了堡子坡,先生比驴多"。这看似骂人的话,其实是一种褒赞,褒赞中还有一丝妒忌。这先生中看病的先生最多,领头的就是京书爷他大。京书爷跟了他大,学了他大的真传,来善、兴庆又跟着京书爷学,来善后来又学了兽医,在农村里很是实用,经常是人请人迎的。还有就是唱皮影戏的先生郭有文,在全华州的名声是响当当的。他最拿手的是《李十三十大本》。《李十三十大本》是清代著名秦腔剧作家李芳桂的传世名作。李芳桂是关中东府人,出身寒门,一生考取功名不中。在他五十二岁时,满怀失意愤懑之情,终于放弃科场拼搏,转身投入戏曲艺术,终成一代有影响的秦腔剧作家。因为居住的村子叫十三村,后人在他死后不再呼其名而以其出生地名相称,以表示对他的爱戴和崇敬。

《李十三十大本》有《春秋配》《白玉钿》《香莲佩》《紫霞宫》《如意簪》《玉燕纹》《万福莲》《火焰驹》等八部本戏,外加两部折子戏《四岔捎书》和《玄玄锄谷》,共十大本。这十大本每一本都是一部大戏,但郭有文先生不但能把这十本戏记熟唱熟,关键是有自己的融会贯通和独特的表演方式。他对每一本戏都要进行一遍再创作,把秦腔的音调韵味转换成皮影戏所需要的腔调,再结合当地的风土人情和民俗文化,唱起来那是声里有情,情里有声,让听的人能听出戏里有自己,有乡邻,有黄土,有东府。过去逢年过节,东府地区经常要进行唱戏"拉台",就是几个戏班子一起演,看谁能把人拉到自己家的台子前。只要听说是郭有文唱"前声"(皮影戏班子的主唱),他所在的戏台子前肯定是人最多的。

郭有文不但皮影戏唱得好,还以孝心闻名远近。一次,人家请他到渭河边的秦家滩唱戏,戏唱完都半夜了,主家用白蒸馍招待他们。郭有文想起在家里吃野菜树叶的老父老母,请求主家多给他两个白蒸馍留给老父老母带回。主家为他的孝心很是感动,一问郭有文家里还有老婆和两个娃,便一下子给他装了五个白蒸馍,一想五个不如六个吉利,又加了一个。郭有文把六个白蒸馍往怀里一揣,连夜晚步行六十里地回到塬上龙首堡,把白蒸馍给家里人留下后,他又连夜下塬去了,第二天还要唱戏。

龙首堡第二个文化特色是老汉懂知识,娃们爱学习。老汉懂知识,这从柱子他爷身上就能看出来。弄不清楚柱子他爷上过什么学堂,但他能把《康熙字典》记得滚瓜烂熟,哪一页上是哪个字你随便问,他都一说一个准。有一年龙首堡踊跃缴公粮得了个全县第一,县广播站广播表扬时,用了"行为"一词。柱子他爷一听,就听出来这里面用词不当,让柱子专门给县广播站写了一封信,说不应该用"行为","行为"有贬义,应该用"行动"一词,为此县广播站领导专门来堡子里向全堡人道歉。

平平他大结婚的时候,柱子他爷给洞房门口写了一副对联,引得来贺喜的人纷纷叫好。他不用书上的和别人常用的,而是自己拟的内容。他写的是:"带笑吹灯双满意,含羞解带两痴情。"一个农村老汉能把青年男女新婚之际的动作、神态描写得这么生动形象,传神达意,堪称绝联。有一年,一冬无雪,过年的时候,龙首堡有人写了这样一副春联贴在门口:"一冬无雪天藏玉,三春有雨地生金。"这春联把冬天无雪说成是天把玉藏起来了,等到三月春暖,春雨就会来到,那时候田地就会生出金子。这是多么漂亮的文采,是多么积极和乐观的思想,是多么富有诗意和热情的生活态度!

在老一辈人的熏陶和影响下,龙首堡的年轻人也有一股子好学上进的好风气。"文革"前,龙首堡出过好几个名牌大学生,这在周围的村子是不多见的。全堡子最乖最懂事,一天到晚不吭声的印生娃考上了西安交通大学;城西董家的儿子考上了兰州大学,后来留校当了教授;还有宋家的儿子被保送上了第四军医大学。考上大专和中专的就不用说了。这些读书认真的农家孩子给龙首堡增添了光彩,也更印证了龙首堡的龙脉气旺。

龙首堡还有第三个文化特色,那就是鼓乐敲得好。南塬上的十村八乡每年都要组织上蕴空山朝香,朝香的时候大的村、社要有自己的鼓乐班子。鼓乐班子在香头的指挥下,从一出村开始,便鼓乐齐鸣,敲得南塬上像过节一样,一路上都是围观的人。从龙首堡到蕴空山,进香的队伍走得慢,要走四个小时,这四个小时里,鼓不能停,乐不能断,这就是比能耐的地方。尤其是到了蕴空山下的时候,十里八乡的鼓乐班子汇集一处,个个班子都拿出吃奶的功夫相互较劲,场面攒劲火爆,热闹非凡,高潮一浪高过一浪!

鼓乐讲究个气势,讲究个动静,龙首堡的鼓乐不但气势足,动静大,更有自己的底蕴。

龙首堡的乐队中,敲引锣的是京书爷,铺垫、引子、连接都是他;打马锣的是唱戏先生郭有文的儿子银官,马锣是烘托高音、掀起高潮用的;拍双镲的是泰生爷,双镲配合大鼓;而抡大鼓的是来善他爷。大鼓是乐队的核心,也是最能耍出花头的地方。来善他爷个子低,往大鼓后头一站,不高不低正合适。来善他爷身披一件黑大氅,腰板挺直,双手持槌,起乐的时候,只见他先用鼓槌在鼓沿上给三声信号,霎时,几件家伙同时震响。这个时候,不管是引锣、马锣,还是双镲,都要跟着大鼓的鼓点走,紧的、急的、慢的、缓的,全靠来善他爷掌控。乐到精彩处,来善他爷双手持槌,上下翻动,不停地耍起花子,令看的人眼花缭乱,叫好声不断。其他几位乐手,也有显示自己功夫的地方。京书爷执引锣,执锣的手要举过头顶,锣面端平,敲击的时候挺胸抬头,显示精气神。若是因为时间长了胳膊手发困,就把锣垂下来敲,一下子就没了彩。马锣也是,敲乐的时候举高,只有自己没乐的时候才可以放下来休息。马锣还有一个要求,就是收音要快,每一下敲完都要用手摁锣,不能让余音影响其他乐器。双镲在拍击的时候,要屈腿挺肚,仰面朝天,每一下都往外送,收音的时候把双镲往两侧腋下一夹。这鼓乐的功夫不光要求手劲要足,耐力要好,还讲究个姿势优美,动作好看,龙首堡的鼓乐是全有了。

外行听热闹,内行听门道,龙首堡的鼓乐敲得好是因为它有一套完整的体系。你比如一曲《跑乐》,它是节奏明快的序曲,是用来热场子用的;再比如一曲《马噔》,是节奏激烈、前后奔突的高昂之曲,犹如马在厅堂奔跑,想跑又放不开蹄脚,悲哀嘶鸣;还有如《南瓜蔓》,则是舒缓、悠扬的慢节奏曲子,如南瓜藤蔓一样缠绵不绝。龙首堡鼓乐流传下来的代表作除了《跑乐》《马噔》《南瓜蔓》之外,还有一些如《双凤》《大将》《西川》《黑咕咚》《鄱阳湖》等经典鼓乐曲,光从名字上就能感受到它雄浑的气势和深厚的历史积淀。

龙首堡由于地势高,和西河边上的村子相比是个旱塬,但旱也有旱的讲究。如东塬上的地叫金旱,什么意思呢,就是这里的地虽然旱,但一年只要浇到一次水,就能保证丰收。堡子西的地是银旱,也是旱,但只要能浇到两次水,也能有一个不错的收成。堡子南塬的地则是铜旱,意思是比东塬和堡子西的地耐旱要差,但也能耐旱。而周围其他村子的地则不一样,他们的地不浇水要旱死,但浇水越多,反而把地给浇漏了,越浇越要浇,存不下墒,所以也打不出产量,这也是龙首堡奇特的地方。

我上面之所以对龙首堡的人物、文化、风俗等用大篇幅描写,是因为我觉得那些太重要了,就像是乡村生产的麦子、玉米、大豆一样,是乡村自己生产的另外一种食粮,这些食粮给一代一代劳作和吃饱后的乡村人提供精神和文化思想方面的营养。

在平平、小军和宝良的那个年代,村里的长者是一棵大树,他们慈爱、公正,还有威严;他们管束和培养自己的下一代,由此奠定了乡村一个良好的传承系统。乡民中间有很多人有自己的特长和手艺,如看病、唱戏、木工、铁匠、泥瓦匠,还有裁缝、厨子、兽医、电工和教书先生等,被统称"匠人"。这些"匠人"是乡村生活的经络筋脉,他们用自己的手艺和特长,在养活他们自己的同时,服务乡邻和集体,完善了乡村内部的自养、运行和发展的体系。乡村需要他们,他们也为乡村做出了巨大的贡献。尤其是当老师的教书先生,他们懂道理有文化,能看书会写字。乡邻纠纷去找他们调解说理,家里过个红白事要找他们写礼簿执事待客，他们是每个乡村的形象和代表。最有意思的是，一个乡村老师教了一代人，可能还要教这一代人的儿女，还要教接下来的孙子辈，可谓居功至伟！

可在我成年的今天，我再回到乡下的时候，我发现乡下空了，老了，被人遗忘了。家门口的小学撤并了，老师们回家种地了，没人会唱戏了，村里也不开会了，木匠泥瓦匠等稍有些手艺的"匠人"们都进城打工，用他们的手艺挣大钱去了。牛没有了，羊也没有了，院子里早没有猪圈了，就更用不着兽医了。人们以走出乡村为荣，都觉得走出乡村才能挣大钱，过上城里人的生活脸上才体面。年轻人一个一个走了，剩下的都是老人和小孩子，在村巷里转一圈能碰上的人越来越少了。过年的时候想敲鼓打锣热闹一下，也找不到几个会的人，唯一盛行的就是麻将。

过去乡村过个红白事，大都是请个大厨，自个儿置办材料，在自个儿家里搭锅起灶，众乡邻们都来帮忙，全村人热热闹闹待客过事。而现在不用了，到酒店一联系，人家连人带材料，还有桌子板凳碗筷盘碟外带所需用的一切道具一条龙服务到底，乡邻中有想帮忙的人都不需要。还有，过去谁家要盖房子，或者要伐大树、淘水井时，都是叫上几个乡邻，互帮互助就完成了。主家只是管个饭，让大家伙儿吃饱吃好就行。而现在不同了，盖房子请专业的建筑队，请人帮忙不叫帮忙，而是按大工小工算，一律开工钱。主家倒是省事了，但乡村里那种浓浓的人情味却是大大地淡了。

没有文化味和没有人情味的乡村，成了没有魂灵的空壳，就像蕴空山上的塔倒掉了，整个南塬没有魂一样。

写到这里，我都分不出小说和现实了。

亲爱的你，请不要怪我，我是南塬上的精灵，南塬的乡村已经和我血乳交融！在血乳交融的状态下，我一会儿说说小说里的话，一会儿又说说现实里的话，我确实无法理智地控制自己，你们都当小说来看吧！

一个酷热的中午，太阳晒得地里的苞谷叶都卷了起来。在一棵老榆树底下，小军、宝良和平平三个人，一边借着树荫乘凉，一边商量着准备上一趟蕴空山。头顶树上的知了像是在给他们伴奏，一声高一声低地叫着。

在蓝天白云之下，秦岭山从东到西连绵起伏。在龙首塬正对的方向，有一座山峰高耸其中，那就是豆瓣岭上的蕴空山。前两天，山上那座塔倒掉了，山上看上去空空荡荡，只有在接近山顶的地方隐隐约约有几间房子，那就是蕴空寺。

对于小军、平平和宝良这些南塬上的农村孩子来说，他们还弄不清那些复杂的历史事件和人物，何况是明朝、清朝那么遥远的年代。但他们从四皇子悬棺而葬的事情上，觉出来这个人身上有一股倔劲和志气，有一种像秦岭山一样不低头不服输的精神，就像这东府塬上祖祖辈辈的父老乡亲们，善良纯朴而又生硬倔强，顽强坚忍。说白了，孩子们觉得四皇子就是一个塬上的英雄，塬上的好汉！

宝良胖胖的小手扯着一片苞谷叶子，一边玩一边说："悬棺就是把死人的棺材吊在半空中，听起来都让人害怕，竟然还有人敢偷！悬棺里面是不是有宝贝？"

平平瞪着眼睛说："肯定有宝贝，要不盗墓贼盯上它干啥？"

宝良又问："京书爷说，悬棺墓在好多年前已经被掩埋起来了，盗墓贼能找到吗？"一只蚂蚁顺着玉米叶子爬到了宝良的手掌上，宝良赶紧拨拉掉。

平平转头望着遥远的蕴空山回答宝良说："盗墓贼都把咱村的老地道挖出来了，还能找不到悬棺墓？我看这是迟早的事！"

宝良眯着眼睛也朝蕴空山方向望去，对小军和平平说："那我们也去蕴空山找悬棺墓吧，看看悬棺墓里到底有啥秘密。"

一直没有吭声的小军回过头对宝良一龇牙，做了个鬼脸："蕴空山上有鬼呢，你敢上去？"

"啊？有鬼？"宝良一惊。

"哈哈哈。"小军和平平同时笑了，"就这胆量啊！"笑得宝良不好意思了。

笑完了，平平认真地说："那天从京书爷家回去，我给我奶奶说要上蕴空山，我奶奶就告诉我说，蕴空山上有鬼！我奶奶还给我讲了几个蕴空山上的鬼故事，叫我不要随便上蕴空山！"

"啥鬼故事嘛，你说说，让我听听害怕不害怕！"宝良不想让平平和小军看他的笑话，大着胆子要平平讲鬼故事。

平平说:"好吧,你听着。说是有一次,有一个人上到蕴空山上,刚进山上的庙门,就看见一个全身白衣的鬼影从快要倒塌的房屋里飘出来,吓得那个人赶紧跑下了山。还有一个胆子大的人上蕴空山砍柴,中午天热就在庙里的凉房底下睡着了。也就是打一个盹的工夫,醒来一看,不知怎么的他竟然睡在山下面的路边上,他砍的柴不见了踪影。人们都说是山上的鬼把他抬下山的,鬼不让上蕴空山砍柴,其他人听了再也不敢上蕴空山砍柴了。"

"我再给你说一个吧。"平平说完,小军接着说道,"白杨树村有几个人,听人传说蕴空山上的悬棺墓里藏着一件金袈裟,他们就偷偷地在一个夜晚上山去挖墓。他们几个人正在山上找坑乱挖的时候,一个白衣白裤的鬼出现了。只见那个鬼用手一指,那几个人手里用来挖墓的铁锨和镢头全折了;再用手一指,那几个人仰头便倒,一个个全顺着山坡滚了下来。后来,那几个人不是腿折,就是腰断,全留下了后遗症,再也不敢上蕴空山盗墓去了。"

"鬼这么厉害啊!"听完一大通关于蕴空山的鬼故事,宝良不由得吸了一口冷气。不光宝良感到害怕,连平平也都有点儿害怕了。前两天,蕴空山上的塔倒掉了,那会不会也是鬼干的呢?

看到他俩害怕的样子,胆大的小军问他俩:"你们真害怕了?那我就一个人上蕴空山去。有鬼怎么样,我不相信它能把我吃了!"说完两眼一瞪,活脱脱一个塬上愣娃的架势。

平平也有些害怕鬼,但让小军一激,连忙为自己找借口说:"不是我不想上去,是我奶奶不让我上去。"

宝良也扭捏着不知怎么开口。

小军骂他俩:"看你们那尿样!蕴空山上的悬棺墓肯定有秘密,不光是金袈裟,说不定还有其他宝贝呢,你们没有从京书爷的神情中看出来?我们不去找,让盗墓贼找到了,那可就全完了,咱堡子的老地道不就是个例子吗?"

平平和宝良虽然害怕鬼,但经小军一骂,他们觉得比起害怕,那种上山冒险、刺激的感觉更吸引他们。于是,他们决定第二天就上蕴空山去。

第十一章　大地震留下的创痕

　　和太平寺来往比较多的是西沟里的李嫂,她每月的初一、十五都要到太平寺去烧香。自从上次几个孩子打架之后,她去得更多了,大多是给朱恒送些吃的,有时还把朱恒带到她家里和会儿玩。在李嫂的带动下,太平镇上的一个王财东,家里做生意有些小钱,置了几亩薄地,认为是先人前世积了德,所以老到庙里来做个功德善事什么的,对李士淳、三和他们也非常恭敬。还有几个附近的相公也爱到庙里帮个忙,干点儿零活。这一帮人和太平寺来来往往,衬托出不少人气,使太平寺和寺里的几个和尚慢慢地在周围有了一些小名气。

　　有一天,吃晌午饭时,西沟里李嫂家的窑门口,聚集了几个乡邻,手里都端着黑瓷大老碗,碗里清一色都是稀得能照见人的苞谷糁子。有人手里还捏个大红苕,边喝糁糁边就着红苕吃。

　　谝着谝着有个人突然神秘兮兮地往前凑了凑,压低声音说:"你们知道不,太平寺里那个小和尚,就是来过李嫂家的那个,怕是个通天的人物。"

　　"啥通天的人物?"有人停下嘴里正吃的饭问道。

　　"再甭胡说了,人家是好好的和尚。"李嫂听见了,忙从屋里跑出来说,想打断他们的话。

　　"去、去、去,你知道个啥?"说话的那个人把李嫂噎了回去,"你还一天老往太平寺里跑哩,你没看出来? 那个小和尚的胚瓜子(指身材长相气质的意思）一看就不是凡人。"

"我也看着不对劲哩，太平寺里那几个和尚和咱乡下人都不一样。"这话题一下子吸引了众人，有人附和着肯定道。

"听说是咱前朝皇上的一个娃，逃难到咱这里来了。"开始引起话题的那个人说。

"啊——真的吗？那可是天子啊，能跑到咱这荒里荒僻的塬上来？"人们都停下吃饭，开始议论纷纷。

"不光是他一个人来了，还带来了很多兵马呢！"那个人又说。

众人都被惊到了，引起一阵混乱。有人喊道："哎呀，难道是要在这里打仗吗？那可怎么办啊！"

李嫂看这帮人越说越离谱了，便狠狠地瞪了那几个乱喊叫的人一眼："可不敢胡说，现在这皇上都换了，说出去这是前朝的人，还兵马打仗的，怕是要惹出麻达呢！"

"就是，就是，啥都甭说，种咱的庄稼吃咱的饭，闲事少管。"李嫂的丈夫羊娃出来打了个圆场，大家这才都不作声了，稀里哗啦地把碗里的稀饭两三下喝光，起身叽歪叽歪地回各家窑洞去了。

自从和黑娃他们几个和好以后，朱恒和这一帮塬上的娃们反而成了非常要好的伙伴。朱恒跟着黑娃、墩子、蛋蛋和会儿在塬上疯玩儿，上树掏鸟窝，下沟围野兔，认识了各种庄稼，学会了放牛牵羊。这些对朱恒来说，无异于来到了一个从不了解的神奇又神秘的大自然的乐园。塬上淳朴的自然环境，释放了朱恒的孩子天性，也是一个身体和心理的理疗场，不但淡化了他巨大的心理创伤，也使他的身体在这里恢复了活力。在冬去春来的时光变换中，四皇子朱慈烺，也是我们眼里的朱恒如同太平塬上的草草木木一样，在这块土地上扎根，发芽，茁壮成长。

在塬上的大自然中疯够了的时候，黑娃、墩子、蛋蛋和会儿也会跟着朱恒在太平寺里诵念《三字经》《千字文》《百家姓》和《四书》《五经》中的一些内容以及唐诗宋词中的佳句佳文等一些学堂先生教的文章，不懂的地方，朱恒就讲解给他们听，这使得墩子和蛋蛋上学堂的时候，经常受到先生的表扬。黑娃和会儿虽然没有上学堂，但是跟着朱恒习起剑来却比墩子、蛋蛋认真,一招一式有模有样,让墩子和蛋蛋直叹不如。吃饭的时候,朱恒教给他们餐桌礼仪,要他们恭让师父和大人,坐姿端正,不能吃出声音。黑娃虽然觉得极不适应,甚至有点儿怪异,但还是尽力照着去做。朱恒还要求他们说话文雅,要他们像三和师父那样说话,但孩子们却怎么也学不来,偶尔会了一两句,说起话来一急又回到了塬上的方言土语,朱恒也没有办法。

这几个孩子在一起,在野地里,黑娃是娃娃头,听他的没错;但一回到屋子里,朱恒就成了他们几个的崇拜对象。

有一天,孩子们在屋子里听朱恒讲三皇五帝的故事。故事讲完后,会儿觉得朱恒太了不起了,知道那么多古代的事情,便情不自禁地对朱恒说:"朱恒哥哥,你当我们的皇上吧!"说着眼里充满敬慕与期待,会儿觉得最厉害的人就应该当皇上。

"当皇上!"朱恒吓了一跳,他可知道当皇上是什么意思,赶紧推辞说:"我不当,我不当!"

"当嘛!当嘛!"墩子和蛋蛋跟着起哄。他们不知道眼前的人真的就是皇上胚子,只不过眼下还不到绽露峥嵘的时机,以后眼前的这个人真是要干皇上的事情的。

看会儿、蛋蛋和墩子懵懵懂懂的样子,朱恒突然想起了自己的父皇,想起了那个血雨腥风的晚上父皇最后的遗言。当皇上,只有当上皇上,他才能继承父皇的遗志,才能夺回我大明的天下!

心里想到这儿,朱恒脑瓜子一转,盯着没有吭声的黑娃问:"黑娃,我当皇上你们听我的吗?"

黑娃不知道朱恒心里想的那么多,听到朱恒问他,就回答说:"听!听你这个猪哼哼皇上的!"朱恒的名字被他篡改为"猪哼哼",亏他想得出。墩子、蛋蛋和会儿被逗得一阵大笑。

一看黑娃痛快地答应了,朱恒也高兴了。猪哼哼就猪哼哼,只要你们认我这个皇上,叫什么都行。只见他装模作样地拿出一个皇上的架势对着黑娃他们几个宣布:"朕任黑娃为镇国大将军,任墩子为兵马大指挥,任蛋蛋为殿前一等侍卫,任会儿为皇后,钦此,完毕。"孩子们又是一阵哈哈大笑。其实,说的人和听的人都搞不清楚这些到底都是些什么官职。

　　四皇子来到东府南塬的时候,距离历史上著名的关中大地震过去的时间并不久远,关中大地尤其是华州境内到处还残留着大地震带来的创伤和痕迹。

　　关中大地震也叫华州大地震,因为那场大地震的震中就在华州。那是明朝嘉靖三十四年十二月十二日夜半,也就是公元 1556 年 1 月 23 日午夜。

　　夜色朦胧的关中大地万籁俱寂,劳累了一天的人们早已进入了甜蜜的梦乡。忽然,一片奇异的亮光从黑黢黢的大地上迸现升空,阵阵如山石崩塌般的巨响由远而近,顷刻之间山摇地动,沙石弥漫,方圆数百里内的房屋在剧烈的震荡中瞬间化为一堆碎砖烂瓦。地面裂开几尺宽的大缝,泥浆涌出,河水泛滥,一场突如其来的大地震降临了。

　　自古以来就富庶的关中大地遭遇了人类有史以来损失最为惨重的一次地震灾害。据后来的官文记载,这次大地震强度达到八级以上,烈度相当于十一级,地震波及面积达九十万平方公里,包括陕西、山西、河南、甘肃、宁夏、河北、山东、安徽、湖北、湖南等半个中国,有感范围远达福建、广东、广西一带。重灾面积二十八万平方公里,分布在陕西、山西、河南、甘肃、宁夏五省区。极震区则在今渭南市临渭区、华县、华阴、潼关、大荔县朝邑、山西省永济。极震区内,地面强烈变形,各类建筑物几乎全部倒塌或毁坏。由于地震发生于午夜,大多数人还在熟睡之中,所以导致方圆两千里内的人口有六成死亡,加上震后引起的水灾、火灾、疾病等灾害,全国死亡人数达到八十三万。这是一个空前绝后的数字! 在极震区的华州,地震引起的黄土滑坡和黄土崩塌堵塞黄、渭两河,造成河水逆流,倒灌民宅。由于当地的民众多住在黄土塬的窑洞内,大多被崩塌的黄土活活压死在家中。据统计,华州死亡人口"什之有六",多达八万人。

　　明代华州人张光孝亲历了这场大地震,他在地震后十六年编修的《华州志》中,记述了地震发生时的可怕情景:"嘉靖三十四年十二月十二日晡时(下午 3 点至 5 点),觉地旋转,因而头晕,天昏惨。及夜半,月益无光,地反立,苑树如数扑地。忽西南如万车惊突,又如雷自地出,民惊溃,起者卧者皆失措,而垣(墙)屋无声皆倒塌矣。忽又见西南天裂,闪闪有光,忽又合之,而地在在(到处)皆陷裂,裂之大者,水出火出,怪不可状。人有坠于水穴而复出者,有坠于水穴之下,地复合,他日掘一丈余得之者。原(土塬)阜(丘陵)旋移,地高下尽改故迹。后计压伤者数万人。"张光孝描写地震时的其情其景,真是触目惊心!

大地震给关中大地留下了累累伤痕。有官文记载:"城垣、庙宇、官衙、民庐,倾颓摧圮,十居其半。"关中东部的华州更是顷刻间变成了一片废墟。同时,自然地貌也发生了重大变化。渭河向北迁移了四五里,从昔日的农田村社上流过,冲毁了大片田地。渭南赤水山陷为平地,华阴、华州、朝邑、三原一带平地上突起许多岗丘。一些著名的古建筑物亦遭受严重破坏。例如经历了八百四十多个春秋的唐代建筑小雁塔本来高十五层,地震后塔顶被震毁,只余下十三层。西安碑林的许多宝贵碑石或扑跌在地,或断为数截。震后,余震也不断发生,历经五年方渐止。

一天,黑娃带着朱恒和墩子、蛋蛋、会儿到太平塬下面的渭河滩去玩,走到半路上远远看见一座孤塔。走到跟前一看,是一座方形的阁楼式砖塔,数了一数有九层,大约有三十米高。黑娃说他来过,是一座空塔,没啥意思,可朱恒围着塔转着转着,有两行字引起了他的注意。

只见在塔的南侧一层,有一副砖雕的门额,上写"镇风宝塔"四字。在门额下面刻着两行文字,正是这两行文字吸引了朱恒。朱恒贴到塔跟前,一字一字念道:"维大明国嘉靖三十四年十二月十二日夜,忽天震地裂,摇倒舍利宝塔壹所,后至嘉靖三十七年正月二十七日吉重修。"这不是我嘉靖先祖爷时期的塔吗?吸引朱恒的是"大明国""嘉靖"等字眼,勾起了他的思乡怀国之情。朱恒掐指算了一下,塔上所记的时间距他所在的年代将近有九十年。九十年前,那时普天之下都是我大明的江山,可今天,江山依旧在,可惜朱颜改,我大明的辉煌只留存在这塔身的记忆之中!而我,一个大明的皇子,更是凄惨,竟至流落他乡,亡命天涯。一股悲愤涌上朱恒的心头。

这时,会儿在另一边叫他,才打断了朱恒惆怅的思绪。

"朱恒哥哥,你过来看,这边也有字。"朱恒转过塔去,在塔的一层的北面,发现了一块塔铭石。朱恒给他们念道:"……嘉靖三十四年十二月十二日三更三点,地大震焉,前塔崩倒,当斯时也,震风解靖,飞沙压镇,五尺之童,无不惊骇……"朱恒这才注意到这上面记录的是大地震的事。

"这里发生过大地震?"朱恒问黑娃他们。黑娃他们哪里知道九十年前的事,一个个大眼瞪小眼,你看着我我看着你!

"大地震是什么?"黑娃问朱恒。

朱恒说:"大地震就是天崩地陷,房屋倒塌,人畜无处躲藏的大灾难。"说完望了望远处荒凉宽阔的渭河滩,又转回头把塔上的文字读了一遍,禁不住感慨道:"想不到这个地方发生过这样一场大灾难,真不知道当时是一个什么样的情形!"

朱恒隐约想起来了,在宫里的时候好像听父皇谈起过华州大地震的事。当时是接到了一份关于关中地区连年天灾的奏折,父皇一边皱着眉头看奏折,一边对瞒报灾情的官员进行训斥,训斥中父皇顺便提起了华州大地震的历史。那天他正好在父皇身边,父皇那深为灾难悲痛和忧国忧民的情怀给朱恒留下了非常深刻的印象。可今天,没想到他却来到了这大地震之后的华州土地上。

难怪脚下的这片土地到现在还都是沟壑纵横,满目疮痍,荒凉不堪,这都是当年那场大地震留下的痕迹。父皇,这里就是当年让你牵肠挂肚的地方,就是让你悲悯众生的地方! 当年,你为人地震悲伤,你为华州子民悲伤,现在我知道了,你悲伤的还有我们朱家的天下! 朱恒沉浸在思念父皇的情绪中。

"对呀,大地震就是一场大灾难,尤其是老百姓的大灾难!"突然一个声音接着朱恒刚才的话语从他们几个人的身后传来。不知何时他们几个人的身后多了一个陌生人。

只见这个陌生人一身豪侠游士打扮,头戴斗笠,身背包裹,手拿一柄长剑,风尘仆仆,似要远行。

几个人一惊,黑娃冲过去对陌生人喊:"嗨,你是什么人,要你多嘴多舌!"

陌生人并不介意黑娃的态度,自顾自地说道:"娃娃们憷懂! 大地震是大灾难,但是它毕竟已经过去了。现在的天下正发生着一场大灾难,却不知道何日是个头?"说完眼望远方。

朱恒觉得这个人有些奇怪，看装束显然不是当地普通的百姓。说是路人吧，这太平塬地处荒僻，离官道又远，谁人会从这里经过？而且他说的话也似乎话中有话。

朱恒假装不懂，故意问道："现在的天下还有什么大灾难呢？难道它比当年那场大地震还要厉害？"

陌生人把朱恒多看了一眼，说道："你们娃娃家不懂得，现在的天下动荡混乱，外贼入侵，杀我爹娘，侮我庙堂，是我们汉人的大灾难，也是全天下人的大灾难。"

朱恒心里对陌生人有了好感，他明白陌生人所说的外贼入侵是指满族人入侵大明，满族人就是我们汉民族当下面临的大灾难。黑娃和会儿他们却不知陌生人所言何意。

那陌生人继续讲道："满族人侵占大明，要汉人剃发易服，这是我汉人的奇耻大辱！身体发肤受之父母，宁可断头，不能剃发！我们的路只有一条，奋力抗争，挽救国难！"

朱恒听了，心里一震。他没想到这偏僻荒凉的太平塬上还有这等义士。他对那陌生人一拱手说："壮士令人钦佩！"

这时，站在一旁的黑娃问那陌生人："你可是这秦岭山中的隐士？"

那陌生人哈哈一笑："乡野遗民而已！本想在这终南山中访山寻水，散漫游荡，奈何碰上这世事动乱，我堂堂大汉竟被外人欺辱，使我不能再在这荒山野岭中忍气吞声下去，只求一报国难，恢复我大明江山！"

"对，恢复我大明江山！"听那陌生人说到最后一句，朱恒一下子热血沸腾，忍不住跟着说出了自己的心声。

陌生人看了朱恒一眼，朱恒意识到自己失态，赶紧把自己的情绪调整回来，但他一瞬间的情感变化还是引起了陌生人的注意。

陌生人问朱恒："这位小哥不像是本地人氏吧？"看朱恒没有立即回答，他又说道，"听风声说清朝人在到处查找崇祯帝的三位皇子，如果皇子能躲到这一片南塬上来，这里倒确实是个潜隐的好地方！"

不知陌生人是有心还是无心，这话一说出来，吓得朱恒更不知如何答话。

黑娃他们几个倒是喊了起来："我们哪能见到什么皇子啊，他来了我们也不认识,这塬上是我们的天下!"

朱恒知道不敢再把这个话题说下去了,他赶紧转开话题:"请问先生,听说满族人凶恶如虎狼,我们汉人能与之抗争吗?"

那陌生人答道:"中原之地,乃我汉人自古之家园,而清朝人则是入室之强盗,虽然凶如虎狼,生死一瞬,但岂有任人宰割、拱手相送之理?!"

旁边的黑娃、墩子和蛋蛋到现在也听明白了意思。黑娃受到那陌生人的情绪感染,跟着附和道:"清朝人太欺负人了,如果他们来到太平塬上,我们就和他们干个痛快!不就是个死吗?怕个什么!"旁边的几个听了,一个个小脸也涨得通红,群情激昂。

"可惜啊——"陌生人却突然叹息道。

朱恒和黑娃他们不解,疑惑地看那陌生人。

陌生人接着说道:"可惜的是,在这危难面前,我们数万万汉人却状如散沙,群龙无首,虽有众多如我之人,愿意报效国家,拼战沙场,却难以形成全国统一的反抗力量。"

陌生人的话击中了朱恒的心穴。他突然意识到,自己不单单是要逃命,不单单是要活下去,自己还有更重要的事情要做。

那陌生人说完,欲转身离去。

朱恒平复了一下自己的情绪,向那陌生人一鞠躬,说:"陌路相逢,多谢先生赐教!"

"走喽,走喽,回家喽!"黑娃他们一看两厢都要走,就喊一声,呼啦一下向回家的方向跑去。

那陌生人要走,又回头看了一眼朱恒,似乎心有所动,又问道:"请问这位小哥是哪里人氏,家住在哪里?"

朱恒看了一眼跑远的黑娃他们,回答道:"我是太平塬上的娃,家就住在太平塬上。"说完就追黑娃他们几个去了。

那陌生人望着朱恒他们渐渐离去,理了理身上的包裹,把刚才放在地上的斗笠戴好,也仗剑而去。

第十二章　秦岭山巅望南塬

第二天清晨,平平、小军和宝良三个孩子早早起来,给家里人说上山给牛割草,便背起背篓往蕴空山一路而来。

孩子们说是给牛割草,并不是给自己家里的牛割草,而是给生产队里的牛割草。那时候,地是生产队的,牛是生产队的,人们是敲钟上工,集体劳动。集体劳动的场面热烈而温馨,虽然有偷懒耍滑的人和事,但大多时候人们都很自觉。人们聚在一起,共同完成同样的事情,节奏缓慢,但欢声笑语不断,这种欢愉的场面,弥补了劳作过程的辛苦,让劳作变得轻松。人们共同劳动,秋天的时候也共同分享成果,虽然会因家里人口的多少或挣工分的多少有一些差异,但总体上是一种均平的状态,谁家比谁家多一些或少一些,但多也多不了多少,少也少不了多少。均平就是稳定,均平就是幸福。

大人上工挣工分了,孩子们也不闲着。他们也会适当地参加村子里的劳动,如掰苞谷,拾棉花,跟在大人后面捡麦穗,完了统统交到生产队。三夏大忙时,还要戴上红小兵的袖章在麦场上站岗放哨,防止阶级敌人搞破坏。暑假里,就给生产队的牛割草,割一大筐或一大背笼,晚上背回来送到饲养室。生产队的饲养员用磅秤称过分量,就可以给家里记上几个工分。所有孩子既是家里面的一个劳动力,也是生产队里面的一个社员,从小就养成了爱劳动的好习惯。

平平三人从龙首堡村出发,穿过南塬的庄稼地,呼吸着早晨凉爽的空气,很快就来到了蕴空山山脚下。

塬上长大的孩子,都对秦岭山怀有无限的热爱之情,秦岭山也馈赠给孩子们以至情和大爱。小的时候,孩子们听的是秦岭山的故事,有狼虫虎豹,也有神仙鬼怪。稍长大些,就开始跟随大人们进山,秦岭山就慢慢和孩子们融为一体。每征服一座高山,每深入一条沟峪,都会为孩子们增加一次欢乐和自信。打猪草、放牛羊、摘野果、挖草药,从东坡到西梁,从山巅到沟底,孩子们用自己的双脚板和秦岭山进行着一次一次深入的对话。高山无语,孩子们知道那是宽厚和广博;万物竞长,孩子们知道那是顽强和奋进;季节变换,草木春秋,孩子们知道那是大自然的轮回和生命的生生不息。在孩子们的眼中,秦岭山是说也说不完的故事,秦岭山是挖也挖不完的宝藏,秦岭山是梦幻,秦岭山是家园!秦岭山给塬上孩子们的,是一种不言之教之智,大智若愚之美!

为了爬起山来方便,平平、小军和宝良把背篓往山脚几棵大树下一扔,空身子开始出发。正是山草野花茂盛的季节,三个男孩一边蹦跳地在山路上穿行,一边聊一些与秦岭山有关的趣事。

小军说起他姑姑第一次领他进秦岭山时的情景。他说:"姑姑领我到山坡上打草,山坡上开满了各种各样的野花,有红的、白的,也有黄的、蓝的等,五颜六色,漫山遍野,就跟进了童话里的世界一样!那时的野花野草长得很高,高得都埋过了我的头,也埋住了低头打草的姑姑。我看不见姑姑就喊她,结果她就在我旁边。"

小军停了一下,接着说:"我一喊吧,吓出来一只梅花鹿从我身边蹦了过去,还有一群野兔子乱窜,一会儿这边一只,一会儿那边一只,多死了!"说着,小军几乎沉醉其中。

正说着,突然真有一只野兔嗖的一下从他们身边跑过去。小军连忙追两步,想抓那只野兔,可他哪是野兔的对手,野兔早钻进草丛中没了,害得他还不小心踩在一丛绿草上滑了个屁股蹲儿。

"哈哈哈!"几个人大笑。

"都是你,把野兔子给说出来了。"平平对小军说,"是不是野兔能听懂你说的话啊,刚说兔子,它就跑出来了!"说得几个人又是一阵乐。

他们先是沿着一条从山中流出来的小溪往山里走。小溪在高高的青草丛中蜿蜒而下，在一个稍宽敞的地方形成了一个小池塘，清亮亮的池水映照出天上的蓝天白云，有几条小银鱼在小池塘中游来游去。小军、平平和宝良看见了，围过去想抓住小鱼，可小鱼身子一晃，躲进了水草丛中不见了踪影，他们闹一阵子，用清水抹抹脸又继续爬山。

经过一片小树林的时候，走累了，三个人就各自找一棵大树往树根一靠，坐下来休息。头顶上，长尾巴的麻鸦鹊和不知名的鸟儿在树林间飞来飞去，叫个不停。

突然，平平一下子跳起来指着小军的头顶大叫："蛇，有蛇！"

小军稍一愣，双手抱头就往前一滚，平平赶忙拉住他。只见有镰刀把那样粗的一条花蛇刚好吊在小军刚才靠着坐的那棵树上，好像是被小军靠在树上的晃动打扰到了，正准备从树上下来，要不是平平发现，那条蛇马上就要和小军的头部或者脖子来一次亲密接触了。

小军想找块儿石头砸那家伙一下，被平平拦住了。花蛇若无其事地顺着树干爬下来，隐没在草丛中消失了。三人有惊无险继续上山。

突然遭遇花蛇，让孩子们的话题一下子回到了与蛇有关的事情上。

平平说："有一次，我在东塬上的地里正走着，碰见一条七寸子。"七寸子是南塬上常有的一种蛇，身长只有约七寸，粗细也只有小拇指一般，但这家伙有毒，如果咬了人，伤者伤口会变黑、发肿，轻者头晕呕吐，重者昏迷送命，所以塬上人敬畏地叫那家伙为"七寸子"。

"我一看见它，又害怕又紧张，站在那里一点儿都不敢动，只用眼睛紧紧地盯着它。那家伙也盯着我，头昂着，小小的眼睛像两颗亮亮的绿豆，一点儿没有给我让路的意思。唉——最后，我只有给人家让路。"平平说完摇摇头，又赞叹又无奈的样子。

宝良接着平平的话说："我有一次才让人害怕呢！"停了一下，想卖个关子，但小军和平平并没有表示出太感兴趣的样子。他只好接着说，"那一次我和三文他们几个在西河里玩猫虎逮。"猫虎逮是南塬上孩子们爱玩的一种游戏，别人可能不知道这是个什么游戏，但一说学名就会马上明白——捉迷藏。捉迷藏在南塬上叫猫虎逮，就是说塬上的孩子玩起来就像猫像老虎一样充满活力,虎虎生风。

"轮到三文逮我的时候,我藏到了一块儿大石头后面的一个深水潭里,我把全身都潜进水里,憋了好长时间。就在我快憋不住悄悄从水里伸出头的时候,我看见的不是三文,"宝良又停了一下,但这回不是卖关子,而是真的表现出一种紧张。"我看见了一条蟒,真的是蟒,比我胳膊还粗。那家伙就盘在大石头下面的沙石上,全身湿漉漉的。我从水里出来的时候我的脑袋正对着它的脑袋,可能只有三五步远吧。"

三个人都停下了脚步。小军说:"没给你来一口啊?"

"去你的,来一口就没有我了。"宝良回了小军一句,"我都不知道我咋从水里出来的,反正那家伙没有咬我,只是盯着我一动不动。真是吓死我了,那是我最害怕的一回!"

平平说:"我奶奶说,蛇害怕大蒜,闻到蒜味老远就跑了,下次咱们再出来时给身上装几头大蒜。"

小军跑到一棵树下找到三根枯树枝:"给,一人拿一根,打草惊蛇。"

平平、小军和宝良三个人顺着山路继续往上走,山路就离开了小溪,开始盘山而上。爬到半山腰时,路边有两块儿大石头引起了三个人的注意。他们猜测这石头可能就是京书爷说的"歇虎石",但仔细看也就是两块儿普通的石头。他们就想,不管是"遇仙桥"还是"歇虎石",看来只能是一段久远的传说了!

小军发现了不远处的山坡上挂着一串裂开的杠瓜。杠瓜是塬上的孩子们给起的名字,学名孩子们也不知道叫什么。这种瓜是秦岭山中的一种野生果实,也是孩子们进山时最喜欢碰到的东西。杠瓜长得细长,有胳膊粗细,成熟的时候身体会在太阳的照射下自己裂开,露出红黄色的果肉和黑色的籽。只要看见它裂开了,就说明它已经熟透了,掰开一吃,保证酸甜爽口,美味无比。但很多成熟的杠瓜会在第一时间被山里的小动物或鸟雀们抢先享用,能让人碰上的很少,所以,看见成熟裂开的杠瓜,小军、平平和宝良一阵欢呼,奔过去就摘下来吃。突然,听到平平一声大叫,只见他不停地晃动着自己的右手,还一个劲地往手背上吹气。小军和宝良凑过去一看,看见平平的右手手背全是红的,并且很快就肿了起来。

平平吸着冷气说:"哎哟,我的手又疼又痒。"

小军一看就明白了,他说:"你让毛胡子虫给蜇了。"

毛胡子虫也是孩子们给起的名字,它是秦岭山中的一种昆虫。这种昆虫全身长满毛茸茸的小刺,平常喜欢贴在草木叶子上,不为人注意,可你一旦碰上它,它身上的刺就会蜇进你的肉里,让你又疼又痒,难耐无比。人们进山摘五味子和野葡萄时,最容易在密密麻麻的藤蔓上碰到这小家伙儿,一碰上准被蜇。好在那小家伙儿威力不大,一阵疼劲过去以后,平平感觉好多了。

太阳慢慢地热了,照在绿草花叶上泛起通亮的光。越往上,高大的树木越来越少,反倒是各种野花野草茂盛疯长,有的地方把窄窄的山路几乎都掩蔽了。

三人累了慢走一阵,有劲了又快跑一阵,高大的秦岭在他们的身后慢慢矮了下去。就在他们开始气喘吁吁,嘴里发干,额头上冒出晶亮的汗珠子时,终于望见蕴空山顶了。

宝良最先发现了山顶的蕴空寺:"看,我看见房子了。"

小军和平平抬头一看,果然,那房子不远了,山门上"蕴空寺"几个字依稀可见。

"那旁边就是古塔,可惜倒下来了。"平平说。他们也看见了那倒下来的古塔,在蕴空山的山梁上乱成一堆,卧在草丛中。

随着蕴空寺和古塔越来越近,孩子们的心里反倒没有了刚才的轻松,那些蕴空山闹鬼的故事让他们不由得开始紧张。

宝良小声地问小军和平平:"不会真的碰上鬼吧?!"说着嘴唇都有些哆嗦。小军和平平看他一眼,没有吭声,他们也一样紧张呢。

蕴空寺掩映在一大片槐树和柏树中间,午后的阳光透过斑驳的树叶洒在禅院里,宁静中蕴藏着一股幽暗而阴郁的气息。三个人小心翼翼地进到蕴空寺里,映入他们眼帘的是满院子的荒草和树木,显然这个地方已经很久没人来收拾了。

寺院大体呈长方形结构,依山势南北短,东西略长。东边朝西方向有三间土木正房,应该是以前的正殿,山墙已经塌了一半,立柱露在外面,看着好像随时都要倒塌。屋内蛛网密布,地上残砖破瓦,没看到什么佛像神像之类的东西,只在周围墙上隐隐约约有一些神佛的画像。三间正房的左首靠山坡有几间已经快要倒塌的窑洞式房屋,屋内的地上有很久以前烧香供佛的痕迹。右首是一排廊房,屋内的土墙被烟火熏得黑乎乎的,大约是当时僧人吃住生活的地方。面对那些半倒快塌的屋子,三个人谁也不敢进去,只是站在门口往里面张望了几眼。院子四周,顺着山坡修建的院墙倒一段有一段,隐没在荒草丛中跟没有一样。

在禅院里面巡视了一圈,没有发现有鬼的迹象,三个人才慢慢放下心来。在院子中间的荒草丛中,他们发现一口大铁钟倒扣在地上,由于长年的日晒雨淋,上面锈迹斑斑。三人用手敲,可根本就敲不出一点儿声音。小军捡起地上的一块儿石头,才砸出一些沉闷的嗡嗡声。玩了一会儿大铁钟,他们开始找悬棺墓。京书爷说悬棺墓被埋在地下哪一个地方,他们就在院子的草丛中寻找,可找了半天,也找不出一点儿悬棺墓的痕迹。

出了蕴空寺的院子,三个人来到倒塌的古塔跟前。平平、小军和宝良都隐约记得原来从山下看见古塔的样子,塔呈方形,四角有飞檐,高高耸立在山顶上如展翅欲飞的凤凰。最让他们印象深刻的是每层的飞檐挑角上都挂有一个钟样的铁铃铎,每有山风吹动,铃铎声嘹亮悠远,整个龙首堡的人都能听得见。

古塔原来有七层,十来米高呢,孩子们记得在山下看古塔时,古塔非常高,非常醒目。可现在到了跟前,塔却倒了,那高大雄伟的模样一点点儿也找不见了,只有一堆散乱的砖块倒在茅草和干枯的青苔中。围着古塔残迹转了几圈,也没有看见悬棺墓的踪迹,平平、小军和宝良心里有失望,也有惋惜。

这时,三个人觉得有点儿累了,就在古塔倒塌的基座上找了几块大石头一屁股坐下。

突然,他们被展现在眼前的景象吸引住了。

蕴空寺和古塔坐落在秦岭北坡靠近山顶的一块儿空地上,从古塔所在的地方居高临下望去,只见整个东府的南塬平展展地展现在小军、平平和宝良三个人的面前。

从山脚开始,阡陌交错,村庄、农舍星罗棋布,一直到很远很远看不到头的地方。一声火车的汽笛声从那很远看不到头的地方传来,隐隐约约,似乎那地方就是天边。近处,是大片大片茂密的玉米地,绿油油的一片连着一片,纵横交错的乡间小路把一个个分散开来的村庄相互连通。有村庄的地方,都有高大茂盛的树林,树林正好把村庄和农舍掩映起来,只偶尔露出一面黄土的墙或者黑瓦屋顶。正是晌午饭的时候,袅袅炊烟飘荡在每一个村庄的上方,在蓝天白云的映衬下如诗如画,偶尔还传来一两声狗的叫声、公鸡的长鸣和哪个村子的高音喇叭里悠扬的秦腔。

平平、小军和宝良三个人被南塬上这生动的画面深深吸引住了,他们没有想到他们自己生活的这一方黄土塬原来也这么美丽,这么让人心醉神迷。这让他们一下子忘掉了身边的悬棺墓和那些鬼故事,完全沉浸在东府南塬给他们呈现出来的诗情画意之中。

"你们快找找,哪一个村子是咱们龙首堡?"不知是谁说了一句话,他们三个一齐往山下望去。

"我看见了,咱们堡子在那儿、那儿——"平平首先发现了自己的村子,他伸长胳膊努力往山下指着,脸上充满欣喜和自豪。

"那条河是西河,那西河边上的是咱们学校——"小军也有发现。只见在他们左首的方向,西河从秦岭山缓缓流出,在南塬上优美地舒展开它的身子后,蜿蜒着向塬下流去。在阳光的照耀下,河滩里的石头是白亮亮的,河水是深蓝色的,仿佛还传来"哗哗哗"的水声。

"那个是我舅家的村子——"

"那个是白杨树村——"

"那个地方是咱们经常去玩的大水库——"

"那一大片房屋是高唐镇,那绿色的是高唐镇旁边的竹林——"

"那里是大明寺——"

小军、平平和宝良三个人一会儿指这儿,一会儿指那儿,一会儿转到东边,一会儿转到西边,一会儿站起来,一会儿坐下去,不停地发现着他们熟悉和认识的地方,兴奋得不亦乐乎。平时都是在山下看山上的风景,而今天,他们是站在山上往下看,看到山下也是一片风景。这风景辽阔,壮丽,神奇,更关键的是这风景亲切、熟悉，充满生机和欢声笑语。这风景就是他们的家，就是他们那叫东府的家园！

等他们看够了，喊够了，充分欣赏够了自己家乡那一派田园风光之后，才感觉到肚子早已开始"咕咕"地叫了。

"下山吧，咱拿的馍馍还在山下面的背篓里呢，我饿了。"宝良边说边揉肚子，三个人就起身准备下山。

"等等。"三个人走过寺院门口时，小军脸色突变，只见他指着寺院门口的墙让他俩看，"你们看，这里写的是啥？"

不看不要紧，等看清楚了，平平和宝良也不由得一声惊叫。只见在寺院门口的墙上也是用木棍之类的东西写着两行字，不仔细还不容易看到，正是在龙王庙大殿墙上出现的那两句话：

"天也奇，地也奇，大清地盘竖起大明旗。说也怪，唱也怪，得了大明宫，尸棺悬空中。"三个人小声地把那两句话念了一遍，念完不由得后背发凉，好像有人在后面哪个地方盯着他们一样。

说鬼来鬼就来。突然，宝良一声尖叫："谁？"

这突然的一声吓得小军和平平魂都快出来了。他俩连忙问宝良："咋了，你看见啥了？"

宝良哆嗦着指着蕴空寺里面说："鬼，寺院有鬼，我看见了，一身白！"

小军硬着头皮骂宝良："有个屁鬼，你别吓唬人！"说着三个人盯着寺院里面一动不动地看。

不知是三人把眼盯花了，还是让鬼吓得心理起作用了，他们真的看见一个全身穿白衣服的鬼影从院子里面一飘而过，隐没在一堆树丛的后面去了。

"真有鬼啊！"三个孩子感到一阵阴风刮过，不由自主地一声尖叫，扭头就往山下跑去。

第十三章　东府南塬上的义士

秋天的一天,正在外面化缘的李士淳匆匆赶回太平寺,他告诉四皇子一个重大消息:李自成兵败被杀。

原来在四皇子逃难的这段时间,吴三桂和清朝的军队从北向南,一路追着李自成的屁股打。在黄州,吴三桂和清军主力阿济格包围了李自成的大将刘宗敏部,刘宗敏率军几次突围,伤亡惨重,却也没能冲出包围圈。李自成闻知刘宗敏大军被困,立即率军回援,企图接应刘宗敏,但他还未至黄州,就被清兵伏击于城外。李自成没有防备,这一仗使他差点儿全军覆没。虽然在众人的奋力掩护下,李自成突围而去,但却再也无力回援黄州了,最后刘宗敏兵败被杀。

刘宗敏部的全军被歼,使李自成大军失去了一支堪称军魂的支柱,大顺军从此陷入了流窜境地。

吴三桂先败李自成于武昌。

阿济格再败李自成于九江。

这一年秋天,李自成率部由江西进入了湖南,途经保安寨与金牛岗等地,进入湖北通山境内之九宫山。

一天,李自成亲自带着十八骑精卒去观察地形,当地的乡勇以为是土匪来袭,骤然袭击了李自成一行。混乱中,李自成被一名乡勇从背后用锄头击中脑部,不幸身亡。

一代农民英雄从锄头起事,最后竟然被一把锄头打死,堪称历史上一个大大的遗憾!

听到这个消息的时候,四皇子心情非常复杂。一方面,他为李自成的死而高兴。李自成是朱家的死敌,断送了朱家的江山,逼父皇煤山自尽,自己流落到今天这个地步也全是李自成一手所造成,他自然高兴李自成的死。但另一方面,他心中不免生出巨大遗憾。四皇子亲身经历了亡国失家的悲痛,他认为他所承受的这些悲痛都只缘于一个人——李自成,所以,在他少年热血沸腾的时刻,他把所有的仇恨和复仇的决心都对准了李自成。但这时候,李自成却死了,这使他永远失去了讨伐李自成、找李自成报仇雪恨的机会,他心中不由得涌出一股无言的失落感。

看到四皇子脑子里只想着李自成,还没有意识到天下更加危急的形势,李士淳提醒四皇子道:"李贼之死,自是罪有应得,现在天下的危急情势已远远超出李贼之时,皇子应该清醒。"

四皇子犹自沉浸在对李自成的仇恨之中,没有理会到李士淳的话中深意。

李士淳摇了摇头,无可奈何地走开了。

一天,李嫂在家里做了些好吃的,便让会儿把朱恒叫来一起吃。经过这一段时间的相处,朱恒和李嫂一家已经非常熟悉,所以会儿来叫的时候,李士淳和三和也没有阻拦,放心地让朱恒跟着会儿去了。

正是吃晌午饭的时候,西沟里家家户户的窑洞往外冒着炊烟,夹杂着饭菜的香味,偶尔还有一两声孩子饿了的啼哭,宁静的太平塬呈现出一片温馨、祥和。

突然,一队人马打破了这种宁静。只见不远处,一个清军军官装束的人骑着一匹高头大马,带领着身后的一队士兵,一路呼喊着向西沟而来。

来到西沟后,这队人马找了一孔窑洞前宽敞的空地停了下来。骑在马上的清军军官指挥着士兵挨个窑洞叫人,召集众人集中到一起听取训令。

西沟这一片住着有十几户人家,听到喊叫声,大家正想走出窑洞看个究竟,经士兵们一督促,就自然围拢到一起。有人手里端着正在吃的饭碗,有人怀里抱着刚才还在啼哭的小孩子。

士兵把一张大大的布告贴在李嫂家旁边一孔窑洞的门上，对着聚集的人群开始念道："陕西巡抚兹令，全省军民，汉人一律剃发蓄辫……"

刚一开始念，围观的人里面就有人喊道："让我们剃头发，这是哪门子规矩？"清朝政府让汉人剃发易服的风声早已传到了太平塬上，所以大家一听就明白是什么事情。

"我们不剃！"有人接着喊。

骑在马上的清军军官立刻大声呵斥："今天下为我大清所有，尔等汉人必须服从我大清皇帝的旨意，抗旨有罪。"说完又指示士兵接着念。

那个士兵继续念道："……限十日内所有汉人自行去发，若有不遵者，以抗旨论处，必当严惩。"

围观的人群一片哗然，人们议论纷纷，全都被清军军官的言行和布告里的内容所激怒。

突然，一个手里端着饭碗的汉子猛地把饭碗往地上一摔，冲清军军官吼道："头发是爹娘生下来就给的，你让剃就剃啊？我们不愿意剃！"

汉子一带头，所有的男人们都冲着清兵不满地喊叫起来：

"我们祖祖辈辈的男人都是留头发的，你们为什么要让我们剃发？"

"没见过哪个朝代不准男人留头发，这明显是欺负人！"

"只有女人才留辫子，哪有男人留辫子的？我们不留辫子！"

男人们愤怒的情绪感染了在场的所有人，场面一时大乱。朱恒和会儿随着李嫂也站在人群中，他们紧张地注视着眼前所发生的一切。

骑在马上的清军军官对士兵们命令道："抗旨不遵、带头闹事者，重罪论处。抓！"士兵们听到命令，一齐冲到带头的那个汉子跟前，要将汉子捆绑带走。

有人向士兵扔土块儿，有人从自家窑洞里拿出棍棒农具，愤怒的人群和清军士兵对峙起来，不让士兵抓人。

清军军官看见这群南塬上的人敢明目张胆地反抗，恼羞成怒，"唰"的一下抽出腰上的长刀："胆敢反抗者，一律杀头！"说着骑马挥刀向人群冲去。

士兵们不敢怠慢，一场混战在西沟里展开。

不大工夫，现场就已经失去控制，一边是"命令如山倒"的清军士兵，一边是义愤填膺的塬上汉子,刀枪对棍棒,勇气对力量。

一看场面上双方动起了真家伙,李嫂连忙拉起朱恒和会儿就往窑洞里躲,可是已经晚了。混战的人群中,你中有我,我中有你,刚跑了两步,三个人就被冲撞得谁也找不到谁。混乱中,朱恒被一个清军士兵一把抓住,朱恒刚想叫,一个塬上的汉子冲过来把那个清军士兵打倒在地,救出朱恒。朱恒转过身赶紧去寻会儿和李嫂,不想却迎面撞上了那个清军军官。

清军军官抢着手里的长刀,逼退了围着他的三个塬上汉子,正好看见落单的朱恒,便拍马挥刀向朱恒杀来。朱恒哪里见过这阵仗,心想,这下完了,肯定会被那个清军军官杀死。

正在这危急关头,突然从旁边冲过来一个蒙面人。只见这个蒙面人手持长剑,高高跃起,直向清军军官的心窝刺去。清军军官一惊,扭转马头向一旁闪躲而过。那蒙面人乘机拖起朱恒向旁边跑去,边跑边吹声口哨。口哨声未落,一匹黑色骏马已跑到身边。蒙面人翻身上马,再把朱恒一把拎到马背上,双腿一夹,黑色骏马就带着两个人驰离西沟,留下身后一片追喊声。

西沟里的混战一直持续了约有半个时辰,虽然双方都有人员受伤,但清军始终无法取得优势,带队的清军军官只好下令撤退,并扬言日后定来报复。清军士兵灰溜溜地走了以后,李嫂和会儿到处找不到朱恒。

有人说,看见朱恒被一个蒙面人骑马带走了,吓得会儿呜呜大哭,以为这一下朱恒遭难了!

李嫂一听也慌了,赶忙跑到太平寺里将朱恒失踪的消息告诉了李士淳和三和。

再说朱恒,他被蒙面人拎上马背,一阵狂奔的时候,他脑子里彻底蒙了,连害怕的感觉都没有了。刚才清军抓人、在险些被杀的时候他害怕极了,但突然来个蒙面人,带上他就跑,他倒一下子反应不过来了。他不知道这蒙面人是什么身份,要带他去什么地方,或者这蒙面人也是和清兵一样要害他,更不知道李士淳和三和能不能找得到他。

就在朱恒慌乱不知所措之际,蒙面人驱马穿过南塬,来到了南塬南面的秦岭山脚下。看看后面没有追兵,蒙面人同朱恒从马上下来,蒙面人一声口哨,那马径自而去。蒙面人带着朱恒舍马就步,顺山路崎岖而上。遇到树高林密、道路险难的地方,那蒙面人就背起朱恒攀爬而过,这举动让朱恒觉得这个蒙面人不像是要害他的样子。

不知多久,他们来到了一处地方。

朱恒一看,这里已是秦岭半山腰,背后的秦岭山峰层峦叠嶂,高耸入云,再往前面山下看,平展展的东府南塬苍茫纵横,尽收眼底。近旁耸立着一座七层古塔,一阵轻风吹过,塔角的铃铎随风响动,梵音云外。塔旁一座佛寺,山门半开半合,轻轻的木鱼声中,几缕香火时断时续,分外清幽寂静。

朱恒正诧异间,那蒙面人转过头来,摘下了蒙在脸上的黑巾。

"啊——"朱恒一声惊叫,原来蒙面人竟然是有过一面之交的那位塬上义士。

"四皇子,让你受惊了!"那位义士向四皇子一抱拳,"想不到吧,我们又见面了!"

"这是什么地方?"朱恒的心还悬在半空里,要不是看见古塔和佛寺,这地方就跟荒山野岭一样。

"这地方叫凤凰山,那个佛寺叫云寂寺。你看看,背后是大秦岭,前面是大平原,风景不错吧?"那义士说着整理了一下身上弄乱了的衣裳,调整了一下因上山而急促的呼吸。

朱恒也活动活动自己的手脚,把自己放松一下。

"你到底是谁,你怎么会救我?"上次在路上相遇,这次却能在危急之时救了他,朱恒觉得这个人的身份很神秘。

那义士对朱恒说:"我是谁不重要,你就当我是大明朝的臣子吧!"这句话一说,朱恒心里一下子放心多了。虽然还看不出这个人的真实底细,但朱恒觉得至少不会是坏人。

那义士接着说道:"自从上次偶然相遇,我就看出了你不是这塬上的娃,后经暗中打探和查访,终于弄清楚了你和太平寺那几位人物的身份。今天出手相救,并不是偶然巧合,因为弄清楚了你的身份以后,我一直都在暗中关注和保护你。"

朱恒连忙说:"多谢壮士!"

那义士领朱恒往山边走了两步,指着山下的南塬对朱恒说:"这东府南塬仿佛是世外桃源,自居一隅,容留四皇子安身,确实是不二之选。但在下今天把皇子带到这里,并不是要让皇子到山上来看风景,而是有一个问题想请教皇子!"

朱恒想了想,想不出壮士要请教他什么问题,就说:"壮士请讲。"

那义士直言道:"皇子今天已经亲身领教了清人的残暴行径,作为大明朝的皇子,你还想在这南塬上隐匿多久?你难道真要把这里当成世外桃源,苟且活命,独自安逸地住下去吗?"

"哦——"朱恒没有想到壮士问的是这个问题。

他嗫嚅地反问:"那我又能怎么办呢?"

"举旗抗清!"那义士坚定地回答,"李自成兵败南逃以后,清朝人已暴露出他们的狼子野心。他们迁都北京,进占中原,名义上打着剿灭李自成叛逆的旗号,实则意在图谋整个天下。现在天下的矛盾焦点已经不是明王朝和李自成之间的事情,而是已经转变为中原人民和清族入侵者之间的强力对抗。"

清廷以强力手腕在全国实施武力征讨,同时发布残酷的"剃发令":"凡投诚官吏军民皆著剃发。"后又扩展到全国民众,"遵依者为我国之民,迟疑者同逆命之寇,必置重罪。"中原汉人的习俗,原本是将头发束于头顶,而满人的习俗,则是在头发中间编成发辫,垂于脑后,周围剃去。强制汉人剃发,改变民族习俗,实质上是要在精神和心理上征服汉人。汉人一贯遵循"身体发肤受之父母"的教诲,岂能受外人强制剃发?这自然引起了汉族人民的强烈反对。虽然清政府实施了严酷的镇压政策,号称"留发不留头,留头不留发",但并没有吓倒大江南北的汉人,反而激起了他们强烈的反抗情绪。全国广大的农民、工商业者,有气节的士大夫和中小地主、部分官僚豪绅,都坚决反对剃发易服,在全国各地掀起了轰轰烈烈的反清斗争。

多尔衮入据北京城后,附近的河北真定、保定、内黄、大名、冀州等地纷纷燃起了抗清的烽火,到处是抗清的旗帜,搅得初来乍到的清政府手忙脚乱,人心惶惶。山东曹州一带的榆园农民军以及兖州、沂州所属各县的农民军,原来都是反明的起义队伍,现在都把反抗的矛头对向了清军,成为直鲁豫三省交界地区抗清的中心力量。在安徽绩溪,崇祯时的大学士金声率领家乡缙绅士民在明太祖朱元璋像前哭祭后，举起了反清大旗。金声采取声东击西、乘间出击的战术，杀伤众多清兵。

清兵南下后，江南各地的反清斗争也是如火如荼。江苏嘉定人民不满清朝政府的剃发政策，人们纷纷自发组织起来，举起"嘉定恢剿义师"的大旗，同清军进行了浴血奋战。在外无援兵、内无粮草的情况下，嘉定人民坚守孤城十余日，终因寡不敌众，被清军攻破城池，两万多军民死在清军的屠刀下。清军还嫌不解恨，又两次屠杀城内英勇不屈的军民，造成历史上著名的"嘉定三屠"惨案。崇祯时的武英殿大学士史可法，督师扬州，阻挡清兵前进。他和全城军民一起与清军鏖战，直至人尽矢绝，清军才占领扬州。清军痛恨扬州人民的反抗，入城后连续十日实行血腥的大屠杀，被杀的人计数十万，一座有着悠久历史、繁华富庶的城市被毁为废墟，史称"扬州十日"。广东农民领袖王兴在恩平县聚众抗清，势力很快发展到恩平、阳江、阳春、开平四个县，形成了一个强大的抗清武装。他们以茫茫大海和崎岖山路为屏障，英勇抗击来犯的清军……

凤凰山上，义士给朱恒详细介绍了全国抗清反清的斗争形势，真是不说不知道，一说还真把朱恒吓了一跳。

朱恒一直沉浸在对李自成的仇恨之中，听义士这么一说，心头一惊，这才想起了他朱家的天下，想起他朱家的天下并不只是李自成一个人想得到。

朱恒想起李士淳也说过天下危急的话，但他当时并没有在意。今天这位义士再说起同样的话，这使朱恒知道天下是真的危急了。而且，今天在西沟里他也亲眼看见、亲身经历了满族人如虎狼般凶残的模样，他心里也是有一种愤恨，也是有一种屈辱。

朱恒没有想到满族人的胃口这么大，看这架势他们是待腻了那偏居一隅的弹丸之地，是要取了我这泱泱大汉国。那样的话，大江南北的汉人都将面临失去国家、失去家园的巨大屈辱，这和李自成攻破北京城不一样，李自成夺的是我朱家的天下，而清廷将要夺取的是全国人的天下。

同时，朱恒还有一个没想到，那就是没想到中原内外、大江南北的汉族人民对清廷统治的反抗这么激烈，从这些不屈的反抗和激烈的斗争中，四皇子看到了英勇的民族气节，看到了顽强的民族精神，他心里感到一阵欣慰，因为这些好样的汉族人民都是我大明王朝的子民。

看朱恒心有所动,义士说道:"皇子,你身份特殊,重任在肩,现在我们要恢复大明王朝,面前的路只有一条,反清抗清。"义士的态度很坚定。

看着眼前的义士,四皇子心里彻底明白了。他原来记恨的是李自成,记恨的是大顺军,他要报仇的对象也是李自成和大顺军,但现在,李自成死了,他的大顺军也已经被清军打败,剩下的都成了散兵游勇和乌合之众,真正渔翁得利的是突然从东北方向席卷而来的清廷。清廷打着为我大明复仇的旗号,实际上在干着劫取我大明江山的勾当。强改我习俗,掳杀我子民,贪婪的铁骑踏遍了我大明的每一寸土地,赤裸裸暴露出一个强盗的嘴脸!李自成和大顺军的威胁已经过去,但新的敌人已张开他的血盆大口,大明的天下又面临着更大的危险和更深重的灾难。在这个残酷的现实面前,要恢复我大明江山怎么办?要完成父皇的遗愿怎么办?正如眼前的义士所说,摆在眼前的道路只有一条——反清抗清。

朱恒上次和壮士对话时,心中就已有所动,这一次则完全从迷茫之中清醒过来。他意识到自己从北京城逃难到今天,冥冥之中有一种使命在等待着他,他要完成这个使命。

最后,义士指着山下的南塬对朱恒说:"皇子,这东府南塬偏僻隐蔽,地势平坦,物产富足,是一个屯兵练兵的好地方。从战略上来说,东可以出潼关,西可以进西安,后有秦岭依靠,前有渭河天堑,出塬可以进攻,进山足以退隐,是四皇子起兵的绝好场所。今领皇子凤凰山上全局一览,望皇子心中早定胜算运筹。"

朱恒听了,对着山下的南塬沉思起来。

这时,从云寂寺山门中走出一位年迈的老尼。这位老尼一只眼睛已经完全瞎了,只能依靠另一只微睁的眼睛摸索着在山路上前行。她摸摸索索地走到朱恒面前向朱恒顶礼道:"这位施主,你和本寺有缘,三十年后,云寂寺山门为你而留!"说完转身进寺而去。

朱恒不知独眼老尼所云为何。

看着天色将晚,朱恒提出要赶回太平寺,李士淳和三和肯定着急了,义士便护送朱恒下山返回。在他们身后,那座古塔同群山一起渐渐隐没在暮色之中。

下得山来，路过一处稠密的小树林。突然，夜色中几个人影从树林中冲将出来，将那位义士团团围住，旁边的朱恒吓得一声大叫。

那几个人影并不说话，冲上去就要制服那位义士。那义士不是等闲之辈，抡起拳脚，左隔右挡，三下五除二，两下子反倒把那几个人影摞翻在地。

"哎哟，疼死我了。""哎哟，我的胳膊。"倒在地上的人影发出喊叫声。

"黑娃、墩子——是你们！快别打了！"朱恒听出喊叫的人是黑娃几个，连忙让那位义士停下手。

原来，会儿把朱恒被人带走的消息告诉了黑娃、墩子和蛋蛋，三个人便决心搭救朱恒。他们四处打听，一路寻找，直到天傍黑的时候，来到了南山脚下，模模糊糊的天色中正好看到义士领着朱恒下山而来。他们便躲进路边的一片小树林，准备对义士来个突然袭击，然后救出朱恒，没想到却被那位义士打得人仰马翻。

弄清了误会之后，黑娃三个有些不好意思，拉着朱恒只管要走，那义士也不阻拦，任他们回太平寺而去。正走着，迎面又碰上了会儿、李嫂，还有李士淳、三和、孙赟、徐一功和赵守仁等人，他们点着马灯，提着棍棒，正为找不到朱恒着急呢！

见着朱恒安然归来，众人都松了一口气。

第十四章　蕴空山闹鬼

当初，我并没有认识到南塬对我的重要。当我离开它，用了数十年的时间，经过了许多地方之后，我才体会到了南塬对我是何等的意义非凡。我知道，这叫经历。

现在，南塬上还有很多人和我当初一样，他们身处南塬，却时刻想着外面，不能也没办法知道——南塬其实就是他们的天堂。

这中间只有·道薄薄的门——我只能告诉你这些！

龙首堡缺水，天雨充足的时候，从南边的白杨树村会流下来一渠清亮亮的山泉水。龙首堡的南头有一个蓄水池，四边用长石条垒着，山泉水流进蓄水池里，人们淘粮食、洗菜都在这个池子里，洗衣裳则在这个池子的出水口处。紧连着这个池子的下面有一个更大的涝池，淘过粮食、洗过菜洗过衣服的水从上面的池子流进涝池，人们用涝池的水浇地种菜。一棵粗壮的白杨树直溜溜地长在涝池边，高高的树梢上面有一个很大的老鸹窝，这是龙首堡最高最显眼的风景线。堡子里的孩子离开堡子，从很远的地方就能看见白杨树和它上面的老鸹窝，看见它就能找回堡子来。

涝池边是孩子们聚集的地点，傍晚的时候他们在这里疯着闹着等各自的家长从地里干活回来。大一些的孩子会用废旧的书页折叠成小船，然后欢呼雀跃地把小纸船放进涝池，看小纸船在水流中打旋、漂流。一会儿，亮亮家的牛回来了，亮亮跑过去把自己家的牛拉过来喝水；一会儿，燕子家的羊回来了，燕子跑过去把自己家的羊牵过来也喝水。牛啊羊啊喝饱了水，就跟着孩子们各回各家去了。天擦黑的时候，在地里干活的大人们陆续回来，他们在涝池边把锹啊镢啊等一些手里的家伙什都擦洗干净，又抽锅烟互相谝两句闲传，就牵起自己家还没有走的孩子踢踢踏踏消失在乡村的夜幕中。

南头的渠水给龙首堡带来了生机，但堡子里人们吃的水还主要是靠堡子北头深井的水。由于处在塬头上，龙首堡的井是周围这一带最深的一眼井，大约有三十丈深。一块儿很大的石磨盘盖在井上，在石磨盘的中间开凿了一个刚好能放下去一只水桶大小的井眼。在井眼上方，架着一个铁把子辘轳，光溜溜的牛筋井绳在人腰粗的辘轳上足足缠了快三层，下面吊着一个带反扣的铁钩搭。

"辘轳把，打死娃。"讲的是龙首堡人带血的吃水历史。早年间，有一个小孩来井上给家里绞水，把水绞到一半的时候没有劲了，一不小心手一松，正绞到半空中的满满一桶水疾速向井下坠去，带动上面的辘轳飞速反向转动。这个小孩躲闪不及，被沉重的辘轳把打到头上，受到重伤，虽然保住了性命，但从此留下了"绞水吃人"的可怕传说。虽然绞水是一个带有危险的事情，但堡子里仍然有几个二杆子，为了图快，绞水的时候经常爱玩大撒把。就是往下放水桶的时候松开辘轳把，让水桶自由下落，自己站在一边看热闹。结果水桶和井绳的重力再加上辘轳把转动起来的离心力，使辘轳越转越快，连支辘轳的架子都发出"哐啷、哐啷"的声音，眼看着都快支撑不住了，最后在"咚——哗啦"一声水桶落水之后，辘轳才慢慢停下来。如果这个时候有冒失的小孩往井跟前跑，那是最骇人的情景，周围的大人会喊声一片。这个小孩子要再是一个懵懂小儿，听不明白大人的警示，只顾跟着声音往井跟前凑的话，堡子里的人就会体会到什么叫千钧一发，什么是性命攸关！

井边是龙首堡一天里最热闹的地方。天不亮的时候，井上的绞水声就拉开了龙首堡一天的序幕；天黑实了的时候，井边还有水桶撞击石磨盘的声音和一阵阵谝闲传的声音。在井里绞上来水，再担回各家，窄窄长长的村道里会洒下一路水渍，仿佛是一条条丝线，把水井和各家各户连在了一起。

围着水井住着几户人家，平平家就住在井边。夏天天热的时候，平平在外面疯够了跑回家,浑身汗淋淋地喊着要喝水,平平奶奶就会拿起水瓢带平平来到井上,看谁家刚从井里绞上来了水,就去水桶里舀一瓢清凉凉的深井水让平平喝下去,霎时平平就浑身透爽,热气尽消。有时候,奶奶还会用这深井水给他冲一大洋瓷缸柿子面,就是用塬上熟透的柿子和炒熟的大麦糁成粑粑磨出来的面粉,那喝下去不光解暑消热,还甜丝丝直透心脾。

这一天,龙首堡的水井边,来了一个货郎担。担子上有针头线脑脂粉盒,还有皮筋卡子旱烟嘴,最多的是一大盒花花绿绿的各种水果糖。

货郎往井边一站,扯开嗓子就喊:"换头发,换旧衣服,换废铜烂铁——"

一会儿,井边就围了一堆人,大多是女人和碎娃。女人在那些针头线脑中挑,碎娃们盯着水果糖流着涎水。有一个女娃从家里拿来一团绕在一起的头发,货郎给她换了两块糖。三娃从他家拿来一个破了底的铜脸盆,和货郎讨价还价搞了半天,货郎给他换了一副老花眼镜。

平平奶奶听到货郎的喊声,也去寻她塞在墙缝里的头发。她平时梳头发时,把梳下来的头发都要攒下来,专门等货郎来好给平平换糖吃。她攒的办法就是把梳下来的头发团成一团,往院子或屋子里的墙缝一塞。每梳一次就塞一团,次数多了就这儿塞一团,那儿塞一团,时间一长,她自己也忘记了准确位置。

平平奶奶在院子里找到几团,又到屋子里来找。找着找着,在屋子很隐蔽的一个墙洞里,发现了一个奇怪的铁家伙。她拿出来一看,不像是家里有用的东西,在手里掂量了一下,觉得还有点儿分量,她心想,这应该能换更多的糖吧。

当平平奶奶把那件铁家伙拿给货郎看时,货郎的眼里露出了别人不易察觉的亮光。他赶紧问平平奶奶要换啥东西,平平奶奶说给孙子换些糖吃,货郎二话不说,从那一大盒子的水果糖中满满捧了两把给平平奶奶。旁边的大人和小孩看平平奶奶换了两大把水果糖,眼里都流露出羡慕的神情,平平奶奶大方地给他们一人散了一块儿,就拿着剩下的水果糖回家去了。

平平奶奶一走,货郎把他换到的东西收拾好,喊了一声:"换头发,换旧衣服,换废铜烂铁——"担起货郎担也走了,那些没换到糖的碎娃跟着一直跑到堡子村口。

到了晚上,平平家可就炸了锅。平平奶奶高兴地拿出水果糖,想给逛了一天的平平一个惊喜,可当知道水果糖是那件铁东西换来的时,平平一下子急了。他把水果糖撒了一地,冲奶奶大叫说:"你换掉的那件东西是宝贝!"

平平他大见平平敢对奶奶不敬,要上来揍他,又难过又委屈的平平号啕大哭。

上次在京书爷家,知道了那件东西的来龙去脉后,平平、小军和宝良就觉得那是一件宝贝。本来他们几个孩子想把那东西还给京书爷,让京书爷把两件东西一起保管,但京书爷觉得东西是孩子们找到的,他要不明不白拿了,有点儿大人欺负小孩子的意思。他们最后商量的结果,是让平平他们先拿着玩,等孩子们开学了,再交给京书爷保管。

当时,京书爷告诫孩子们,不要把这东西在堡子里招摇外传,发现这个东西说明老地道里真有龙首堡先人留下的东西,这一旦让堡子里其他人知道了,好不容易平息下去的挖地道风波说不定又会闹起新的事端。回来后,平平就找了一个隐蔽的墙角把那东西藏了起来,没想到奶奶误打误撞,却把那东西换给了货郎。知道了事情的原委,平平奶奶自己骂了自己一句:"我真是老糊涂了!"

第二天,平平急忙叫上小军和宝良,把这不幸的消息告诉了京书爷,看京书爷有没有办法再把宝贝找回来。

京书爷还没有开口,小军想到了一个主意,他说:"我们去找那个货郎担吧,他肯定就在这周围的村子里转悠。"

"对,找着货郎担把我们的宝贝要回来。"宝良一听,也同意这个办法,失去宝贝孩子们都很着急。

平平说:"就怕找不到那家伙,他拿了我们的宝贝肯定走远了,我们到哪里去找?"

听平平这样说,宝良又附和平平的话说:"就是的,怕找不到他了。就是找到了,那家伙不给我们又怎么办?"

京书爷听他们你一句我一句说完,说:"不用去寻货郎担了,东西已经到了高唐镇,你们到高唐镇去找。"孩子们听了一愣,不知道京书爷为什么说他们的宝贝已经到了高唐镇。

京书爷接着说："在高唐镇街道上，靠近竹园的旁边，有一家小小的古玩店，我没有估计错的话，咱们的东西应该已经到了那里。"

这农村里走村串巷的货郎担子，表面上看起来是换点儿乡下人的零碎东西，从中赚点儿差价，但实际上，他们经常会从各家各户拿出来的东西中发现一些老旧的值钱家什。农村人老实，也不太识货，在家里的旮旯拐角发现一个表面黑麻咕咚、样子奇形怪状的东西，只要觉得没啥用，就会拿给货郎瞎好换一些东西，殊不知，那怪怪的东西有可能就是家里传了几代人的宝贝。先人们光顾着把宝贝藏起来，却忘记了给儿孙们交代清楚，结果稀里糊涂的儿孙们拿宝贝拱手送了人，自己还傻傻地乐，正好便宜了那些心怀鬼胎的货郎。货郎得了这些宝贝，暗地里会寻那些懂行的买主倒手，不经意的小玩意儿，就拿到镇上的古玩店出手了之，这里面的门道，京书爷自然是一清二楚。

平平、小军和宝良三人还没来得及上高唐镇寻他们的宝贝，从蕴空山下的李村传来一个可怕的消息——蕴空山上的鬼出现了。

李村的人们说，头天半夜听到了鬼在蕴空山上号叫的声音，还听到了有东西从山上滚落下来发出的巨大的撞击声。第二天，有人发现蕴空寺里的大铁钟在山下的沟里被摔成了碎片片。人们议论纷纷，说那么重的大铁钟都给摔下了山，鬼得有多大的力气啊！还有人说，从来没有见过蕴空山上的鬼闹得这么厉害，看来这回蕴空山上的鬼发怒了，蕴空山上肯定要出大事了！

平平和小军、宝良听到蕴空山的鬼又出来了，还把他们上次去看到的大铁钟摔下了山，吓得惊出一身冷汗——蕴空山上的鬼这么厉害啊！他们在心里暗暗庆幸，多亏上次在山上看到鬼影的时候跑得快，要不，说不定也会让蕴空山的鬼抓住扔下山呢！

蕴空山闹鬼的事在龙首塬上引起了不小的轰动，周围的几个村子都在传说这事。

这一天，大队书记领着公社的刘公安来龙首堡找到老四，让老四跟他们到公社去一趟。老四被带走后，龙首堡一下子热闹了，人们聚集在一起议论纷纷。

"老四干啥坏事了？"有人好奇地打听。

"听说是在外头偷了东西。"有人就跟着回答，"可能和蕴空山上有关系呢！"

"才不是呢，比偷东西的事大多了！"这时堡子里的秃子五根走过来说，好像他知道内情。他一说，引得一群人围到他身边。

"啥大事情？快说说。"人们焦急地问。

"卖娃呢！"秃子五根抛出一记猛料。

"啊，卖娃呢！""什么卖娃？"有人明白了，有人还不明白。

"就是贩卖人口，这都不懂！"秃子五根和老四家住连墙隔壁，两家经常为谁家多占了谁家门口的地方，谁家的树枝又伸过了谁家的院墙等等的事情争吵嚷仗，好好的邻家硬是让他们住成了仇家。这一回，五根看老四终于出了糗，就趁机往老四身上抹屎，恨不得公安把老四抓起来关进牢里永远别放出来。

听到秃子五根在胡说八道，堡子里的一个年长者不客气地骂道："挨尿的你胡咧咧啥哩！贩卖人口是个死罪，老四真要是干下这事，早都给毙八回了！再甭胡说了，等人家公安问清楚就知道了，都散了回家去吧！"经年长的老汉一骂，别人也不敢乱说啥了，慢慢散开各回各家去了。

第二天，更奇怪的事情发生了。老四还没有被放回来，村子里的三个孩子又被叫到公社去了，不用问，这三个孩子肯定就是小军、平平和宝良。三家的大人们想跟着去可人家不让，三家人一下子慌了神，乱了锅，以为孩子们犯下了什么事，心里非常紧张害怕。在紧张害怕的同时，三家的大人还感到在村子里非常丢脸，尤其是平平一家。平平他大和塬上的大多数男人一样，用四个字来形容最恰当不过，就是粗、朴、憨、直，但却有一点，就是视面子为天大。平平他大一直看不上老四那种吊儿郎当、不务正业的样子，昨天听说老四被抓了，他还当着村人的面嘲笑老四呢，这一下自己家的孩子也进去了，这让他是又羞又愤，几乎一整天没有出家门。一时间，在人们的各种议论和猜测中，一种神秘怪异的气氛笼罩了龙首堡村。

还好，到了晚上，孩子们就先回来了。原来刘公安在追查蕴空山上大铁钟的事情，有人说看见三个孩子这一段时间上过山，所以刘公安把他们叫去问了一下情况。

在派出所里,小军、平平和宝良很疑惑:大铁钟不是山上的鬼摔下来的嘛,还查什么呢?刘公安听了后笑了半天,笑完了,告诉孩子们说,这个世界上没有鬼,凡称是鬼干的事,那都是人干的。鬼就是人,人就是鬼!孩子们听后,搞不清这话到底是什么意思,刘公安也没有多解释,但他通过对孩子们的询问,看出来这件事情确实与三个孩子无关,就让孩子们回家了。

回来之后的小军、平平和宝良显然是遭受了一次人生的打击。虽然刘公安已经证实他们都是清白的,但一顿打还是免不掉的。农村人说,人活脸,树活皮,所以就要顾个名声,要个脸面,在塬上这一点更加明显。虽然三个娃没有干什么坏事,但让公安叫了去这已经是家庭洗不掉的恶名声了,对待这样的孩子最直接的惩戒办法就是——打一顿!平平被他大绑到院子里的树上,虽然平平奶奶在旁边极力劝阻,但绳子头、笤帚把还是把平平的背、屁股、腿狠狠地吻了个遍!小军和宝良的待遇也差此不多。

挨过了打,还要接受村子里人在背后的指指点点,一连好几天,他们和家里的大人一样,都在村子里抬不起头,直到老四被放回来,事情才有了转机。

原来,蕴空山上大钟的事,是老四干下的瞎瞎事。据老四交代,那天晚上,他伙同高唐镇上几个人到蕴空山上想偷走大铁钟。可大铁钟那么大那么沉,哪是容易让他们偷走的?他们折腾了半天,刚把大铁钟从禅院里抬出来走到山梁上,突然从黑洞洞的禅院里追出来一个全身雪白的鬼,鬼一边追一边"啊哈啊哈"大叫,在寂静的夜晚分外瘆人。老四他们一惊,吓得撂下大铁钟就往山下跑,慌乱之中,大铁钟没有放稳,顺着山梁直滚而下。那场面,一边是夺路狂奔的盗钟贼,一边是顺山翻滚而下的大铁钟,后面还有边追边号叫的厉鬼,真是鬼闹蕴空山,夜半惊人魂。结果,趁着后面的鬼不知道是追人还是追钟的空当,老四他们顺利地逃脱了,可怜那口在蕴空山上已待了数百年的大铁钟从山顶一直滚落到山涧谷底,摔成了碎片。第二天,山下的人们不知真相,还以为是鬼把大铁钟从山顶摔下去的。因为老四他们没有偷到东西,而且承认错误的态度还好,派出所的人就把他们关了几天教育了一顿放回来了。

大钟的案子破了,老四被揪了出来,小军、平平和宝良以及他们的家人终于出了一口不明不白的气。但蕴空山上的鬼却在人们的口中越传越神,尤其是对在蕴空山上碰见过鬼的平平、小军和宝良三个人,蕴空山成了一座恐怖的鬼之山!

第十五章　忠义之士聚身边

　　这段时候,孙赞、徐一功和赵守仁三个人,在太平寺附近都找到地方安顿了下来。

　　孙赞是在离太平寺三里地的金辉塬上,找了座小庙,只有一间房子大小。这本是一个村子的村庙,村子里的人逢年过节到庙里来唱个戏,烧个香,平常就没人管,正好让孙赞住下。徐一功来到了秦岭山根的洞峪口,峪口的半山腰不知何年何月留下来几间破旧的石室,正好能让徐一功容身,他就将就着住了下来。赵守仁找到一孔废弃的窑洞,他用窑洞旁边的黄土和成泥,在窑洞里塑了个简易的菩萨像,就开起了道场。他的窑洞离太平寺也就是五里路不到,有事来来回回很快就到。他们三人安顿好以后,时常和太平寺的李士淳他们来往,名义上是做法事活动,实际上是秘密联络,互通情况,共商大事。在那个世道混乱的年代,一身僧装倒也方便外出走动,他们就利用僧人的身份经常出去云游,其实,只有他们自己知道出去后都干了些什么。

　　这时候的四皇子虽然还是那个逃难的四皇子,但经过这一段时间在南塬上的蛰居休养,加之李士淳和三和的精心照顾,身体已经完全恢复正常。尤其是李士淳带回巨额财宝和孙赞、徐一功、赵守仁的加入,使这个十几岁的孩子精神上得到了慰藉,自信心开始增强。重要的是那位南塬义士的出现,使四皇子明白了天下的形势和自己肩上的责任,四皇子的抗争意识开始苏醒,保家卫国的斗争意识开始苏醒。父皇去了,哥哥们没有消息,现在只有他自己了。父皇在遗言中说,找到忠心之士,应报国仇家恨!现在,忠义之士就在身边,他要行动,他要报仇,他要同命运抗争!

穿越的我看到这里也甚感欣慰,四皇子朱慈烺及时把自己从听天由命的逃难中调整过来,从与李自成的个人恩怨中调整过来,开始了自强自立、以国家兴亡为己任、反清抗清的斗争历程,这时在他的身上开始显露一个南塬人的倔劲和愣劲,这标志着四皇子从现在开始成了一个真正的南塬人!

我在整理这个故事的过程中,一直在想,为什么四皇子的故事让我感兴趣,为什么四皇子的故事让塬上的人津津乐道,引以为豪?难道是因为他的身份吗?是因为他是一个皇室子弟吗?还是因为他在塬上打打闹闹,吸引眼球?平平、小军和宝良三个孩子在前面说过的一句话,一下子让我找到了答案。——孩子们说,四皇子就是一个塬上的英雄,塬上的好汉!是啊,塬上人尊敬和纪念四皇子,就是因为他们把四皇子当成一个塬上人来看待,当成一个敢于同命运抗争的塬上好汉、塬上英雄来对待!

四皇子在来到南塬以前,和南塬,和我们没有半点儿关系,他可能只是历史长河中的一片落叶。但他来到南塬以后,南塬接纳了他,保护了他,养育了他,也成就了他。四皇子在南塬度过了他的大部分人生,从落难到奋起,从奋起到抗争,直到与南塬融为一体。到最后,四皇子已经成为南塬的形象,成为南塬杰出人物的代表。虽然他不是一个地地道道的南塬人,但他具有一个地地道道南塬人的精神和气质!这就是我爱他的原因,也是南塬人爱他的原因,也就是我要讲述这个故事的原因。

看清了形势,明白了大事在肩,四皇子反而非常冷静了。他知道要和清军抗争,他们目前还没有能力和实力,只有联络更多的明朝旧部人马,积攒更为强大的反清力量,才可能举旗行事。同时,四皇子也清楚,清廷是不会放过他这个前朝的皇子的,听说他的哥哥在北京被当成假太子被杀,清廷正在全国到处搜寻他自己的踪迹,所以,当下的所有活动要更加秘密地进行,一定要保护好自己和身边人。好在这东府南塬是一片远离是非旋涡的偏僻地域,对外不引人注意,内则自成一方净土。除了安全,还给了他们足够的活动空间。

为了掩人耳目,他们以太平寺和周围那些乡村小庙为据点,对外烧香念佛,实则秘密进行反清复明的思想宣传。孙赞、徐一功和赵守仁以行脚和尚的身份,经常外出活动,积极联络和聚集明朝旧部人马,积蓄力量,等待时机。

又是一年春天,孙赞所在的寺庙重修竣工,经过和四皇子几个人商量,他给这座寺庙取名叫兴国寺,寓意复兴大明国。兴国寺坐东向西,占地十多亩,四周筑有高大院墙,墙外杨树成行。院内有殿宇、良田、树木、竹园等,颇具规模。几座恢宏的殿宇,分前殿、中殿和上殿,依照中轴线由低向高顺势而建。前殿大门以外,石条台阶旁,一对石狮蹲在两边,怒目利爪,形象威严。门前广场上,竖起数丈高的铁旗杆,显示了寺院的肃穆与庄重。由广场向东,拾级而上,进了前殿,殿内神像形态各异,栩栩如生。穿过前殿,依台阶缓上,便到中殿。中殿两边是花园。中殿南大槐树下,是原来小庙留下来的一口水井,整座中殿显得芬芳静谧,阴凉清冷。过了中殿,踏上十八级台阶,便是气势恢宏的五间上殿。上殿青砖碧瓦,高屋建瓴,五脊六兽,如压云天。殿内众神像泥塑彩绘,或坐或站,慈悲威严,栩栩如生。寺院后坡,种满了柏树、栎树和皂荚树,草木欣欣,绿树森森,寓意寺院有稳实靠山,长固永安。

孙赞名义是从外面化缘得到资助,实际上是从四皇子太平寺的财款中提用了三千两银子,再加上当地村民的募捐,就把原来的小庙扩建成了一座颇有规模的大庙。扩建新庙只有一个目的,那就是要秘密隐藏不断而来的明朝旧部人马,再利用烧香念佛的名义进行宣传,策动信众反清。近来,一些忠心大明的明朝旧部不断有人来到太平塬,他们听到了四皇子在这里的消息,都按捺不住对明朝的怀念和对清朝的不满,互相秘密联络,或化为僧人,或化为逃难的难民,悄悄集结而来。人来了就要安顿下来,而且还不能引起外人的注意,所以四皇子和李士淳同意扩建孙赞所在的小庙。孙赞的寺庙修好以后,又相继扩修了赵守仁和徐一功的寺庙。赵守仁的庙叫护国寺,徐一功所在的寺庙叫兰若寺,之后又先后在太平塬周围修了几座寺庙,都是通过寺庙容纳明朝旧部,进行反清宣传和集会。这样,在东府南塬上形成了以寺庙为据点,秘密活动,互相联系,不断发展的抗清根据地。

渐渐地,人马越来越多,那几座寺庙也容纳不下了。这时,明朝旧将李超一家五口也闻讯投奔而来,李士淳灵机一动,让他在离太平寺七里地的一个废旧村子住下来。再来的义士也安排到这个村子,到了最后,这个村子上百口人全是从各地聚集而来的明朝旧部。为了显示对大明王朝的忠心,李超就将村名叫作忠王村。一个姓张的明朝将军到来以后,把他和他的人马住的地方叫朱张村,特意把朱姓加在他的张姓前面。还有一些陆续归来的明朝故旧为了表示对大明朝和崇祯帝的怀念,把他们住的地方公然叫崇宁、崇安等,就这样,一股反清力量在南塬上渐渐强大。

一天夜里,东府南塬上万籁俱寂。在太平寺后院的寮房里,四皇子、李士淳、三和,还有孙赞、徐一功和赵守仁六个人悄悄地集聚在一起。

李士淳先开了口:"孙赞、一功,你们俩把前段到外面游脚探到的情况给四皇子呈报一下。"

孙赞说:"皇子,我到湖北等地去了一下,经过查证,当地人说李自成确实已经被打死,他的几十万队伍也被打散,一夜之间销声匿迹。"

确认了李自成确实已死的消息后,四皇子问道:"那批从北京城运出来的财宝呢?"

"没有发现任何踪迹。"孙赞回答,"听说清人也盯得很紧,吴三桂和多尔衮也都在私下里追查,但都没有任何消息。"

四皇子又问:"会不会已经让清朝人得到了呢? 清人狡猾,得到了隐匿不说也是可能的。"

徐一功接过话说:"我看不会。前段我到甘肃和陕北去了一趟,听当地人说,陕西总督孟乔芳派兵到甘肃榆中和陕西李自成老家米脂一带都进行了秘密搜查,目的也是查找那批宝藏。如果清人在湖南湖北已经追到那批财宝的话,就不会再到陕甘搜寻了。"

"奇怪,那批宝藏难道消失了?"四皇子若有所思。停了一会儿他说:"那批宝藏的事我们不能放过,你们继续关注,寻找线索,务必查出踪迹。"

几个人齐声称是。

这时，赵守仁开口说道："皇子，经过近段时间的秘密联络，太平塬上已经聚集了我大明将士有三百余人，还不断有闻讯而来者。我们的气候渐成，只等待皇子一声令下。"

四皇子肯定地点点头，脸上露出兴奋的光芒。

这时，李士淳开口说道："虽然李自成被杀，余孽尽消，张献忠部也刚被清肃亲王豪格所破（顺治三年豪格大军从陕西翻越秦巴山脉进入四川，在陕西总督孟乔芳的有力协助下，打败张献忠部，收复龙安地区），从表面来看，清人已初掌天下。但清人入关毕竟不是正统，因此内地汉回不服者众多，各地反抗行动不断，烽火遍地，还有江南南明政权也没有得到很好处置，清政府实际上是疲于应付，自顾不暇，这是一个很好的机遇。"

李士淳看了看在座的各位，又继续说道："想我三百年大明江山，先遭李闯荼毒，后被清廷掠占。在这国难当头之时，我等受大明恩惠日久之人，岂能做贪生怕死、卖主求荣之事！今日有幸与四皇子伴随左右，正是天将降大任于我们之时，各位俱是忠勇之辈，现今唯有与四皇子同心一愿，代天行道，共图大业。各位是否与我所想一致？"

"正是。"三和、孙赞、徐一功和赵守仁几人异口同声回答。

听到大家的回答，李士淳转头对四皇子恭敬地说："皇子，我等在这关中塬上已蛰伏三个春秋，周围的环境也已经熟悉，当地的民众大都抗清亲明，这对我们非常有利。现在清军的搜查已然放松，这关中塬上本来就地处偏僻，有利于我们秘密起事。除了已经聚集起来的几百名将士，还有前段孙赞、徐一功外出期间联系到的几部分人马，也正在向我们所在的关中东塬来汇拢，您看我们下一步如何行事？"

不等四皇子表态，按捺不住的徐一功又站起来说道："全国各地都有反清行动，但我们有四皇子在此，一旦振臂一呼，天下一定会群起响应。驱除清人，恢复大明，天下大事就在我们一身，望四皇子速下决心！"

四皇子看到大家对大明一片忠心，心里非常安慰。他想起了那位塬上义士，一个南塬上的乡野隐士尚能不忘民族大义，舍身为国抗争，我一个亲身经历了国破家亡的皇子，还有什么理由在这关乎国家和民族危亡的时刻不挺身而出，奋勇一搏呢?！到这个时候，四皇子知道，这就是他在这东府南塬上的使命！

想到这儿，四皇子对李士淳和众人说道："恢复大明江山，是我父皇的遗愿，也是我朱慈烺今生毕尽之事，今有你等决心相助，是我朱家之大幸。想想我的父皇，想想大明天下，我恨不得马上起兵，明天就取了北京城！"说着，年轻的四皇子激动地站了起来。一时间，小小的太平寺里，君臣几人热血沸腾，斗志昂扬，决心为恢复大明天下痛干一场。

略一停顿，四皇子便冷静了下来，他稳了稳自己的情绪，又对几人说："关中地区自古乃兵家必争之地，我们所处的这东府南塬据山占高，地形险要，东出可通潼关，西进可达长安，起兵举事自是占有绝好地利，但唯一不足是我等目前仅有数百人之力量，一旦起事，难以抗拒清军之围剿。所以，举事之议稍缓时日，当务之急应广招亲明之兵民，联络反清之志士，加以组织操练，提升战斗技能，不久之后我们定当大展宏图，成就大业！"说完，他少年清秀的脸上露出坚毅的神情。

听了四皇子的一番话，李士淳等几人深为四皇子的深思熟虑感到欣慰，一个温室里的幼苗经过风雨的洗礼终于成长和成熟起来了。

这时，李士淳给四皇子和在座的几位提供了一条重要信息，他说："皇子，前几日我闻说前明潼关守备使王人杰在商洛山中的青龙镇聚集兵马，意欲起兵反清，我意让孙赞前去联络王人杰，共助皇子起事。"

四皇子和在座的几位听了大喜，这可是一支重要力量，孙赞马上表示自己明天就取道商洛。最后，君臣几人商定，在南塬上修建练兵场，对聚集起来的明朝旧部和反清群众进行秘密训练，壮大力量，待与王人杰部取得联系以后，择机举旗反清。

清廷在稳定了北方之后，一方面与南京的南明政府打太极拳，一方面在北方实施新政。他们打着为明朝复仇的旗号继续剿杀大顺军队，礼葬崇祯皇帝和后宫嫔妃，优待前明官员，同时在全国各地起用了很多前明的地方官继续管理当地事务。实施这些新政的目的，是为了协调满汉矛盾，笼络汉民的人心，保证各地在朝代更替过程中的有序过渡和社会政治的稳定。从事实来看，这些政策在当时确实收到了很好的效果。

在华州府,当时的知府叫刘自妙。这个人忠厚老实,本分安守,他本以为清廷会杀了他们这些明朝旧官,一听清军攻破潼关就赶紧躲回了渭河北面的老家。当清廷把他从隐藏的老家请回来让他继续做他的华州知府时,他一时反应不过来,心惊胆战地推辞着要回老家去当一个平民百姓。最后在清廷的软硬兼施下,他将信将疑地坐回了他原来的府太爷宝座。当了一段时间之后,刘自妙看到清廷人确实要用他们,他的心才安静了下来。

近来,有风声传到他的耳朵里,在南塬上似乎有一些不寻常的迹象。华州地界东西短促,南北狭长,以官道为中分界,分为塬上和塬下。塬上是指太平塬、高唐塬、金辉塬连成一片的塬区,塬下是官道以北和渭河南岸之间的一片平原,也是关中大平原的一部分。塬下人口稠密集中,塬上则荒僻人少,平常时,府衙的人很少到塬上去。

这一天,刘自妙和府衙的魏师爷悄悄地谈起了南塬上的情况。魏师爷告诉他,百姓间传言太平塬上隐藏着一个重要人物,而且来头不小。当魏师爷说出那个人的名字时,刘自妙大吃一惊,几乎不相信自己的耳朵。就在不久前,陕西总督孟乔芳向各州府发了一个秘密公函,要求各州府在辖区内悄悄地查找崇祯帝三个皇子的线索,密函中还附有三个皇子的画像。接到密函后,刘知府心想,在他这个穷乡僻壤的小府县怎么可能有崇祯皇子的线索,就没有在意。现在听魏师爷一说,他突然浑身冒出无名的兴奋,在府衙的大堂里不停地转起了圈子。

第二天,刘自妙带着魏师爷和几个随从走在去南塬的路上。知府大人上塬来了,自然在这平常安静没有人来往的塬上引起了大家的注意,路边不时有看热闹的人跑前跑后。走着走着,浑身亢奋的刘知府突然冷静了下来,他叫随行的人马停下来,掉头返回,不去了。大家不明白刘知府什么意思,但刘知府很坚定地说,回府衙。

原来,这个刘知府虽然老实,但也是个有脑子的人,他决定上塬的时候是一时兴起,但走到半路上时他觉得不对劲了。如果塬上没有那个重要人物,随便转一圈也就罢了。但如果塬上真的有那个重要人物,他该怎么办?见呢还是不见?见了面又该怎么做?难道要把那个人抓起来交给满人?不抓不交的话,他这么在塬上张扬一圈又算什么?权衡一番,刘自妙决定不能唐突行事,以免给自己带来麻烦,也给塬上那个重要人物带来麻烦。

清廷让刘自妙在华州继续当知府,但刘自妙的心里仍然充满对大明的怀念。当他听说隐藏在塬上的人可能就是故国大明朝的皇子时,心里非常激动,在最初的紧张和慌乱之后,刘自妙突然意识到这是一个千载难逢的历史机遇。大明的火种就在华州府,就在他刘自妙的手上,让它熄灭,还是让它燎原,就在他的一念之间。

刘知府知道此事非同小可,回府衙后,他和魏师爷秘密地商讨了一夜,决定悄悄上塬。

这一天,太平寺照例是初一的佛会。

一大清早,依太平寺周围就摆起了小吃担子、杂货摊子、剃头挑子等一应家什,摊主们各给自己先占上有利的地场。随着太阳渐高,挎着篮子卖青菜果杏的,卖大蒜土豆的,还有那叫着喊着卖狗皮膏药的,算命看卦的,都一齐热闹起来。四乡八沟的人们也从太平寺周围的山沟里、树窝里和破窑洞里钻出来,踢踏踢踏地往太平寺而来。

来到寺上,人们先把自己带来的东西换出去或卖掉,然后男人们多去剃个头,到铁匠那儿挑几件农具,再和碰上的熟人亲戚蹲在路边抽锅烟,谝个闲传。女人们爱去看个花衫衫,买个胭脂头绳什么的小零碎。家境宽裕的人再在那摊子上吃上一碗四季都有的塬上凉粉,或者喝一碗羊杂汤,再给孩子捎上几根麻花,一路悠悠地回家,那便是这太平塬上最牛的人了。

当然了,人们到太平寺来大多都是为了到寺里去上个香,拜个佛,这是在那苦难而孤寂的岁月里人们的精神支柱。

每逢过会的日子,三和、李士淳和四皇子他们几个都要身披袈裟,手执佛器,一齐到大殿诵经做法事。这天,他们正在诵经的时候,州府的刘知府和魏师爷穿着便服也出现在进香的人群中间。

太平寺的大雄宝殿并不大,经过三和他们住进来以后的维修和重置,已经是一个像模像样的佛事道场。今天是过会的日子,三和他们几个还对大殿略做了些装饰,佛前供上了香灯花果,四周也挂些经幡布幔,清香燃起,一派庄严肃穆景象。在佛前主持的座位上坐着三和主法,李士淳和四皇子一身法衣,站立两边,木鱼声起,几人一齐开始低眉诵经。

　　刘自妙和魏师爷假装随人群一起进香,其实暗地里悄悄地把四皇子观察了个来来回回,三和、李士淳只顾念经做法,全然没有察觉。

　　从太平塬上秘密探访回来后,刘知府拿出孟乔芳密函中四皇子的画像,和魏师爷详细对照,两人得出一致结论,太平寺的那个小和尚就是崇祯先帝的四皇子。而且,围绕在小和尚周围的那几个人也非等闲之辈,看来这太平塬上真的是藏着龙卧着虎呢!

　　刘知府和魏师爷强忍心中的激动,决定把孟乔芳的密函压住不报,保护四皇子,不能让四皇子沦入清人之手,并暗中相助四皇子在南塬行事。

第十六章　南塬上的明珠——高唐镇

在讲述这个故事的过程中,通过对南塬不断的咀嚼和回味,唤醒了我心底里对南塬那种深深的依恋——这不是面对过去的回忆,而是面向未来的回归。

高唐镇坐落在西河的下游,与不远处高大的秦岭遥相呼应。因为靠近西河,镇子周边又有几处天然形成的泉眼,泉水常年涌流不断,所以在高唐镇的旁边有很多的水塘和稻田。夏天的时候,一池一池的水塘中,波光潋滟,荷叶田田,一片一片的田地里,稻花飘香,蛙声争鸣,使这东府南塬上呈现出一派少有的江南水乡的风情。镇子的主街道呈丁字形,一渠泉水从街道中间穿流而过。上会赶集的人渴了,泉水就是他们的饮料,掬起来就喝;买个瓜果孩子要吃了,泉水里一冲一洗,送进口里就可以咥。清亮亮的泉水给人们带来了方便,又给镇子增添了生机和韵味。因为这里水塘多的缘故,又在这高高的南塬之上,所以人们称这里为高塘,大意为高处的池塘。用作地名时,高塘被叫为高唐。

镇子大约形成于明清时期,历代以来,这里都是商贾贸易之地,以秦岭山货、塬上特产享誉关中古道,长年有塬下渭河以北地区以及渭南、商洛、蓝田等地的客商来往交易。时至今日,镇子上依然保留着很多古民居,沿街的商铺也大都使用的是大开大合的铺板门。早上开市时,把门板从里面一块儿一块儿卸下,傍晚收市后再一块儿一块儿安上去,最后从里面用一根大门闩杠紧。

在东府南塬上,高唐镇是最大的一个集镇,每逢农历的五、九日都是过会的日子。过会的那一天,四面八方通往镇子的路上人流如织。推车子的,提篮子的,牵羊的,拉牛的,想买点儿东西回来的,想把自己家的东西卖出去的,还有游逛看热闹的,会亲访友的,从各个沟沟川川里都往镇子汇集。年长的老人拄着拐棍,迈着小脚;当家的男人都是一副急匆匆的样子,风风火火,而媳妇们则穿着一身干净的衣服跟在后面;小伙子们你打我闹,说说笑笑,姑娘们则挤在一起东躲西闪,满怀期盼。碰着熟识的人就问候一声,拉呱两句,要是遇见去得早已经上完会往回走的人,就打听一下今天会上人多不多,东西是贵是贱。

来到镇市上,抬眼望去,只见人头攒动,摩肩接踵,人山人海,水泄不通。这拥挤的人流,看似混乱摸不着头绪,实则都有着明确的规律和目标。买卖牛的到牛市,买卖蔬菜的到菜市,买卖药材的到药市,以此类推,到羊市的,到猪市的,到肉市的,到布市的,到木头市的,到粮食市的,等等。除了这些功能明确的市场,还有杂货铺、铁匠铺、成衣铺、中药铺、染坊、客店、邮政局、储蓄所等,人们根据自己的需要,自然流动,热闹而不混乱。办完了主要的事,再顺便买些家里需要的农具化肥,看看粮食的行情,有的还去剃个头理个发,有的还要去邮局给家里在外面的人寄个信,有的再到医院诊所问个病抓个药,平常干农活忙忙的,这上一回会就把该办的事都给办了,最后再来到这高唐镇最有特色的小吃摊上。

小吃摊都摆在街道丁字口这一带,一街三行,一家挨着一家。说有特色,先说这柿子醋拌的凉粉。柿子是南塬的特产,沟里、坡里、地里到处都是。秋天收了柿子,有一些用来旋柿饼,有一些用来放软了吃,还有一些就是用来酿醋。酿醋的办法也很简单,把柿子去蒂洗净后直接放进大缸里,加满水后让它自然发酵,十天半月揭开盖子就可食用,真正的绿色环保产品,家家都可以自己做。凉粉的粉是豌豆面粉,加水在锅里煮熟熬稠后,盛在一个一个的洋瓷盆里自然放凉。卖的时候,切成条状或块儿状,往白瓷碗里一盛,淡绿色的凉粉在白瓷碗里晶莹透亮。这时,加点儿蒜泥葱花,再来一勺红红的油泼辣子,最后用柿子醋一浇——哦,看着美,吃着爽,回味起来也要流满口的涎水。这高唐镇的凉粉是出了名气,在外面工作的人每次回乡,先要到镇子上吃了凉粉才回家。外地方的人也有赶几十里路,就为专门来吃几碗高唐凉粉。

高唐镇的特色吃食里面还有麻糖,也叫麻花。这麻糖的特点是面筋油香,一口咬下去,那清香的菜油味道,会让你越吃越香。吃饱了,走的时候还要再捎带上十根二十根,粗麻纸一包,纸绳子一捆,手里一提,或者往自行车前把上一挂,晃悠悠地带回家,这才算是心满意足。还有满嘴喷香的大油包子,调满芥末的荞麦面饸饹,酸甜爽口的醪糟等。

这美味的小吃有些人是在会上吃,但更多的是没有钱和舍不得吃的,那就四处转一转,看一看,把该办的事情一办,把热闹一看,也算是上了一回会。总之,高唐镇过会的这一天,是南塬上五乡三镇重要而又热闹的一天。

这一天,正是逢会的日子,吃过早饭,平平、小军和宝良就来到了高唐镇上。走进街道,正是人流最旺的时候,三个人一会儿被人群冲散,一会儿又合到一块儿。看见耍把戏的或者什么好玩的他们就站在人群边看一会儿,碰见好吃的他们就只能流一嘴口水,因为他们口袋里没有钱。经过卖小猫小狗的地方时,小军和宝良被一窝小狗娃吸引住了,围着小狗娃挪不动脚步,而平平则看上了旁边放在篮子里的两只可爱的小白兔。一问,人家说小白兔五毛钱一只。没有钱,小狗娃也好,小白兔也好,他们就只能看看。

镇子的旁边有一大片竹林,大约有几十亩地,竹子长得密密麻麻,修长挺拔。南塬一带自古就多竹,素有竹乡之称,先民奉竹为图腾,崇尚竹子宁折不弯的气节。当地人就地取材,竹编技艺源远流长,民间以竹工为业的竹匠、篾匠数不胜数,长期以来以出口竹筐、竹篮、竹筛子、竹席、竹帽等竹制品著称关中道。清脆的绿竹和秦岭、渭水的遥相呼应,不知道成就了多少文人墨客的怀竹气节,也造就了南塬上翠竹环绕、竹叶沙沙、绿浪阵阵、人杰地灵的独特风貌。在这里,随处可见"天寒翠袖薄,日暮倚修竹"的盛景,更能听到"清风习习竹林喧"的大自然的美妙音律。

以前平平他们来高唐镇上的时候,喜欢从竹林中间穿过,那种幽深和宁静的感觉犹如童话里的世界一般。而今天,他们顾不上竹林的美景,他们要找京书爷说的那家古玩店。

古玩店很好找，转眼间，他们就发现了目标。

说是古玩店，其实也就是一家普通的杂货店。三人站在店门口往里面张望，一个矮胖的店主问他们要买什么。三个人不是来买东西的，听了店主的问话，一时不知道怎么回答。突然，平平在摆在地上的一堆零碎中发现了他们那个宝贝，就赶紧对店主说：

"我们想买、买、买那个。"说着用手一指。嘴里说是买，但他们知道自己身上连一个子儿也没有，心虚让平平说话时不由得打起了结巴。

"哪个？"店主没有看清平平指的是哪个。

平平又指了一下，店主这下看准了。他疑惑地问："你们几个碎仔娃，买那东西干啥？"

平平自然不敢说出原委，小军插上来说："我们几个耍呢，看那东西好玩！"

店主也不再跟他们啰唆，直接说道："那个十块。"说完转过身应付别的买主去了。

平平、小军和宝良三个对视一眼，宝良吐了一下舌头。别说他们没有十块钱，就是有十块钱，他们也不会真去买，他们是来找回自己的东西的。只见平平对小军使了一个眼色，两人拉起宝良离开了杂货店。

离开杂货店后，他们三个凑在一起悄悄嘀咕了一阵。先是平平来到镇上摆着一溜剃头担子的地方，找到在这里摆剃头摊的舅爷爷要了一块钱，然后三个人又一起来到卖小猫小狗的地方，用一块钱买下了那两只雪白可爱的小白兔。三个人再来到杂货店门口时，那两只雪白可爱的小白兔就抱在平平的怀里。

"老板，刚才我们要的那个东西能便宜些吗？"小军开口对店主说。

店主一看，又是他们三个碎仔娃，不耐烦地说："便宜不了，没钱就不要买。"他压根就不相信这几个碎仔娃是来买东西的。

小军看了一眼平平，平平心里会意，不动声色地把抱兔子的双手一松。"嗖""嗖"，两只可爱的小白兔从平平的怀里蹦下来，直接就往杂货店里钻。

"哎哟，我的兔子跑了，快抓！"平平急忙大喊，喊着就往杂货店里去追。

小军和宝良也不迟疑,跟着也往杂货店里冲,一时间,三个人在杂货店里和两只兔子做起了猫虎逮。

店主一看这混乱的场面,冲三人大骂:"狗日的碎尿,甭碰了我的东西!"边骂边把他们往外赶。平平、小军和宝良三个人和兔子在杂货店里你来我往,经过了几个回合,才终于把两只兔子全部抓住。平平在抓兔子的时候,不小心把放在地上的一只瓦罐罐碰打了。

三个人抱着兔子要走,店主拉住平平的衣袖要他赔偿瓦罐。平平使劲一挣,"刺啦"一声,衣袖被扯破了。小军喊:"快跑!"三人一齐朝竹林深处跑去。

躲进竹林里,小军从衣服口袋里掏出刚才趁乱偷出的那件宝贝,三个人会心地露出了胜利的笑容。

一个黑漆漆的夜晚,蕴空山上突然出现两个神秘的身影,难道是蕴空山上的鬼魂又现身了?

只见两个身影黑衣裹身,一高一矮,每个人都随身携带着一个工具包。两个黑影首先来到倒塌的古塔跟前,在古塔的前后左右察看了一番。古塔倒了有好一段时日了,散乱的旧砖和泥块杂乱地堆在山坡上,在黑夜里已经快要被夏天疯长的野草淹没。在古塔周围没有发现什么迹象,两个黑影便悄然向蕴空寺而来。

进到蕴空寺里,见寺院空无一人,黑衣身影便径直来到寺院最西边的一片荒草山坡上。他们一会儿在那儿小心地寻找,一会儿又聚在一起悄悄比画,最后还拉起尺子在那一片山坡上前后进行测量。来回测量了几次,他们终于在山坡上选定一个点,然后就取下随身携带的工具开始挖掘。

夜晚的蕴空山,万籁俱寂,只有风响、夏虫的轻鸣和偶尔窜过去的小动物发出的轻微声音。

两个黑衣身影小心地挖着,不时地轻声进行交谈,这才听出原来是两个人!准确地说,是两个盗墓贼!

秦岭北坡多是肥沃松软的黄土层,这让两个盗墓贼挖起来倒也不费什么劲。一个多小时的时间,他们准确地挖到了一个石门跟前,黑暗中两个盗墓贼发出兴奋的低笑声。兴奋的两个盗墓贼意识到,这下面的密室就是他们苦苦寻找的悬棺墓。

——住手,坏蛋!我急得在心里喊。因为,作为精灵的我知道,即将被两个盗墓贼发现和挖开的正是南塬上保留了近三百年的重大秘密——蕴空山悬棺墓!可惜,精灵的我管不了现实中的恶贼。

稍稍停歇,缓了缓他们狂喜的心情,两个盗墓贼随即换了随身带来的另外一种工具,撬开了石门。

石门被撬开的一瞬间,整个蕴空山和蕴空寺都为之一颤,"唰、唰、唰"地从石门上方的山坡上掉下来一层土块,两个盗墓贼以为刚挖开的石门要倒,吓得急忙往后闪躲。前一段时间,古塔莫名其妙地倒下来之后,南塬上的每个人心里都是怯怯的,这两个盗墓贼心里显然更是紧张。

但我知道,那是沉睡中的悬棺墓被突然惊醒的战栗。

过了一会儿,看着刚挖开的石门并没有倒下来,周围也恢复了安静,两个盗墓贼才放下心来,又小心地回到已经打开的石门口——梦寐以求的悬棺墓就敞开在他们面前。

封闭已久的悬棺墓室里往外散发出一股霉腐的气味,几乎把两个盗墓贼熏倒,但两人哪顾得熏人的气味,在黑暗中相互对看一眼之后,一前一后钻进了墓室。

蕴空山上,两个黑衣盗墓贼进到悬棺墓里。

从黑夜里进到更黑的墓室,两个盗墓贼半天没有一点儿声音,许久,才传来两个贼之间压低声音的对话:

"奇怪,咋找不到悬棺呢!"

"别说悬棺,这里面什么棺也没有!"

"不对劲!是不是弄错了?"

"不会错的,我们找了那么多线索,这肯定是悬棺墓。"

"那怎么就没有悬棺呢?"

"再找找看!"

借着手电的光线，两个盗墓贼在黑暗的墓室里继续摸索。墓室并不大，也没有过于复杂的陈设，两个盗墓贼前前后后又是摸又是敲，最后在墓室里面的一尊塑像前停住了。

这是一尊真人大小的塑像，塑的是一个呈坐姿的和尚像。这个和尚像正坐向前，双手自然抚膝，凝视远方，表情严肃庄重，即使在微弱的手电光下，也能看出他风采奕奕的神情。

"啧啧，这个人就是传说中悬棺墓的主人吧？"矮个子盗墓贼看着栩栩如生的塑像，忍不住赞叹地问道。

"是的，他应该就是普乾法师，也就是崇祯的四皇子！"另一个高个子盗墓贼回答。

看来这两个盗墓贼早把悬棺墓的情况弄清楚了，我还以为只有我才知道呢！

"可惜他不会开口说话，要能开口说话的话，我们可以问问他悬棺到底藏在什么地方了。"矮个子盗墓贼用轻薄的语气说。

这句话好像提醒了高个子盗墓贼，只听见高个子盗墓贼说："你还别说，我感觉到这塑像能动。"说着，他用手使劲一推，塑像连同底座果然轻微地动了动。

两个盗墓贼大喜，以为他们找到了悬棺墓的机关。之前，他们听说过悬棺墓里可能有机关，所以，心里也有一些准备。可当他们把塑像来回推动了好几遍，塑像只是轻微地动一动，并没有引起其他动静的时候，他们有些失望了。

第一个说话的矮个子盗墓贼心里着急起来，好不容易找到悬棺墓，他不甘心找不到悬棺。只听他恨恨地说：

"挖它个三尺，我就不相信找不出悬棺来！"说着浑身就冒出一股二杆子劲，抄起手中的铁镐就朝塑像的底座挖起来。

高个子盗墓贼一看，连忙制止：

"停手，停手，不敢胡来！"

矮个子盗墓贼手中的铁镐已经挖进普乾法师塑像的底座，底座连同塑像开始晃动。

就在这时,黑暗的墓室外面突然传来凄厉的怪叫,并且声音越来越近。

"鬼来了!"高个子盗墓贼听见外面的怪叫声大惊!

矮个子盗墓贼略一停顿,不屑地说:"有个屁鬼,不怕!"说完继续挖塑像,塑像晃动得更厉害了。

突然,整个墓室出现晃动,好像地震来了一样。伴随着晃动,墓室顶部和四面墙壁开始不停地往下掉石块和泥土。

高个子盗墓贼大叫:"不好,墓室要塌!"话音未落,从墓室顶上掉下来一块儿石头,正好砸在普乾法师塑像旁边的矮个子盗墓贼头上,矮个子盗墓贼吭都没吭一声,应声倒地。

矮个子盗墓贼倒下之后,便停止了对普乾法师塑像的挖掘,一阵混乱过后,墓室的晃动停下来了,外面的怪叫声似乎也消失了。高个子盗墓贼不敢迟疑半步,乘机扶起倒在地上的矮个子盗墓贼冲出墓室。

外面,黑茫茫的蕴空山上一片静寂。

出得墓室,高个子盗墓贼还没有来得及喘一口气,突然,刚才的怪叫声又起,一声接一声,似乎周围的树丛和暗影里全都藏满了鬼怪。高个子盗墓贼不敢停留,急忙背起还在昏迷中的同伙寻路逃下山去。

第十七章　关帝庙闯王献宝刀

"皇上,皇上——"一天,朱恒正在太平寺里习字,墩子和蛋蛋来喊他。"走,带你去看个宝贝去!"不等朱恒放下手中的笔,他俩拉起朱恒兴冲冲地就往门外走。

"哎——哎!啥宝贝嘛,看把你俩急的!"朱恒招架不住他俩的热情,把身子从他俩的手中挣脱出来,跟随他们走出庙门。

出了庙门,朱恒问道:"宝贝在哪里啊?黑娃和会儿呢,叫上一起去。"

这种活动自然少不了黑娃和会儿的,他们先把黑娃寻着,又叫上会儿后,一起向蛋蛋舅家的村子关帝庙村而来。

一路上,蛋蛋给他们讲起了这个宝贝的来历。不讲这个宝贝还好,一讲这个宝贝,倒让朱恒大吃一惊,引起了他心中无限的仇和恨。

蛋蛋提到了一个人的名字——李自成。

明末清初是一段动荡混乱的岁月,难免会有一些离奇的故事发生。李自成的大顺农民军在进入北京摧毁大明王朝之前,先是占领了西安安营扎寨,并且在西安建立大顺政权并称帝。在此之前,李自成的大军从中原地区的河南省西进陕西,在从潼关进占西安的过程中路过华州,李自成在华州关帝庙里留下了一样东西。

蛋蛋绘声绘色地讲述了那天他看到的情景。

关帝庙村是蛋蛋舅家所在的村子,村子处在太平塬下面西安到潼关的官道旁边。这几天,在潼关打了胜仗的大顺军日夜不停地从村前的官道上经过,人欢马叫,热闹非凡。蛋蛋舅舅专程上塬来叫蛋蛋一家下塬去看这稀罕的过兵场面,说这闯王军多么多么好,不乱抢东西,不乱杀人,还有多么多么威风神奇等等。家里的大人没有来,大人们知道这兵荒马乱的稀罕最好不要看,倒是蛋蛋跑了个快,跟着舅舅来到了关帝庙村看过兵。

这过兵的场面确实震撼人心,刚经历了惨烈的战争,人马身上还残留着斑斑血迹,轰隆隆的车马队伍还挟裹着阵阵杀气,逼得人们不敢靠前。关帝庙村的人屏住呼吸,只能远远地观看,连说话都不敢大声。这天后晌,就在大部队过得差不多了的时候,官道旁的关帝庙门前突然聚集了一大群人,只听到有人悄声传说,李闯王要来。

关帝庙村有一座占地十几亩、建筑很气派的关帝庙,里边香火一直很旺。此庙建在官道北侧,坐北向南。门前有两只大青石狮子,不知是石材特殊,还是工匠手艺精巧,石狮子不论用什么东西敲,敲出来的声音都很响亮。从庙前经过的远道行人都会到此下车,用手或者用瓦片敲打一番,据说响声可以壮胆。石狮子旁边各有一根旗杆,旗杆上边有两个斗,还悬挂着杏黄黑边的三角形旗子。院内一口一人多高的大钟是镇庙之宝,还有一棵七八个人搂抱不住的老白杨树,树身上有个洞,能容纳三四个小孩在里面玩耍。院内两旁建有庙祝念经打坐的寮房。最北边是气势雄伟的大殿,里面供着好几米高的关公塑像,气宇轩昂,两旁站着威风凛凛的周仓、关平,东西两边各有五个两米多高的帅神。也许由于关公显圣,村里人烧香求神很灵验,方圆几十里的香客整天不断线,庙事景象盛极一时。

蛋蛋和看热闹的人看到在一群人的簇拥下,一个头戴红缨毡帽的阔脸大汉骑着一匹高头大马停在了关帝庙门前,看庙的庙祝慌忙迎上前去。阔脸大汉翻身下马,把手中的一把长柄大刀交给身旁的人,二话没说随看庙的庙祝走进庙去。

人群中有人说,那人就是李闯王。一听说是李闯王来了,围观的人一下子激动起来,纷纷往庙门口拥去,想一睹这赫赫有名的李闯王到底是个什么样子。

大顺军的士兵在庙门前拦起了一道警戒线,挡住拥过来的人群,说闯王在庙里祭拜关公,不许靠近。约有一刻钟的工夫,李闯王出来了。

只见李闯王往庙门口的石阶上一站,脸膛黑红,剑眉高耸,英气逼人。围观的华州百姓终于看到了闯王风采,不知是谁带头高喊了一声:"迎闯王!"一群人便都喊了起来:"迎闯王,迎闯王!"一时间,关帝庙前,喊声不断,群情澎湃。

百姓热烈的情绪感染了闯王李自成,他向人群摆摆手,人们停止了呼喊。闯王开口讲话,声音低沉沙哑:"上承关圣武帝先师相助,下蒙陕西父老厚爱不弃,我自成破潼关,过华州,明日定取西安城。自成有宝刀一柄,随自成征战十余载,斩杀敌酋无数,刚才我已将此刀献于关帝先圣面前,愿关帝先圣之灵护佑我大军一路所向披靡,为民解悬,誓成大业!"

李自成说罢,转身面向关帝庙双手抱拳一拱,然后飞身上马,带领身边将士一路而去。闯王气概果然不凡。

等闯王一行的马蹄声远了,围观的人们才醒悟过来,拥挤着要进关帝庙里看闯王留下的宝刀。但看庙的庙祝挡住人群,赶忙关上了庙门。人们有的为闯王的气概赞叹,有的为不能看到闯王留下的宝刀遗憾,很久才散去。

过了不久,在华州就流传开了这样一段歌谣:

"帝王大圣关公庙,闯王在此留宝刀;一对旗杆白杨罩,两个青狮逞英豪。"歌谣讲的就是闯王在关帝庙留刀的那一幕。

蛋蛋满口唾沫星子乱溅地讲完了李自成在关帝庙献刀的故事,接着说:"我舅舅前两天到关帝庙里看到了那把闯王刀,看庙的庙祝把那把刀悄悄地供在关帝像前面,不让外人知道。我舅舅和看庙的庙祝熟识,庙祝才告诉了他。咱们也去看看那把刀吧!"蛋蛋说得高兴,可没想到这宝刀的事情却戳到了朱恒的痛处。

只见朱恒脸一拉,撂下一句话:"什么破宝贝,我才不要去看的!"说完转身就要往回走。

北京城那一夜血雨腥风和生离死别的情景永远印记在朱恒的脑子里,那一夜,父皇去了,大明的江山没了,朱恒的生活被彻底地调了个,而这一切都源于一个人,就是李自成。当朱恒得知李自成已死,他的大顺军也正在日趋垮散的消息时,朱恒以为李自成和他的一切都已经完蛋了,虽然不是自己亲手完成的复仇任务,但也可以告慰父皇的在天之灵,也可以安慰自己那颗受伤的心。可这个时候,却突然冒出李自成的什么宝刀,还正好在华州这个地方,而我朱慈烺也正在华州啊,这不是冤家路窄,仇人相见吗?所以他一听到是李自成和他的宝刀,本能的抗拒使他转身就走。

蛋蛋和墩子连忙拉住朱恒不让他走,会儿也央求朱恒,让朱恒一起去看闯王宝刀。

朱恒只好痛痛地说出一句话:"李自成杀了我父——亲,是我的仇人!"他差一点儿说成父皇。

"啥?李自成杀了你父亲?"墩子、蛋蛋和会儿同时大吃一惊,但黑娃却似乎从朱恒的话中听出了什么。

"那是咋个一回事吗?"三个人问。

朱恒不能说出实情,就按照事先和三和的约定,给他们几个编了一段故事。说是他原来的老家在河南,前年李自成的军队打到他的家乡时,李自成的部将看到他家钱粮殷实,就让他家出钱出粮犒劳军队,他的父亲稍有怠慢就被李自成的部将杀死,李自成的部将还扬言要清剿他的全家,因此,他才和叔叔从老家逃难出走来到了这里。

墩子、蛋蛋和会儿听了朱恒编的故事信以为真,纷纷为朱恒一家的遭遇感到不平,只有黑娃没有吭声。

"大人都说李自成的军队好,说李自成是闯王,原来他们也这么坏啊!"会儿瞪着大大的眼睛天真地说。

蛋蛋说:"那次李自成的军队过华州时,我听到人们都在喊:'吃他娘,穿他娘,吃着不够有闯王。盼闯王,迎闯王,闯王来了不纳粮。不当差,不纳粮,大家快活过一场。'那样子都很欢迎闯王啊!"

"我来给你们说吧,闯王也就是杀了不少人。"黑娃插进来说,"也是前年的时候,闯王的军队从华州经过,打到了咱们太平塬上,一场战争下来也是死了不少人呢!我亲眼看到的,你们都忘记了吧?"他这一说,几个孩子都想起来了,确实有这么一回事。那一回,南塬上来了很多的农民军,同官军在南塬上开仗。西沟的大头一家,太平寺旁边的牛财东一家,还有好多人在那一次打仗中被打死了。听大人说是闯王的手下叫个啥子"一只虎"的人领的队伍干的。

这样一说,孩子们就从想看宝刀的新奇转为对李自成和闯王刀的憎恶了。孩子们的这种憎恶和朱恒的仇恨是不一样的,孩子们只是一种单纯的好恶和爱憎,但朱恒心里那是家国深仇。

李自成是中国历史上的农民英雄,他反抗压迫、敢于斗争的精神已被历史所肯定。故事中,涉及李自成的描写包括几个孩子对李自成产生的看法和感情,只是在特定环境和特定人物的背景下故事情节的需要。

"那我们不去看宝刀了吗?"蛋蛋问大家。

黑娃想了想,对朱恒说:"猪哼哼皇上,咱们还是去看看吧,看看到底是个什么样的宝刀。有机会的话,我们把那个什么宝刀偷出来,扔了它,砸了它,给你报仇出气,你看怎么样?"黑娃很仗义地说。

黑娃的话感动了朱恒,他心想,就是,把那个什么破宝刀弄出来,看那些人还怎么吹嘘什么闯王什么李自成的!

想到这儿,朱恒就对黑娃说:"那好吧,去看看。黑娃,你想办法把那把刀弄出来行不行?"

"行,看我的吧!"黑娃很自信地回答朱恒。

一行人就从太平塬上下来往关帝庙村而来。

关中东府的南塬上这时已进入了五黄六月,沟沟台台上到处长满了稀稀疏疏的小麦和大麦。关中人好面食,小麦是关中的主要农作物,尽管这塬上的土地缺雨少水,贫瘠无力,长出的麦子产量非常低,但塬上的人还是要尽量多地开出荒地来种一些小麦。大麦因为生长期短,比小麦成熟得早,在五黄六月家家断顿的时候正好能接上口粮的茬,所以,虽然大麦营养成分差,吃起来味粗口淡,但在那个饥荒贫困的年月没有粮食吃的时候也是塬上人的主粮。

因为大麦成熟在小麦前面,这南塬上因此还有一个"大麦先熟还是小麦先熟"的笑话。说是有一家人有儿子两个,两个儿子都长大了要成亲娶媳妇的时候,媒人领了个姑娘来给老大说亲,结果人家姑娘没有看上老大却看上了老二,并且很快就和老二把婚事给办了。村子里的人就取笑老大说,看你笨的,你还没有媳妇呢,咋先给老二把媳妇娶回来了?你回去问问你大你妈,是大麦先熟还是小麦先熟啊?哈哈哈——说完就一阵笑。从此后这家人一说起这事就讪讪地无言以答,成了塬上人的笑话。

和南塬一带相比,塬下的关中道上则是一马平川,村陌相连,人口稠密。有北边的渭河水浇灌,这里土地肥沃,庄稼长势明显比塬上的苗壮强劲。黑娃、朱恒他们下得塬来,只见整个关中道上麦浪翻滚,鸡鸣狗叫,虽然饱经战乱祸害,但仍然顽强地呈现出一派丰收前的景象。

在蛋蛋的带领下,他们径直来到官道旁关帝庙村的关帝庙前。朱恒抬头一看,确实是一座不凡的庙宇,尤其是庙门口蹲着的两尊石狮子,高大威猛,气宇轩昂,黑黝黝的身子已经被人摸得在阳光照耀下锃光瓦亮。黑娃、墩子和蛋蛋、会儿一窝蜂拥上去抢着去摸石狮子,而朱恒心里在纠结着怎么去见闯王刀。

黑娃他们在石狮子上又是摸又是敲,上上下下闹腾了半天,才想起他们今天来的正事是看庙里面的闯王刀,于是赶紧跑过来拉起朱恒走进庙里。进到院子里,看到那棵粗壮的老杨树,他们又钻进老杨树洞里玩了一阵,直到朱恒有些不耐烦了,他们才循着庙里人的指引,来到了最后边的关公大殿。

关公大殿是供奉关公的主殿,好几米高的红脸关公像主坐中央,右手抚膝,左手捋髯,目光炯炯,威武庄严,年轻英俊的关平和周仓像护佑两边。黑、红、黄三种颜色的布幔从屋顶悬挂垂吊下来,鲜花、水果和烟雾缭绕的香炉整齐地供在关公像前面,整个大殿一派森郁庄严,给人一种威武和敬畏的感觉。

黑娃和朱恒他们跨进大殿高大的门槛,被大殿里威严的气氛给震慑住了,几个人站在关公像面前不敢大声说话,只是悄悄地四处寻找那把刀的踪影。

“蛋蛋娃,哪儿有啊?没个啥刀嘛。”找寻了一阵,看不见那把刀的踪影,黑娃悄声问蛋蛋。

“我舅给我说就在大殿里关公像的前面呀,咋没有呢?”蛋蛋也奇怪为什么找不到,关帝像前面的供桌上只有瓜果香烛,再没有其他东西!

就在他们几个蹑手蹑脚地在大殿里寻找,黑娃几乎要爬上关帝像的时候,突然听到背后传来一声大喝:

"呔——干什么哩?"

这一声大喝来得突兀,吓得黑娃连忙从关帝像前供案上跳回地上,朱恒和墩子、蛋蛋、会儿也一阵哆嗦。他们回头一看,一个黑脸庙祝大步跨进殿来。

只见那庙祝气势汹汹地指着黑娃他们几个吼道:"碎娃子,谁让你们进来的,干什么来了? 避,避,快避出去!"说着走到黑娃和朱恒身边就要把他们往外赶。

"哎哎,师父,我们想看一下闯王刀。"黑娃急忙对那庙祝说。不说闯王刀还好,一说闯王刀那庙祝更加凶狠地骂道:"看什么闯王刀? 这里没有闯王刀,要看回你家看去!"由于愤怒,黑脸庙祝的脸更黑了。黑娃他们感到这庙祝的凶狠有点儿不可理喻。

"是我舅舅让我们来的,我舅舅你认识嘛,就是常贵。"一看这庙祝来得凶,蛋蛋连忙搬出他舅舅。

"谁? 常贵! 他是你舅舅吗?"原来蛋蛋舅舅是关帝庙里的居士,经常给庙里一些资助,和庙里的庙祝关系很好。那庙祝听到蛋蛋舅舅的名字后,态度好了些。

"常贵就是我舅舅,他告诉我们说关帝庙里的闯王刀是个难得的稀罕物,让我们来沾沾闯王的英气。可是师父啊,咋不见闯王刀呢?"蛋蛋也聪明,看到庙祝的态度好转了,他也不害怕了,用袖口抹了一下往下吊的清鼻涕,就直接向庙祝问起闯王刀来。

"哈哈,是常贵家的娃们啊! 你们想看闯王刀?"知道了这几个孩子的来路,那庙祝便放松了警觉。他心想,这只是附近村子里几个充满好奇的孩子而已,料也不会引起什么大事,就改变了口气对孩子说话。

自从李自成在关帝庙存放了他的宝刀之后,关帝庙里的庙祝是又兴奋又紧张。兴奋的是,闯王把他的宝刀存放在关帝庙里,是关帝庙的荣耀,从此,关帝庙又多了一个传奇故事。紧张的是,李自成灭亡了大明王朝,有多少大明王朝的故旧忠臣对李自成充满了仇恨,这闯王刀存放在关帝庙里就是招祸引灾的祸根灾星。尤其让关帝庙庙祝紧张和害怕的是没想到李自成占领北京城仅仅四十天时间,屁股还没有坐热,又让清廷给赶下了台。一路从北京被撵到陕西,陕西也没有守得住。潼关失守后,李自成率军撤退路过华州,也没有顾得上再进关帝庙一趟。一转眼工夫,你来我去,这天下又换了别人。现在正是清廷到处追杀李自成的时候,咱庙里却保存着一把李自成的闯王刀,这让清廷知道了能有个好吗?所以,关帝庙里的庙祝这一段时间以来,不敢再像以前一样,动不动就拿闯王刀出来吹嘘和显摆,反而因为闯王刀一个个都非常小心和警觉,轻易不敢在外人面前提到闯王刀的事。

这一次,这个庙祝显然是被几个孩子迷惑了,大意之下,他忍不住在孩子们面前又想显摆一下闯王刀。

第十八章　蕴空悬棺藏古今

　　天不亮,一个人影匆匆忙忙地敲开了京书爷家的门。在朦胧夜色中看不清这个人的面孔,只见他急得语无伦次,一边说一边用手比画,看样子是有什么重大事情。等听明白了来人说的意思,衣服还没有穿好的京书爷一下子大惊,惊得他右脸上的那只耳朵急速跳动了几下。

　　来人带来了一个非常不好的消息,蕴空山悬棺墓被盗。

　　蕴空山悬棺墓可是京书爷的命根子——到这里不得不揭开京书爷的特殊身份以及他和悬棺墓的特殊关系!

　　京书爷家不管是在龙首堡,还是在整个南塬上,都是一个很普通的农家。但这个现在看起来很普通的农家,其实隐藏着一个非常遥远而重大的秘密,这个秘密和京书爷的祖上有关。到了现在,这个秘密已经让历史湮没,只有京书爷自己和我知道。

　　几百年前,京书爷的祖上有一个人小名叫黑娃,他虽是俗家,却和普乾法师是莫逆之交。普乾法师以四皇子身份在南塬上举旗反清的时候,黑娃是四皇子的前锋大将,他同四皇子一起率领南塬上的军民,屡次打败清朝军队对南塬的进攻,使清朝政府被迫坐下来和四皇子和谈。和谈成功后,四皇子来到蕴空山上遁入空门,法号普乾法师。黑娃也携家带口定居到山下的龙首塬上,经常上山护佑在普乾法师的左右。

　　普乾法师圆寂之时,把一切后事都托付给了黑娃,黑娃也不负法师期望,修地宫,置悬棺,按照法师的遗愿将灵柩悬空而葬。从此后,黑娃一家就同山上的僧人一起肩负起了保护普乾法师悬棺墓的重任,而且这一重任代代相传,从无间断。后来,山上的僧人离去之后,保护普乾法师悬棺墓的担子全部落在黑娃后人的身上,正是因为有了黑娃家几代人明里暗里的保护,再加上南塬信众们的支持配合,才使普乾法师的悬棺墓虽然历经数百年风雨,却能依然完好地保存下来。

时间把很多东西都遗忘了,但能记住的都留在了心里。到了京书爷这一代,保护普乾法师悬棺墓已经成了一项秘密而庄严的使命。京书爷他大死得早,把保护悬棺墓的重担交给京书爷的时候,京书爷还年轻。年轻的京书爷为了看护悬棺墓,整天山上山下地跑,光和蕴空山上的狼就不知遇见过多少次,还不算小时候被咬掉耳朵的那一次。为看护悬棺墓,京书爷还把自己娶媳妇的事也撂在了一边。结果一生未娶,至今光身。可以说,京书爷的一生就是保护普乾法师悬棺墓的一生,这既是祖上先人们一代一代的嘱托和传承,也是作为一个南塬人从心底里发出的对普乾法师的永远敬仰。

有了这一层隐秘的原因,所以,当京书爷得知悬棺墓被盗时,心中非常震惊,他意识到他最担心的事情终于来了。

当把京书爷和黑娃联系到一起的时候,我知道,我的故事终于打通了。打通了京书爷和黑娃的连接,打通了历史和现实的连接,就像一层窗户纸一捅就亮。打通的是故事,是一段历史,而在故事和这一段历史的背后,是南塬人书写的几个大字:信守和执着。黑娃和京书爷是南塬人,是南塬人的代表,从黑娃到京书爷,经过了三百多年的历史跨越和几代人的传承。这期间,他们作为一个普通南塬人家,一直在守候着当初和四皇子建立起来的友谊和感情,痴痴地、永远地在守候着! 南塬人就像他们脚下的黄土地,看似朴实无华,其貌不扬,实际上每个人身上都蕴含着金子一样的光芒。

等到天亮,京书爷找来平平、小军和宝良三个孩子。

京书爷对三个孩子说:"娃们些,蕴空山上的悬棺墓被人挖开了!"

"啊——"看京书爷不玩不闹,一脸认真的样子,孩子们吃惊地睁大眼睛,以为这下悬棺完了。

京书爷接着说:"悬棺墓被人找到并且已经挖开,说明盗墓贼已经动手了,我们必须马上行动,保护悬棺。"

孩子们有点儿不解,小军问京书爷:"还怎么保护啊?悬棺墓不是已经被盗墓贼挖开了,悬棺难道还在吗?"

京书爷看着小军说:"是的,悬棺还在,还没有被盗墓贼发现。"

孩子们更迷惑了,悬棺墓已经被盗墓贼挖开了,悬棺为什么还没有被盗墓贼发现?

京书爷看着孩子们一脸的问号,知道悬棺墓的秘密到了不说不行的时候了。

京书爷说:"悬棺墓不是一座简单的墓,它能几百年保存下来肯定有它神奇的地方,我今天就来给你们讲一讲悬棺墓的神奇。"几个孩子听到悬棺墓还有神奇的地方,赶紧往京书爷跟前凑了凑。

"悬棺墓第一个神奇的地方,是棺木悬空,四周不着泥土,这是大家和你们都知道的,也是为什么叫悬棺墓的来历。悬棺墓还有第二个神奇的地方,却是大家都不知道的——悬棺墓是一座墓中墓!"

小军、平平和宝良一听,这倒真没有听说过,急着问京书爷什么是墓中墓。

京书爷说:"悬棺墓在南塬上远近闻名,自然也吸引来了各路盗墓贼,但悬棺墓能历经三百年而不被盗,除了我们南塬上百姓和信众的尽力保护之外,另一个重要原因就要归功于这墓中墓的特殊设计。"

停了一下,京书爷接着说道:"当然了,这墓中墓的独特结构也不是一开始就这样设计的,它是我们南塬上的百姓和信众在保护普乾法师悬棺过程中的创造和发明,也是我们南塬人聪明智慧的体现。

"普乾法师在南塬上反抗压迫,反抗清朝统治,得到了南塬上百姓们的大力支持。普乾法师圆寂后,南塬上的百姓也仍然对他怀有深深的敬意。普乾法师刚圆寂时,他的悬棺墓由山上的僧人看管。进入清末和民国年间以后,社会动荡,人心不稳,南塬一带土匪乱兵出没,蕴空山上的法事活动也受到非常大的影响,禅院里的常住僧人因不堪山匪骚扰经常下山避祸,禅院慢慢失去了僧人管理。没有僧人常住的时候,蕴空寺开始荒芜,塔林倒塌,香火断灭,更严重的是有人开始打悬棺墓的主意。在这危急的时候,全仗了南塬上一些忠实的信众,他们几乎天天轮流上山,有时就守在山上不回家,全力看守和巡护悬棺墓。有几次盗墓贼上山想挖掘悬棺墓,都被信众们及时发现,奋力赶下了山。看到悬棺墓随时都面临着盗墓贼的威胁,为了永久地保护悬棺墓,几位虔诚的信众居士秘密地对悬棺墓进行了封闭深埋。

"悬棺墓刚修建好的时候只有一层墓室,墓室也是开放式的,是为了方便普乾法师的弟子每天进墓室供养。信众们对悬棺墓进行封闭的时候,先是将进入墓室的石门关闭,又将墓室入口的通道填埋后夷为平地。但悬棺墓在南塬一带影响非常大,很多人都知道悬棺墓的具体位置,仅仅封闭深埋是挡不住盗墓贼的黑手的,所以,在封闭深埋的时候,信众们做了一件更加秘密又重要的事情,就是在原来一层墓室的基础上,又结合山体加修了一层地宫,悄悄地把悬棺隐藏进了这个地宫中,形成了墓中墓的特殊结构。"

孩子们认真地听着。

京书爷继续说:"带头修建墓中墓的是我爷,还有东沟和西峪里的几个忠实信众。随着时间的推移,修建墓中墓的几位信众相继离世,这个秘密最后只有我爷给我人传了下来,再无外人知道。近年来,悬棺墓也曾数次遭遇被盗,但都由于墓中墓的迷局,使得盗墓贼最终都无功而返。这次看来,还是这个墓中墓的精妙布局,又一次保护了悬棺墓。"

等京书爷说完,三个孩子听明白了。悬棺墓虽然被盗墓贼发现并且已经挖开,但悬棺仍然完好无损地藏在墓中墓中。

小军想到了一个问题,他问京书爷:"墓中墓这么神奇啊,但如果盗墓贼在墓室里面强行挖掘,墓室就那么大,我想他们总会挖出悬棺的吧?"

京书爷像猜到了他的想法一样,轻松一笑,对小军和平平、宝良说道:"墓中墓的设计,不但隐秘,而且加设了防盗机关。如果盗墓贼强行盗掘,其后果将引起悬棺墓毁灭性倒塌和背后蕴空山山体滑坡,盗墓贼送掉性命不说,悬棺墓的秘密也将永远被秦岭大山所掩埋。"

"哦,设计得这么好啊!"孩子们听完后,一方面为墓中墓的精妙设计惊叹,同时也放下了悬着的心。

京书爷讲完以后,孩子们被悬棺墓的秘密深深震撼。他们没想到,一座悬棺墓凝聚着那么多南塬人的心血,更没想到南塬人为保护普乾法师悬棺是那么的聪明和智慧!

"京书爷,那悬棺里面到底藏有什么宝贝?"震撼之余,孩子们又想起了一个重要问题。他们觉得大家费心尽力保护悬棺墓,悬棺墓里肯定藏有非常重要的东西。

这一回,京书爷没有急着给他们回答,而是静静地思考着什么。过了一会儿,京书爷才开口说道:"蕴空山的历史就是我们南塬的历史,它记载着南塬人祖祖辈辈的过去;普乾法师在蕴空山悬棺而葬,那是一种精神,顽强坚忍,不屈不挠。我们南塬的后人不能忘记这段历史,不能忘记普乾法师,保护普乾法师悬棺墓就是保护这段历史和这种精神!"

京书爷说完,孩子们似懂非懂,若有所思。

"当然了,悬棺墓里也可能藏着金银财宝什么的一些宝贝,盗墓贼就是冲着这些东西来的。"京书爷换了一副轻松的口气说。

"普乾法师悬棺墓被历代盗墓贼所看中,一是由于民间传说他贵为皇子,身份特殊,估计他死后有大量的陪葬品,譬如就有人说他的墓室里有一件价值连城的金袈裟。另外还有一种隐隐约约的说法在少数人中间流传,说普乾法师在南塬上聚兵造反的时候,得到了李自成的大批宝藏,这批宝藏最后也可能埋在他的悬棺墓里。李自成打进北京城后,掳取了明朝国库和皇宫里的大量金银珍宝,但他被吴三桂和清朝军队打败退回西安后,这些金银珍宝却像谜一样消失得无影无踪,不知去向,有一些人就传说这其中的一部分被四皇子所得。"

"李自成的宝藏?"孩子们惊呼。金袈裟孩子们听说过,但李自成的宝藏他们却是第一次听到。

平平、小军和宝良知道历史上有李自成这个人物,是个大名鼎鼎的农民起义领袖。但不知道李自成还有什么宝藏,更难以想象和理解李自成的宝藏就可能藏在他们身边这偏僻的蕴空山上!

京书爷说:"李自成的金银珍宝怎么会让普乾法师所得,我开始觉得这简直就是胡扯,因为普乾法师是明朝崇祯皇帝的四皇子,在当时来说,李自成和四皇子是冤家对头,李自成抢了明朝的财宝,难不成又还给明朝的皇子?真是匪夷所思!但后来我发现,把这个事情捋清楚的是那帮盗墓贼,他们搜集坊间的各种传说和蛛丝马迹的资料,确认李自成在从北京撤退时和四皇子有过一段重合的经历。要不,李自成退回了西安,四皇子怎么也到了咱这南塬上?他们还搜集到,四皇子后来在南塬上确实得到过一笔巨额财宝,正是由于有了这笔巨额财宝的资助,四皇子才有能力和条件在南塬上招兵买马,举旗造反,而且一坚持就是八年!所以,根据这些从盗墓贼那边传来的各种信息,现在我觉得,普乾法师的悬棺墓里藏有李自成的宝藏不是没有可能。"

平平、小军和宝良听到这里,已经是浑身发热,兴奋难耐。照这么说,普乾法师悬棺墓就是一座宝穴,蕴空山就是一座宝山了!

孩子们嚷嚷着说:"那现在怎么办啊?盗墓贼肯定还会再来的。要不,我们去打开悬棺墓拿出那些宝藏吧,不能让那些宝藏落在盗墓贼手里!"

京书爷对孩子们说:"盗墓贼肯定不会就此罢手,墓中墓的迷局和防盗机关虽然再一次保护了悬棺墓,但面对这些和过去相比,技术和实力都提高了很多的当代盗墓贼,墓中墓被破是迟早的事。"

说着话,京书爷叹了一口气:"还有一点,咱这塬上虽然民风淳朴,但人心却越来越散,加上近年来信佛礼佛的人慢慢变少,到现在,再没有人关心和保护蕴空山了,普乾法师也快被大家忘记了,这才是蕴空山悬棺墓面临的最大危险!"

说完,京书爷陷入沉思之中,三个孩子也静静地说不出一句话。

突然,京书爷把手里的烟窝袋往旁边的桌子上一磕,精神一振,双眼露出坚毅的目光,盯着平平、小军和宝良三个孩子说道:

"娃们些,爷老了,山都上不去了。现在爷交给你们一个任务——上蕴空山去找悬棺!"说话的时候京书爷两眼放光,满怀期待。

三个孩子早就觉得要行动了,听京书爷一说,马上表示说:"好的,我们马上上蕴空山,拿回宝藏!"说完,三个人跃跃欲试,恨不得立即找到悬棺墓,揭开里面的秘密。

京书爷却冷静地说:"别急,娃们些,关键的地方我还没有告诉你们呢!"

听说还有关键的地方，孩子们立即安静下来。

京书爷起身带着他们三个人来到他家的柴草房里，在一大堆柴草中扒拉了半天，扒拉出一通石碑。石碑有一人多高，上面刻的有图案，有文字。

平平、小军和宝良三人围上去看，厚厚的灰尘下面字迹已经非常模糊。

京书爷说："这通石碑是蕴空寺历史纪事碑，上面记载着蕴空寺的历史和普乾法师的事迹。我怕被坏人偷盗或破坏，前几年把石碑从山上运下来藏在了我的家里。"

宝良问道："可上面的字都看不清楚了，你说的关键在哪儿呢？"

京书爷说："石碑记载的内容非常重要，但今天我们先不管它。你们在石碑的两边找，那儿有两句话，对你们上蕴空山寻找悬棺有用。"

听京书爷这样一说，三个孩子就往石碑两边寻找，果然发现了两句话。这两句话显然是后刻上去的，字迹比正面的碑文要清晰得多。

平平在一侧先念道："虎尾石上寻光明。"

宝良在另一侧念道："蕴空悬棺藏古今。"

平平和宝良念完，京书爷说："对，就是这两句话。封闭悬棺墓的时候，我爷上山了，所以我爷知道悬棺墓地宫的所有秘密。后来我爷把这些秘密又告诉了我大，我大临去世时告诉我说，在悬棺面临不保的时候，可以依据这两句话打开地宫，找到悬棺。"

"虎尾石！寻光明！藏古今！"三个孩子琢磨着这两句话，不明白这两句话中有什么关键的东西。

京书爷说："我大也没有给我说清楚这两句话的详细意思，只是让我在墓室被打开时到里面找寻答案。现在，悬棺墓室已经被盗墓贼打开了，你们上蕴空山的任务，就是到被盗墓贼已经打开的悬棺墓室里面寻找与'虎尾石''寻光明'和'藏古今'相关的线索。找到这些线索，就能找到墓中墓的入口。但你们切记，千万不要在悬棺墓室里随便乱动！"说到最后，京书爷特别加重了语气。

平平和小军回答说："好，明白了。"可宝良却磨磨叽叽起来，似乎有话要说。

京书爷看宝良好像有话要说，就问宝良："咋了？"

宝良有点儿不好意思，说："怕山上的鬼。"

京书爷一笑，说："呵呵，把这事给忘了。不要紧，来，爷给你们一道驱鬼符，有了这道驱鬼符，山上的任何鬼都不会伤害你们。"

说着，京书爷又把石碑埋好，领着小军、平平、宝良回到上房屋，让三个人端正坐好。

京书爷先是找出一根黑色布带子扎在自己的额头上，又舀来一碗清水放在孩子们面前。他用手蘸水在自己脸上点了几下，又往三个孩子身上洒了几下，然后拿出一张黄表纸合在双手之中，一边口中念念有词，一边围着三个孩子转圈，左三圈右三圈之后，点着黄表纸，把纸灰放入碗中的清水里，最后让三个孩子连水带纸灰一起喝下。

看着三个孩子喝完了碗里的纸灰水之后，京书爷说："娃们些，不用怕，你们都是长牛牛的，阳气旺，蕴空山上的鬼吓不了你们。刚才我已经给你们喝了驱鬼符，你们现在是金刚驻身，鬼神不入。"

平平、小军和宝良没想到京书爷还有这一手，看他煞有介事装神弄鬼的样子，仿佛真的被施了魔法，顺从地喝下了京书爷给他们的符水。

不知道是为能揭开蕴空山悬棺的秘密而兴奋，还是京书爷在他们身上做的法事起了作用，三个孩子感觉到他们的胆量真的变大了，竟然对蕴空山上闹鬼的事不再害怕，他们决定上山完成京书爷交给他们的任务。

接下来，京书爷把他大告诉他的关于悬棺墓室的结构以及墓室里的情形给三个孩子详细地描述了一遍，让平平、小军和宝良三个人心理上有了大致的准备。

回到各自的家里，很快地吃过家人已经做好的晌午饭，小军、平平和宝良开始了他们的第二次蕴空山之行。

这次上山，他们心中再没有了第一次上山时的轻松，蕴空山在他们眼里已经变成了一座神秘莫测的山，既有鬼影的恐怖，又充满金银财宝的诱惑。一路上三个人时而隐蔽，时而悄然前行，就像在电影上看到的解放军的侦察员一样，在紧张、隐秘的气氛中一步步朝蕴空寺而来。

因为上山之前京书爷说过，被挖开的盗洞口在蕴空寺里面，所以三个人没有再到古塔跟前去，直接到了寺院门口。蕴空寺山门墙上那两行字还在，这让恐怖的气氛一瞬间占了上风。小心翼翼进到院子,院子里还是上次看到的那个样子,森然寂静,空无一人。

三个人来到上次放大铁钟的地方,大铁钟已经不见了,地上只留下一圈铁钟压过的痕迹。他们互相看了一眼,心有余悸。在寺院的最西边,原来有一座普乾法师塔,后来塔倒掉了,京书爷说被挖开的悬棺墓盗洞可能就在塔倒掉的那一块。他们来到跟前,果然在山坡一处不起眼的草丛中,发现暴露着一个洞口。

第十九章　猜身份五兄妹结义

庙祝没有想到这几个孩子是来打闯王刀主意的,毫无掩饰地向他们开始吹嘘闯王刀。

"是常贵的外甥就让你们看,让你们见识见识咱庙上的宝贝!去,把大殿门关上。"说着换上了一副得意扬扬的面孔。

黑娃一听庙祝让关大殿的门,知道有戏了,他朝朱恒使了个眼色,朱恒会心地点了下头。墩子和蛋蛋跑过去把大殿门关上,会儿脸上也露出喜色,几个人忙不迭地给庙祝说好话。

"听说闯王可厉害了,看看闯王刀,我们也要学闯王长大了去打仗,当一个英雄好汉,你看对不对啊,师父?"蛋蛋说。

"师父你真好!"这是会儿甜甜的声音。

"这还差不多,男娃子就要当好汉,当英雄,来——让你们看刀!"庙祝听了蛋蛋和会儿的话更高兴,看见大殿门已经关上,就把他们几个领到关公像的底座跟前。

只见他揭开底座上的一块儿板子,原来里面是一个掏空了的暗洞。庙祝把手伸进去,摸出一把长长的家伙,上面缠满了暗色的丝绸,他慢慢把丝绸一层层解开。看来这把刀被庙里的庙祝们非常精心地珍藏了起来。

"算你们走运,我今天刚好打算把宝刀拿出来擦拭呢,你们就赶上了。一见闯王刀,娃娃长豪气!"庙祝说话间,宝刀已经露出了它的真面目。

"哇——"几个孩子包括朱恒在内都忍不住发出一声赞叹。

只见从层层丝绸的包裹中显露出来的,是一把约有七八尺长的带把长刀。刀的头部是凹背凸刃,刀背有一刺,刀锋随刃向背部曲斜。刀的颈部为一个铜铸的张着大血口的龙头,刀刃就是龙头中吐出的舌头。龙头颈后为铁柄,铁柄上安着明亮亮红光光的木质长把。虽然被丝绸严严实实地包裹着,但打开的一瞬间,龙口怒张,刀锋闪亮,还是让几个孩子胆魄为之一颤。

这就是闯王留下来的宝刀!孩子们"哗啦"一下围到跟前,从上到下仔细地端详起这把在人们口中传得非常神奇的宝刀。庙祝这个时候开始对宝刀进行认真的擦拭。

孩子们看着宝刀,蛋蛋发现了一个秘密,只听他悄声说道:"哎——你们看,刀头上面还有一个字呢!"顺着他手指的方向,孩子们看到在刀的颈部接近刀柄的位置有一个圆圈,圈里面有一个字。

"那是个什么字啊?"会儿没上过学堂,不认识字。

朱恒认识,他告诉会儿说:"是个'闯'字。"

"哦——怪不得叫闯王刀!啧,啧,真厉害!"黑娃忍不住从心底发出敬佩。墩子、蛋蛋和会儿一听这就是威名赫赫的闯王刀,也投以艳羡的目光。只有朱恒眼光冰冷,面无表情,面对他们几个人眼里宝贝一般的闯王刀,朱恒看到的是杀父仇敌,是祸害了他大明王朝的凶器,心中那叫一个恨,那叫一个痛,一齐涌上。

这时,庙祝给孩子们讲道:"这就是闯王祭在咱庙里的宝刀,你们看,上面这个'闯'字就是闯王的名字。这把宝刀是闯王让工匠为他自己专门打造的专用宝刀,从刀的外形尺寸、精巧的构思和打造的精致程度看,闯王为打造这把刀是花了心思的。你们看它的刀头是一个张开大口的龙头形象,威风凛凛,消灭一切,代表着闯王希望用这把宝刀荡平天下、成就大业的气势。这把'闯王刀'伴随闯王东征西讨,经历大小战阵数百,斩杀敌酋无数,见证了许多惊心动魄、荡气回肠的大场面!此刀一挥,人头落地,大军涌动,大明王朝完蛋了……"

庙祝说着激动地手持宝刀站立起来,犹如自己就是闯王,正挥刀率领大军驰骋沙场,杀敌向前。

庙祝只顾自己说得痛快,可站在旁边的朱恒越听心里越不是滋味,尤其是后面什么"人头落地""大明王朝完蛋"等话语,更刺痛了他的心,一时心里愤恨交加、咬牙切齿,可又不知道怎么发作。

庙祝哪知道这当场里原来有一对冤家,他把闯王刀吹嘘得越厉害,就越快地给闯王刀和他的关帝庙带来了一场灭顶之灾。

黑娃发现了朱恒的表情变化,他知道此刻朱恒的心情肯定非常复杂,面对杀了自己亲人的凶刀,谁也不愿意看别人把它当神一样供着敬着,夸着赞着!虽然他心里也敬慕那个叫闯王的人和那把宝刀,但闯王毕竟已经人去影空,离自己遥远模糊,再英雄再好汉管我黑娃什么事?再说闯王在华州也杀过那么多人,有很多人也骂他恨他。所以,这个时候他更愿意理解和同情身边一起玩一起乐和的朱恒。

黑娃试探地问庙祝:"师父,现在外面可乱了,你不怕这闯王刀让人给偷走啊?"

一句话提醒了庙祝,庙祝回答黑娃说:"娃子,偷倒是不怕,没有人能偷得走。但现在这乱马荒道的年月,我们害怕的是这刀给惹出个其他乱子来,要不是你们几个娃们家,我才不给外人看呢!你们出去可不敢乱说,要是说出去看我不打断你们几个的腿,记下啊!"

说到这里,庙祝也感到今天给孩子们把刀拿出来有些冒失,毕竟闯王李自成这时候已经兵败南逃,这华州地界已经让清朝人占有,再把闯王刀拿出来吃五喝六,那不就是拿头往刀子上递呢!说完就要动手收起闯王刀。

黑娃还想套一套庙祝的话,看看怎么样能把这刀弄到手,但庙祝这时候又变得凶巴巴起来,不由分说收好宝刀,就把他们往大殿外赶。

在回太平塬的路上,朱恒闷闷不乐。他想,自己沦落华州,本是逃命避难中的荒乱之选,不承想在这偏僻的华州却还有一样仇敌的物件在等着自己,这不是冤家路窄是什么?闯王刀虽然只是一样物件,但在朱恒的眼里它就是闯王李自成本人,李自成与大明和朱家有不共戴天之国仇家恨,碰见闯王刀就是碰见了大明和朱家的敌人。

仇人相见分外眼红,朱恒心里越想越容不下那把闯王刀。本来经过近段时间的思想转化,朱恒已经把他反抗复仇的目标从李自成身上转移到了清朝政府,但闯王刀的出现却又一次勾起了他对李自成的仇和恨。一种只有塬上孩子才有的那种倔强精神,使朱恒决意要和那把闯王刀对抗到底。

黑娃支持朱恒,会儿也支持朱恒,蛋蛋和墩子虽然被闯王的英雄气概所震撼,从心里喜欢那把闯王刀,但经不住他们三个的情绪感染,最后几个孩子决定还是为他们的猪哼哼皇上解恨报仇重要,筹划着再去对付那把刀。

一路上,讨论完了怎么去对付闯王刀,黑娃心里却生出了对朱恒的疑问。

黑娃早就听到风声,说朱恒是大明皇帝的四皇子,还说大明朝是被李自成灭亡的,等等。一开始黑娃并不相信朱恒是什么皇子的说法,他认为朱恒不就是一个逃难来的河南娃吗? 但听得多了,他也就慢慢地留意了。来关帝庙的时候,朱恒说李自成是他的杀父仇人,虽然没有说出"父皇"两个字,但朱恒一瞬间的失态,还是让黑娃看出了他身上暴露出来的破绽。

一行人快走到太平塬时,黑娃停下来对着朱恒问道:"猪哼哼,你这么仇恨李自成和他的闯王刀,难道你真是咱塬上人传说的四皇子?"说完眼直勾勾地看着朱恒,等朱恒回答。

朱恒还来不及回答,旁边的几个人一听就炸开了。

"啊? 你是皇帝的娃?"黑娃一问,墩子惊呼起来。

"四皇子? 四皇子是什么人啊?"蛋蛋好像没有听说过四皇子的事,有点儿丈二和尚摸不着头脑。

"朱恒哥哥,你真的是四皇子吗?"会儿问话的时候,眼里已经充满激动的泪花。自从第一次在太平寺里见到朱恒,会儿就觉得朱恒身上有一种特殊的东西吸引她,她特意问过妈妈朱恒的身份,但妈妈没有给她说什么,还叮咛她不要问那么多,只管和朱恒好好玩。现在会儿明白了,难怪妈妈不要她问那么多,原来朱恒哥哥不是一般的普通人,他身上隐藏着很多的秘密呢!

经黑娃猛不丁一问,把朱恒吓了一大跳。身份问题是朱恒身上的最大秘密,从北京城几千里逃亡到这里,朱恒本以为已经安全了,再也没有人能认出他们了,可黑娃一句话,一下子把他隐藏最深的秘密给揭了开来,朱恒不由得一阵紧张。

面对黑娃的问题,朱恒提高了警惕。他知道黑娃能这么问,肯定是黑娃已经看出了什么,如果再编他那一套哄人的话,恐怕是没有用了。一阵紧张过后,朱恒很快使自己冷静下来,他不正面回答黑娃,而是反问黑娃道:"是又怎么样? 不是又怎么样?"

看朱恒紧张警惕的样子,黑娃"哈哈"一笑,对朱恒说道:"你本来就是我们的猪哼哼皇上嘛,你是四皇子是我们的猪哼哼皇上,你不是四皇子还是我们的猪哼哼皇上,我们光认猪哼哼!"说着还做了一个鬼脸。

黑娃这么一说,朱恒看出他并无恶意,心中的紧张情绪才有所缓解。

蛋蛋、墩子、会儿也轻松起来,纷纷嚷着说:

"黑娃说的对,我们光认猪哼哼。"

"我们啥都不管,只知道你是我们的皇上。"

"不管你是谁,我们都喜欢和你在一起玩。"

说这些话的时候,塬上娃的率直和真诚全写在几个孩子的脸上。

来到南塬以后,朱恒开始了一种全新的生活。这种生活没有当初在皇宫里那么优越,也没有皇宫里那么富足,但却让他感受到了生命的真谛以及人和人之间的那种善良真诚。朱恒原来以为,只有依靠自己的父皇,他才能得到他想要的一切,比如财富、安全、无忧无虑的生活等。来到南塬以后,朱恒知道了原来一个人也可以活下去,就像黑娃,他无父无母,孤身一人,却照样在这南塬的风里雨里闯荡,而且快活。蛋蛋、墩子和会儿也一样,他们都生活在普通的人家,全家人要靠自己的双手劳动换取日日的生活,但他们心里没有对困难的害怕,没有对命运的抱怨,有的是永远乐观积极的精神,一天又一天。这就是生活,这就是生命,顽强坚韧的生命!

在皇宫里的时候,朱恒和兄弟姐妹们高高在上,人们到他们面前毕恭毕敬,连说话也不敢大声,但朱恒的心里是孤寂而空虚的。因为,他没有自由,也没有朋友,没有人到他们面前说真心话,只有奉承和谎言。来到南塬以后,朱恒才知道了什么是畅快,什么是自由自在;认识了黑娃、墩子、蛋蛋和会儿这一帮塬上孩子以后,他也知道了什么叫朋友,什么叫友谊。从太平寺的打架开始,他们真是应了那句老话,不打不相识,打了一架他们反而成为好朋友了。黑娃、蛋蛋、墩子和会儿带着他一起在南塬上疯,还让他当猪哼哼皇上。这中间，这几个南塬上的孩子给了他纯洁的友谊，也给了他真诚的关爱，就像把他从一个冰冷的冬天带到了温暖的春天，使他重新焕发出生命的活力。

想到这里，朱恒读懂了黑娃他们几个笑脸上的真诚，他知道了不管他是谁，不管他是不是四皇子，这几个南塬上的伙伴都已经把他当成一个南塬上的娃一样接受了他。在这些伙伴的心里，在这些伙伴中间，他永远会是最安全的。

从一场虚惊中缓过神来，又从黑娃几个人的真诚中受到鼓励，使朱恒想到了他正在谋划的反清事业。在南塬上举行反清活动不单单要靠那些投奔而来的忠于我大明的旧将，更多的还要依靠当地塬上的百姓支持，而眼前黑娃这些可以信赖的伙伴不正是我需要的得力帮手吗？

想到这儿，朱恒对黑娃他们几个问道："你们真心愿意帮我这个皇上吗？"在他们站立处的土坡旁边，有一片树丛，几株野桃树花开得正艳，在中午的阳光下吸引了一大群蜜蜂上下翻飞。

"我们愿意帮你！"黑娃几个人同时说。

"你们愿意和我结拜为异姓兄弟，在这南塬上干一番大事业吗？"朱恒进一步问。问这话的时候，朱恒满脸认真，态度坚定，黑娃他们几个觉得朱恒仿佛一下子真的变成了"皇上"。

这个时候，朱恒虽然没有明确给几个孩子确认自己的身份，但不管是黑娃，还是墩子、蛋蛋和会儿的心里都明白了七八分。黑娃基本上已不再怀疑，墩子、蛋蛋和会儿则是恍然大悟，这突然在南塬上出现，成天跟他们一起玩，一起不分彼此的外来男孩，原来是一个真正的"皇上"！

弄明白了"皇上"的身份，几个人对"皇上"说的要"在南塬上干一番大事业"的话心里也有了数。那不就是和那些穿着奇怪的服装，留着长长辫子的满族人进行对抗吗？他们让我们换服装，剃头发，我们正好不愿意换也不愿意剃呢，那就干，谁怕谁啊！——这是典型的南塬愣娃的思想，敢于反抗，敢于斗争。

"猪哼哼，我们听你的。"黑娃本来就爽快、仗义，听朱恒说要结拜为兄弟，他第一个带头赞成。

"皇上，你说干啥就干啥，我们跟着你。"墩子也很干脆，说完胖胖的小拳头一举，充满豪气。

"结拜成异姓兄弟？那不就是像关公他们一样桃园三结义吗？我愿意！"蛋蛋想起了刚才离开的关帝庙和关公的故事，觉得朱恒的提议很有意思。

这时，会儿朝不远处的树林一指说："朱恒哥哥，你看那边正好有桃花树！"会儿也知道关公桃园结义的故事，但她以为那都是男人的事，她这个女娃不会有份儿。

朱恒和黑娃领着几个人来到桃花树跟前，几个人面对桃花树站成一排，只有会儿离得远些。

蛋蛋看出了这中间的问题，他对朱恒问道："人家关公是三结义，咱可是五个人呢，还有会儿是女娃，这能结吗？"

朱恒回答蛋蛋说："三兄弟能结，我们五兄妹也能结；三兄弟结的是义，我们五兄妹结的也是义！"虽然是回答蛋蛋，但也是给所有人说的。

蛋蛋听朱恒说的在理，便表示同意。会儿一听，赶紧加入到五人行列中。能参加这个结拜仪式对她来说是一件很荣幸很神圣的事，她觉得自己也变成了一个男子汉。黑娃从桃树上给每人都折下一枝桃枝递到手里，然后五个人面向桃树一齐跪下，双手把桃枝举到头顶。

朱恒朗声念道："兄妹五人，虽男女有别，姓氏各异，今天以桃林为鉴，结为金兰。从今之后，有难同当，有福同享，兄妹同心，永不相忘。身处南塬，不忘家国，共同勠力，誓图大业。若有背弃，如桃枝折地，恩断义绝！"说完把手中的桃枝往地上一摔，表示决心。虽然事先毫无准备，但朱恒出口成章，文辞达意，使这个结拜仪式听起来颇像那么回事。

轮到黑娃时，黑娃大声说："关公老爷在上，我愿意和朱恒、蛋蛋、墩子、会儿结成异姓兄妹，跟随皇上，永不背弃。如有背弃，天诛地灭。"他没有朱恒那样的文采，但说的话也句句结实。

蛋蛋、墩子和会儿也和朱恒、黑娃一样，每人都大声说出愿意结为异姓兄妹，有难同当，有福同享，跟随皇上之类的话，然后再照着朱恒的样子把桃枝用力往地上一摔。

简单的结拜仪式完成后,大家都有一种庄严感,觉得他们之间更亲近了。

这个时候的朱恒,已经完完全全是一个南塬上的娃了,他已经和黑娃、蛋蛋、墩子和会儿一样,南塬上的水土,赋予了他们南塬人的禀性!

第二十章　悬棺墓憨憨娃惊魂

在蕴空寺里,小军、平平和宝良站在寺院西边的山坡上。他们记得上次来的时候,这里还是一片堆着砖块儿杂草的山坡地,什么都看不出来,而现在,显然是有人在这里刚刚挖掘过,出现了一个深深的盗洞。

看见盗洞,三个人一阵紧张,不由自主地往山上山下和左右前后看看,然后才小心地往盗洞跟前靠近。

"啊,里面有一扇石门!"小军最先走到跟前。只见在地面下约两米多深的地方竖着一扇石门,盗洞刚好挖到石门跟前。

"你们看,石门已经被打开了!"平平和宝良也围了上来,看见石门的一半已经被推开,一个人可以轻松钻进去。

小军胆子大,顺着盗洞哧溜一下滑到了石门跟前。平平一见,也跟着滑了下去。宝良也要下,被小军摇手制止了,盗洞口太小,容不下三个人。

石门外观极其普通,只在两边门上,一边雕刻着一头大象,一边雕刻着一朵盛开的牡丹花。小军和平平看不懂也顾不上看这些雕刻,他们望着石门后面黑洞洞的墓室又兴奋又紧张。

小军凑到石门跟前往里面看了看,说:"里面黑乎乎的。"

"让我看看。"平平也挤到小军跟前往里探了探头,"妈呀,黑得啥也看不见,里面不会有鬼吧?"

一听有鬼,吓得在上面的宝良四面乱瞅。他一个人待在上面比小军和平平在下面还害怕。

小军说:"我先进去。"说完就猫腰钻进了石门。

宝良在上面对平平小声喊:"等等我,我也要进去。"喊着就从上面也溜了下来。

就在平平和宝良也准备往石门里面钻的时候,突然从他们背后传来一声大喝,就像是半天空传来的一声炸雷。

"嗨——干、干啥呢?"

正是要进墓室门的节骨眼上,三个人的神经本来就绷得紧紧的,这突然炸雷响的一声,几乎把他们吓个半死,一下子不知道是山上的鬼出来了还是墓室里的魂出来了。

刚进到墓室里的小军听到外面的喊声,惊得一反身从刚钻进去的墓室里蹿出来,平平和宝良正挤在石门前,三个人一瞬间乱成一团。

"干、干、干啥呢?"只见一个中年大汉不知何时出现在盗洞上面,正愤怒地冲他们喊,声音有些结巴。

"我们是来、来、来、看悬棺的。"一向胆大的小军都被吓住了,说起话来嘴也不自觉地像那个大汉一样结巴起来。

中年大汉以为小军学他,更怒了:"看、看什么悬棺?你们是、是来盗悬、悬棺的吧!"说着,挥舞着手里的棍子让他们从盗洞里上来。

看清了是人不是鬼,孩子们渐渐收回被吓飞的心。小军连忙向大汉解释:"叔,我们真是来看悬棺的。"

结巴大汉不顾三个孩子的解释,等他们都上来以后,让他们站成一排开始审问他们。问他们是哪个村的,到悬棺墓里想干什么,看那意思是真把他们当成盗墓贼一样了。

平平他们三个人又是叫叔,又是哀求,宝良还被吓得呜呜蛮哭。

结巴大汉审了一会儿,看出来这三个孩子确实不是盗墓贼,便缓了一些口气,给平平、小军和宝良说:"不要再、再上山来、来、来了,快避、避!"避就是滚,快避就是快滚。

小军他们还想争辩几句,可中年大汉不容他们再说,只是对他们不停地"避、避、避"喊叫,边说边拿着棍子把他们往山下赶。

马上就要接触到悬棺墓的秘密了,哪能放弃这大好的机会,三人心里实在不愿意就这么走了。但那中年大汉脸一拉,眼一瞪,比画着再不走就要打人的架势。

三个孩子看结巴大汉跟凶神恶煞一般,似乎真的就是墓室里跑出来的鬼怪,只好转身往寺院门口退去。

一出了寺院大门,小军回头看那中年大汉没有注意,忙把平平和宝良一拉,三人顺着山坡躲进了旁边的沟里。

"结巴不会就是盗墓贼吧?他凶巴巴地把我们撵走是为了自己好进去盗宝!"在沟里找了一个隐蔽的树丛藏起来后,宝良对小军和平平说。

"搞不准。那家伙太奇怪了,啥时候出现的我们一点儿都没发觉。"小军说。

平平说:"我感觉他不像盗墓贼,看他那样子可能还以为我们是盗墓贼呢!"

"走,咱们绕上去,看那结巴在干什么。如果那家伙是盗墓贼,咱们今天跟他拼了!"小军刚才让结巴大汉吓得不轻,这会儿反倒一下子来了胆气。平平和宝良一听,也受到小军的感染。悬棺墓就在眼前,绝不能让任何人对悬棺墓下手,京书爷还等着他们完成任务回去呢。三人心中一时充满豪气。

山沟里有着密密的树林,他们三人小心地在树林中穿过,迂回到禅院和古塔的上面,在山坡上找了一个隐蔽的地方躲起来,往下面的禅院和古塔观望。

从这个角度往下看,居高临下,禅院的里里外外和古塔周围一目了然。三个人看见结巴大汉在盗洞前看守了一阵,又走到蕴空寺里,一会儿这边转转,一会儿那边看看,好像在找什么东西。

"他在干啥啊?"平平不解地问。

"谁知道哩!"小军说,"我们盯着他就行。"

"快、快,你们看,他上来了。"突然宝良发现结巴大汉往他们躲藏的地方走来,"他不会是发现我们了吧?"宝良被结巴刚才的凶样吓坏了,直起身子就想往山梁上跑。

"趴下!"小军一把把宝良拉住,镇静地说,"慌啥呢嘛,你一跑反而让他给看见了。"

果然，结巴大汉并没有发现他们，只是走到寺院的后墙边四处看了看，把一处豁口用石头给堵了起来。转回身，他又向悬棺墓所在的地方走去。

"走，我们跟着过去看看。"小军一招手，他们三个人就悄悄地跟着结巴大汉往悬棺墓跟前靠近，想看看那家伙去干什么。只见结巴大汉下到那个盗洞里，想把打开的那一半石门给合上，但他手里没有工具，一个人的力气又显然不够，试了几下，石门纹丝不动，结巴大汉只好放弃了。

结巴大汉从盗洞里爬上来，站在山坡上拍打拍打身上沾满的灰土，对着空旷的山谷像鬼一样一阵乱叫，然后重重地一屁股坐在盗洞旁边。

小军、平平和宝良三个人一直隐藏在山坡上面观察着结巴大汉。看完结巴大汉的举动，小军说："结巴大汉不像是盗墓贼，是盗墓贼的话咋不进去偷东西？"

"我也看他不像，倒像是个看墓的，你们看他还想把那石门合上，是什么意思？"平平接着小军的话问。

"看墓的？那他会不会和京书爷是一伙的，京书爷咋没有告诉咱？"宝良不解。

"那就不知道了。"小军和平平都摇头。

"他不会一直坐在那里不走吧，我们还等他走了好进墓室里面去呢，咋办？"看结巴大汉没有离开的意思，急着想要完成京书爷交给他们任务的宝良有点儿耐不住性子了。

"就是，那结巴啥时候走啊，他不走我们也不敢动弹，不知要等到啥时候！"平平也有些着急了。

小军眉头一皱，狡黠地冲他俩一笑，说："你俩别动，看我的。"说着他起身猫着腰往寺院旁边的那片树丛中摸去。

不大工夫，从那片树丛中传来一阵似人似鬼的怪叫声，伴随着怪叫声，周围的树枝开始晃动。

坐在盗洞口的结巴大汉听到动静一惊，转过头去疑惑地看了一会儿，然后起身往晃动的树丛那边走过去。这时，怪叫声又变成了一种滚动和撞击的声音，并且快速向山下遁去。结巴大汉没有迟疑，跟着声音向山下追去。

等结巴大汉跑得很远,已经看不到身影的时候,小军从那边的树丛中钻出来,得意地冲隐藏在寺院山坡上面的平平和宝良招手。平平和宝良自然知道小军的把戏,他肯定是躲在那里发出怪叫,又摇动树枝,然后把一块儿大石头顺山坡推了下去。这都是他们一伙碎仔经常玩的把戏,搁在平常不会有人上当,但在这蕴空山特有的气氛下,却成功地把结巴大汉给骗走了。

确认结巴大汉确实下山了,三人又聚集到悬棺墓被打开的盗洞口前。

悬棺墓就在眼前,悬棺墓的秘密正在等着他们揭开。

有了被结巴大汉惊吓的心理阴影,这次又站在悬棺墓盗洞口时,他们心里更增加了一份忐忑不安,最后还是小军带头,三人一起钻进了黑洞洞的墓室。

刚一进来,眼睛一时适应不了里面的黑暗,半天啥也看不见。

"哎哟——我踩着什么了?"

"你踩着我脚了!"

"先别乱动,原地站一会儿。"

"早知道就带个手电筒来!"黑暗引起一阵小小的混乱,过了一会儿他们才慢慢看清里面的情形。

"哇,这里面挺大的!"宝良最先发出惊叹。

"噫,这地上都铺的是青石啊!"平平也有了发现。

小军轻声制止他们:"别乱喊叫,小心把鬼叫出来!"

平平和宝良不敢乱喊叫了,三人在墓室里面蹑手蹑脚地四处观察。这墓室显然是精心打造修建的,脚底下是青石铺的地面,阴森潮湿;墙上都画着大幅的壁画,有的地方已经斑驳脱落,露出了底下石块砌成的墙体。虽然历经了很久的时间,但壁画的颜色仍然新鲜,红红绿绿的,画中的人物是一些古代人,这颜色和古代人物让平平、小军和宝良想起了龙王庙墙上的壁画。他们小时候都不敢在龙王庙的大殿里待,就是怕那种阴森恐怖的气氛,这会儿他们又感受到了那种气氛,如同进了地狱阴间一般。在正对着石门的一面,塑造着一个和尚的彩色坐像,形象逼真,和身后墙上的彩画融为一体。

三个人站在塑像跟前,呆呆地对着塑像看了半天,唯恐那塑像一不小心就会活过来似的。小军大着胆子摸了一下,确定不是活人时,他们才放下心敢往别处看去。

墓室比小军、平平和宝良想象的要大,但显得空空荡荡,除了普乾法师塑像跟前有几块儿掉落的石头,确实没有悬棺的踪影。虽然京书爷给他们讲过墓中墓的迷局设计,但空荡荡的墓室透出的那种神秘压抑和难以捉摸的怪异气氛仍然让三个人浑身发冷,毛骨悚然,仿佛那悬棺和一大群鬼怪隐藏了起来,正在黑暗里的什么地方盯着他们。

三个人在墓室里蹑手蹑脚地查看了一圈,最后不约而同地站到墓室中央。这时,小军用手悄悄地捅了捅平平和宝良,示意他俩朝上面头顶看。平平和宝良跟着小军的目光抬头向上看,这一看不要紧,差一点儿没把他们吓个半死。

在他们头顶上方,一根半截子铁链从墓室顶上的正中央吊下来,一个龇牙咧嘴的鬼怪正冲着他们狞笑。

"妈呀,鬼抓我们来啦——"平平和宝良几乎是同时发出了一声惨叫,转身就要往外跑。

小军连忙拉住他俩,小声对他们说:"嘘——那是画的,看把你们吓的!"听小军这么一说,平平和宝良才看清了,墓室顶上的鬼怪真是画在上面的一幅画。

"可那铁链子是真的啊,是原来吊悬棺用的吗?"宝良指着那半截铁链心有余悸地问。

小军和平平听了没有接宝良的话,京书爷说过了,悬棺原来就吊在这个墓室里,到了后来才转移进了墓中墓,那铁链肯定是当时吊悬棺用的,这还用问!

经头顶的鬼画一吓,倒提醒了三个人,他们认真地观察起墓室墙上的壁画。多亏了来之前京书爷给他们讲过,墓室墙上的壁画反映的是普乾法师在南塬上起兵造反的情形,依着这个提示,他们很快看懂了画的内容。除了正面开着石门的那面墙,其余三面墙上一面是南山驯马图,画的是普乾法师在十里马场操练兵马的场面。一面是收复河山图,画的是普乾法师率领南塬上的军民同清军作战的场面。在普乾法师坐像背后的那面墙上,画的是他与几位大臣商讨国事的君臣对坐图,画中普乾法师的脚下卧着一只温顺慈态的老虎。看完这些栩栩如生的壁画,孩子们仿佛看到了当年四皇子在南塬上起兵反清的种种场面,也从画中深深地感受到了四皇子光复大明的宏愿和气壮山河的英雄气概。他们几乎忘记了是在墓室里。

突然,宝良的一声轻叫,打破了墓室里的宁静。

"哎,你们来看,这是不是京书爷让咱们找的虎尾石?"小军和平平连忙从壁画中回过神来,走到宝良跟前一看究竟。

宝良发现了一块儿石头,这块儿石头在普乾法师塑像身后靠墙的地面上,在它上面的墙上画着君臣对坐图,图中的老虎尾巴正好指向这块儿石头。

小军和平平围过来一看,感到有门儿,要不老虎尾巴为什么指向这块儿石头?仔细观察之下,他们果然又发现了新情况。

"你们看,这块石头上有一个洞!"平平先有所发现,他小声说道。

"咦,就是有一个圆洞,好奇怪!"是宝良的声音。

只见这块儿铺地石上有一个圆形的小洞,洞两边对称各有一条细细的凹槽,再看看周围,其他铺地石上都没有,就这块显得与众不同。想起京书爷说过的那句话,"虎尾石上寻光明",这块儿奇怪的石头是不是其中所说的"虎尾石"呢?

三个人围在那块儿石头旁边琢磨,小军伸手试了试,那块儿石头镶嵌在地面上纹丝不动。小军指着那块儿石头上的小洞说:

"看来这个小洞是关键所在,应该是有一个什么样的东西能插进去,插进去就能把那块儿石头打开,这神秘的东西可能就是打开'虎尾石'的钥匙。"

平平说:"可是有什么东西才能插进去当钥匙呢?"说着就在周围寻找,似乎那能当钥匙的东西就在墓室里放着。小军和宝良也跟着找,但什么也没有找到。

虽然没有找到"虎尾石"的钥匙,但三个人心里渐渐地有了些眉目,基本上可以认定这块儿石头就是京书爷要他们找的"虎尾石"。那"寻光明""藏古今"又是什么意思呢?小军、平平和宝良在黑黑的墓室里一时也找不到任何线索。

宝良抱怨道："怎么才能寻光明嘛,这黑麻咕咚的墓室里一点儿光明都没有,难道要把墓室凿个窟窿,让太阳光照进来?"

平平取笑宝良说："亏你想得出来,凿个窟窿那就不叫墓室了,那就成了你家窑洞了。"

"去你的,你家才住墓室里呢。"宝良反击平平。

小军制止他俩说："别吵吵了,时间不早了,我们回去问京书爷吧,看京书爷怎么说。"

三个人又在墓室里查找了一遍,确认没有其他线索后,就准备出去。突然,平平不小心被地上的一块儿石头绊了一跤,只听见他一声大叫:"地上有血!"

小军和宝良凑过去一看,果然地上有一摊还很新鲜的血迹。看到血迹,宝良吓得连忙往后躲避,却一下子撞在了普乾法师的塑像身上。塑像被撞得动了动,这一动不要紧,墓室也开始一阵晃动,伴随着晃动还发出石块儿摩擦的"咔、咔"的声音,似乎要倒塌一样。

一瞬间,三个人呆住了,不知道这是什么情况。多亏小军反应快,他一声大叫:"宝良撞上机关了,快跑出去!"平平和宝良这才明白过来,赶快跟在小军后面,"嗖、嗖、嗖"从墓室跑了出去。

小军、平平和宝良三个人逃出墓室,站在夕阳下,一时惊魂难定,刚才墓室里的经历就跟做梦一样。稍等了一会儿,三人回头看去,见墓室并没有倒塌,他们慌乱的心神才安静下来。

由于刚才等结巴大汉耽搁了时间,这时太阳已开始西斜。古塔的残影和禅院的屋顶在斜阳辉映下,披上了一层绚烂柔和的金色,这一层金色让整个蕴空山骤然变得更加肃穆庄严和神秘莫测。

三个人看着身边敞开的黑洞洞的悬棺墓口,本想着再进去探究一下刚才到底是撞到了什么机关,但想起京书爷说不要在墓室里乱动的话,再加上天马上就要黑下来了,他们便放弃了再进墓室的想法,不敢再多停留,急忙循着下山的路落荒而去。

山里的天气,紧说慢说就黑了,不一会儿,周围就暗影迷离,暮色四合。

黑暗里寂静的山谷间不时传来一两声怪异的声音,仿佛所有的妖魔鬼怪都聚集在夜幕后面向这座山头包围而来。他们三个人的身影在夜色里影影绰绰,如鬼如魅,如果这个时候有人看见了,准以为他们三个人是从墓室里面爬出来的鬼怪。

别人吓他们,他们也同时吓着别人!

第二十一章　王人杰商洛山起兵

青龙镇位于洛南县城以南三十余里，从燕子铺顺沟而下，两山夹一川，逶迤南行，川道开阔处便是青龙镇。去青龙镇的中途要翻越秦岭东部海拔最高的山峰老爷岭，老爷岭以北是华州地界，岭南则是洛南治辖。如果从青龙镇继续向南，穿过崇山峻岭则可到达深山腹地的武关。出了武关，可直抵河南、湖北。因此，青龙镇是商山通往关中道路上的一处要塞。

在青龙镇开阔川地的西侧山坡下，有三间草庐，庐前青竹葱翠，半人高的篱笆围起一个洁净清幽的场院，一条小溪从场院下面淙淙流过。场院里青草铺地，青草地的中央放置着一张石桌，两个石凳，显得整个场院悠闲而清雅。草庐后面的山坡上，密密的青冈树夹杂着高出树梢的白皮松，笼罩着坡底下的房屋。在宁静的大山里，这处场院显得非常清幽安谧，这就是原潼关守备使王人杰隐居的地方。

王人杰，字一庐，渭北蒲城人氏，崇祯五年进士。进士及第后，先后做过几任地方官，1637 年调任潼关守备使，翌年便发生了由洪承畴组织指挥的潼关南原大战。这次大战，明军大败李自成起义军，企图出关转战中原的起义军队伍死伤惨重，最后只剩下李自成等十八人突围而去。受到巨大打击的起义军在不得已的情况下，经过短暂喘息，第二年的冬天改由武关进入河南。

时间老人仿佛走了一个圈，五年之后，也就是 1643 年，相同的人物又回到了相同的地点,明朝军队和李自成的第二次南原大战又在潼关展开。

第二次南原大战,明军的主帅是接任汪乔年陕西总督一职的孙传庭。孙传庭是第一次南原大战时洪承畴的副手,潼关守备使依然是王人杰。这时候的李自成已在河南、湖北不断发展壮大,号称有大军百万,其势力远非当年流寇的窘状,已经成为明末各路群雄中之魁首。而且他们在中原地区连获胜仗,士气正旺,目标直指关中。看到李自成来势凶猛,王人杰建议主将孙传庭依托潼关天堑,加强东西两侧的防备,封闭北门水路的间道,以守为攻,据关御敌。但孙传庭受朝廷旨意,轻率出击,分散用兵,致使李自成大军节节胜利,步步紧逼,潼关城大兵压境。战斗到最紧要关头,起义军利用夜间从北门攀崖而入,突然出现在北门城楼上,潼关城守城明军瞬间大乱。王人杰料定潼关不保了,急忙乘坐早已准备停当的马车,从西门而出,带着行李细软沿着官道西行而去。他本打算投奔西安,可转念一想,一个守备使,在城破之后尚能保全性命并且带着家眷细软,即使到得西安,也难保活命。如果北渡渭河回蒲城家乡,万一朝廷平息了贼乱,追究下来,也难逃弃城之罪。思来想去,天大明时,车马来到了华山脚下的罗敷山口,便急命随从向山口驰去。进了山口,弃了马车,将行李细软驮在马背上,沿着山里的小道且行且歇,最后,一行人来到了秦岭腹地的青龙镇。王人杰仔细观察了一遍四周地形,又向老乡询问了解了一些当地的情况,心里甚感满意。这青龙镇山区,北有险峰老爷岭屏障,南有深壑武关当道,的确是个安身养命之所。他即刻打定主意,遣散了随从,在一处山坡下结庐为舍,就此隐居下来。

暮色四合,落日渐渐隐没在山峰后面,山里的天说黑就黑了,而坐在场院里的王人杰丝毫没有意识到周围天色的变化,依然沉浸在他的思虑之中。

自从隐居到这里,王人杰内心一刻也没有宁静过,虽然是逃得了性命,但他却背上了沉重的心理负担。李自成破了潼关,取了西安,在西安建立了大顺政权,紧接着又如秋风扫落叶一般杀进了北京城,摧毁了大明王朝。在这一系列的灾难中,在这国破家亡的危急时刻,他王人杰却临阵脱逃,苟全性命!想到煤山殉国的崇祯帝,想到在战争中死去的无数将士,王人杰心中充满深深的自责。而且,大明王朝没有了,他们这些生在大明朝,长在大明朝,又在大明朝取功晋级、享受大明朝俸禄的人,一下子失去了生命的支撑。

幸好这时候一个人的出现,把他从无限的自责和世界末日的情绪中拯救了出来,好像注射了一针强心剂一样,让他重新看到了生命的意义和方向。

山峦上那些交柯错叶的树木枝杈,在黄昏天光映衬下,剪影般高低错落一溜排开,仿佛是兵勇临战高举着的枪戟,影影绰绰透出一股股阴森的杀气。黑黝黝的山腰,似有无数双战死沙场阴魂不散的眼睛在瞅着他,要他为他们报仇。间或掠过树梢的山风,发出呼呼的低号,仿佛是葬身战火的冤魂在呜咽诉泣,在向他召唤。一场暴风雨正在王人杰的心头酝酿!

一阵清脆的马蹄声从远处飞奔而来,在寂静的山谷中显得格外响亮,搅醒了正在沉思中的王人杰。王人杰的儿子王世耀回到了场院。

潼关城破时,王世耀正跟随明军的另一员大将左良玉部驻扎在四川成都一带。当他得知消息时,已经是当年的初冬了,便急忙告假赶回陕西。回到陕西时,潼关城已被起义军占领,哪里有父亲的下落?辗转踌躇之间,却不想在西岳庙旁遇到父亲遣散的随从。从随从口里得知父亲安然无恙,现在洛南的青龙镇,便星夜赶到青龙镇与父亲会合。

王世耀十七岁的时候,父亲王人杰为了培养他的精神和心志,把他送到军中接受磨炼。王世耀也谨遵父嘱,在军中一边读书,一边习武,日日在修学操典中度过,决心像父亲那样以图进士及第,承嗣王家大业。一晃四年过去了,走时的毛头小伙此时已是风华青春,文武兼备,堪称一表人才!

王世耀回到父亲身边后,看父亲整天唉声叹气,神情不展。一天,他同父亲展开了一场意义深远的对话。

王世耀说:"父亲,儿知道你心中的悲痛所在。现在,有一条路能拯救你,能拯救我,也能拯救我大明江山!"王世耀年纪不大,但经过这些年的磨炼,心中早有报效国家、建功立业的宏愿,他觉得眼下这个时机来到了。

王人杰略带诧异地抬起头,几年不见,不知儿子为什么会这么说。他说:"我儿这么讲,为父愿闻其详。"

王世耀道:"我大明江山数百年,先遭李自成祸乱中原,荼毒京城;今又有清人铁骑叩关,欲并南北。疮痍之下,君殁臣哀,将折兵损,山河破碎,生灵涂炭,世界乱矣,我大明基业危矣!"王世耀说着,激动地站了起来。

"乱世之中,方是英雄奋起之时;危难之时,才是忠义展化之际!方今举国各地,烽火遍起,忠义之士尽显身手;父亲,儿欲在这商洛山中拉兵起事,呼应全国,一灭闯贼,再灭清廷,同指山河,匡扶明室,成就男儿不世之功!"

王世耀一番慷慨激昂的陈词,让王人杰大大出乎意料,他没想到儿子竟然有这么宏大的气魄。

王人杰知道儿子说的话都是对的,也很赞赏儿子的魄力和勇气,但他也知道拉兵起事不是说着玩的事情,尤其是在当前这种时局变化无序、各方势力错综复杂的情况下,贸然起事,面临的风险远远高于成功的可能。

王人杰表示反对,他淡淡地对儿子说:"拉兵起事有那么简单?当英雄有那么简单?你看看潼关城外那堆积如山的死人,凭你,凭我,能怎样?"他满是褶皱的脸上,由于想起悲怆的往事更加显得苍老和无力。

"父亲啊,国难当头,我等大明臣子,久食朝廷俸禄,沐浴国家恩养,却不思临危请命,或贪图逃脱避让,或闭目坐以待毙,这样可睡得安稳?可问心无愧?"王世耀气宇轩昂,浩然之气在炯炯的眼神中闪光,丝毫不顾及父亲的感受。

王世耀的一番话深深地刺痛了王人杰,王人杰想训斥儿子几句却开不了口。王人杰在潼关城破时弃关而逃,虽然保住了性命,但却留下了永难磨灭的自责。他觉得自己没有尽到一个大明臣子的职责,反而为了活命不光彩地背叛了朝廷,背叛了君王,背叛了国家,他现在真后悔当时没有战死。战死疆场,胜却今日苟活。

王人杰抬起沉重的头,眼里涌出了泪水。他对儿子说:"潼关一战,苟且活得性命,却失忠义于朝廷,留骂名于后世。今国家危急,生民水火,本当奋起担承,一雪前耻,但无奈为父老矣,身心俱衰。你看这房前屋后,山高水低,人罕烟稀,为父正好当一介村夫,耕半亩薄田,一边叩心问罪,一边了却余生,别的事已是无能为力矣!"

王世耀看说服不了王人杰,悲伤地哀叹道:"父亲你糊涂啊,人人都放弃抵抗了,何人保护我们的家园?国家被外族吞并了,有谁能安享自己的晚年?这野山远岭确实是隐居养老的好地方,在这里可以舞风弄雨,可以吟诗作画,可是舞风弄雨也好,吟诗作画也好,那都是太平盛世才可以做的事情。而现在,烽火四起,国家危乱,外夷入侵,这时候是需要刀,需要枪,需要精神,需要意志,需要行动的时候! 父亲,你老了,可还有你的儿子。你的儿子不愿意逃避现实,你的儿子不愿意做亡国奴,你的儿子愿意为国家挺身而出,拼死疆场! 父亲!"王世耀说到情真处,竟声泪俱下。

王人杰被一腔热血的儿子感动了,他原以为儿子要拉兵起事只是头脑发热和心血来潮的一时冲动,但从儿子的真情流露来看,原来的懵懂小儿真的是长大了,长大的儿子心里系着国家的安危,怀里揣着远大的志向。看来儿子这几年没有在外面白混,自己的心血也没有白花。

但王人杰心里也清楚,起兵大事,不是仅凭一时意气、几句豪言壮语和一腔热血就能办到的。凭他自己多年的带兵经验,乱世起兵,首先要做到出师有名,名正言顺。名正,则出师顺利,振臂一呼,天下响应。否则,就很可能成为众矢之的,置自己于险境。一场混战下来,生存都是个问题,最后很可能只落得个江湖盗贼的下场。

想到这儿,他问王世耀道:"起兵不是嘴上说说的,你我现在这荒山野岭之中,你欲以何名举旗,又有何具体行事方略?"

王世耀一看父亲态度有所转变,连忙把他的想法一一道来。他说:"眼下李自成已人去势灭,而抗清则是全国之当务共急,起兵须以抗清为明确目标,举起复明救国的大旗,此旗一举,必有响应。父亲和儿过去都有亲兵旧将,我们迅速将这些人召集起来,组成我们的中坚力量,同时广招兵勇,即可拉起我们的队伍。队伍拉起来之后,我们首先占领青龙镇周围的丹凤、商州、洛南三县,在这一地区恢复大明行政建制,依托秦岭天堑和武关要地建立我们的军事根据地。在我们的地盘上,一方面加紧操练部队,提升部队战斗力,同时筹集粮草军饷,以备长期作战之需。一旦时机成熟,我们将北出商山,进击关中,夺取潼关战略要地,进而西进占领西安,建立大西北抗清战线。到那时候,再根据全国形势发展,审度下一步对策!"

王人杰听了儿子的一番话,不由得心里一阵欣喜。他觉得儿子对起兵各项事宜的谋划还是十分周全的,尤其是他的出兵方略,切合实际,可做可行,他决定同意并支持儿子在这商洛山中拉兵起事。而且,这样做还能弥补他心中那份永远的自责。

王人杰对王世耀说道:"我儿有雄心壮志,为父自然不能落后。即日起,这商洛山中就是我儿的天地,你去放开手脚大干一场吧,复我大明江山就靠你辈了!"

王世耀见父亲终于同意了自己的想法,"扑通"一声跪在地上,语气坚定地说:"父亲在上,受孩儿一拜! 此次起兵,不复大明,誓不回还!"

王世耀的报国热血也拯救了自责和颓废中的王人杰。

第二天,王世耀就出了商洛山。他先联络了一些自己的军中故旧,又将父亲遣散的手下随从召集起来,一路上还收拢了部分散兵游勇,回来后在青龙镇当地周边又招募了一些贫苦农民,不到一月,便拉起一支上千人的队伍。

在王世耀的主持下,这支队伍在青龙镇的一座破庙里举起了抗清讨贼的大旗。

王世耀回到场院里,向父亲王人杰汇报了一个重要情况。原来,王世耀正带着起事的队伍在那座破庙附近进行操练,突然在操练场附近出现了一个形迹可疑的陌生人。王世耀以为是清军的探子,命令手下抓起来进行拷打,结果来人说他是王人杰守备使的旧交,有重要使命要见王人杰守备使。王世耀听了不敢怠慢,急忙赶回来向父亲报告。

王人杰随儿子赶到那座破庙,果然看到在庙里一角的柱子上绑着一个人,上前仔细一看,真的是自己的旧交河北守备使孙赞。

孙赞和王人杰都是崇祯五年的进士,同年进士及第,两人自然熟识。王人杰到潼关任守备使时,孙赞也正好到河北任守备使,不想却在这里相逢。

王人杰大惊,急忙让人给孙赞松绑,迎进里间。

乱世相逢,两人自是百感交集。虽然王人杰一时还不明白孙赞为什么会出现在这里,但孙赞却是有备而来,他一开口就给了王人杰一个巨大的惊喜。

孙赞先说道:"王守备使在这商洛山中举旗抗清,实乃我大明爱国臣子之楷模,忠心可嘉。今有一人也与清朝不共戴天,特派我来联络王守备使共同反清,重复我大明江山,不知王守备使意下如何?"

王人杰问:"是哪一个人?"

孙赞知道王人杰是可以信赖的,所以回答也不加掩饰。

说:"崇祯先帝的四皇子!"

王人杰闻言大惊。

孙赞又说:"四皇子就在一岭之隔的华州塬上,闻说你有反清之志,特来相邀。"

王人杰又惊又喜,惊的是四皇子竟然还活着,而且就在近在咫尺的华州南塬上;喜的是四皇子邀他共同抗清,这不是为国效忠、一展宏图的大好机遇吗?这种机遇不是谁人都可以碰上的!

自从上次和儿子谈话同意他举兵反清这段时间以来,他唯一担心的就是自己只是一介小小的守备使,顾虑今后行动起来号召力不足,但四皇子的突然出现让他一下子打消了这个顾虑,而且更增强了反清的信心。有了四皇子,他和儿子的反清行动就有了一杆大旗,这杆大旗一挥,天下必将群起响应。到那时,一雪前耻,报国效忠,立英名于万世,成大业于千秋,真是天降大任于我啊!

只见王人杰"扑通"一声面向北跪在地上,哽咽着说道:"皇子在上,我大明幸矣! 不忠之臣王人杰誓死跟随皇子,驱除鞑虏,共匡大明!"

激动兴奋之余,王人杰把儿子王世耀给孙赞做了介绍,当晚,三人为他们即将开始的共同事业悄悄地进行了一番庆贺。

接下来的几天,在王人杰的陪同下,孙赞察看了王世耀组织起来正在训练的队伍和青龙镇地区的地形地貌,在确定了起兵行事的方案和相互之间联络的方式方法之后,孙赞便秘密返回了太平塬。

第二十二章　京书爷悲愤遭难

　　这一天晌午后,热劲过去的太阳挂在西坠的天上,把房屋、树木拉出长长的荫凉影儿,龙首堡的人们借着这些荫凉影儿出门下地干活了,牛啊羊啊也被牵出来吃草了。

　　小军、平平和宝良也来到堡子西边的苞谷地里给自家的羊打草,顺便带着大黄满地里撒欢找野兔。这段时间的苞谷已经长到一人高了,秆上结出了吐着红须子的苞谷,顶上长出了大线一样的穗子。孩子们在地里跑来跑去的,只露出一个黑黑的头。大黄在他们三个人中间来回跑,一会儿这边叫就往这边跑,一会儿那边叫又往那边跑,虽然半天也没见个野兔的影子,但孩子们却玩得不亦乐乎。

　　乡下的孩子就是这点儿好,作业少,玩得多,一出门就是大自然,天高地远,任你疯任你野,疯着野着就长大了。

　　老四从远远的地方走过来,到跟前叫道:"小军,来跟叔谝一会儿。"

　　老四往这边走过来的时候,小军他们早就注意到了。上次老四抢他们从老地道里寻到的物件,后来又偷蕴空山上的大钟,孩子们在心里对老四早有戒备,但表面上还得和他应付。

　　小军应了一声:"好的,老四叔。"同时对平平和宝良喊了一声,让他们也一起过来歇一下。两人围拢过来,大黄不用叫就跑到了人跟前。

　　老四神秘兮兮地问三个孩子:"听说你们几个进到悬棺墓里了,咋样,找到悬棺了吗？"

孩子们料到老四要说蕴空山的事，但没想到这家伙这么直接，一上来就问。

小军回答说："对啊，我们进去了，不知是哪帮瞎屄把悬棺墓挖开了，我们就进去看了下，那里面啥都没有！"

一旁的宝良也跟着说："悬棺墓里面是空空的，是不是咱这儿的人瞎胡传说的，根本就没有啥神奇的悬棺！"

"啊，啥都没有吗？"老四假装诧异，"听说悬棺墓里有一件老和尚的金袈裟呢，还有很多财宝，你们都没有看到吗？"

自从知道老四偷大铁钟并且将之摔成碎片之后，平平心里对老四一直是恨恨的，这个时候他接着老四的话说道："老四叔，咱这塬上来了盗墓贼，你不知道吗？估计悬棺里的财宝都让盗墓贼偷走了，人家刘公安说了，他准备上来查这事呢！"说着盯着老四看了半天。

听了平平的话，老四明显有些不自然。他强装平静地说："哪有盗墓贼？蕴空山上的鬼厉害得很，谁敢上山去盗墓？"说完他把话题一转，问几个孩子："听说京书爷知道蕴空山悬棺的秘密，是他让你们上山的吧。他让你们上山找什么呢？"

老四这么一问，几个孩子更加警觉起来，老四这家伙竟然连他们和京书爷之间的秘密都知道。

宝良刚想开口，小军抢着回答老四说："不是京书爷，是我们自己上山胡乱耍呢，结果让山上的鬼给吓回来了！"

说完还又渲染一下："以后再也不敢上蕴空山上去了，山上的鬼太可怕了！"

老四一看，明白这几个孩子不想跟他说实话，但他又不甘心，就进一步问道："听说悬棺墓里还有一层地宫，只有找到正确的入口才能进入地宫，要是挖错了，整个墓室就要塌毁，你们知道那正确的入口怎么找吗？"老四急迫的贼心暴露无遗。

小军抚摸着趴在他身边的大黄，瞪起眼睛看着老四，一副很认真的样子反问道："啊，里面还有地宫啊？老四叔，我们咋不知道呢？"

平平和宝良也假装吃惊,一唱一和地说道:"啊,那地宫要是塌了,进去的人不是都得砸死在里面啊!"

"那就变成蕴空山上的鬼了!"

老四一看小军、平平和宝良不上他的套,就站起身来显出一副很关心的样子对他们说:"娃啊,叔给你们说,那蕴空山上真有鬼呢,就住在悬棺墓子里,一到晚上就出来满山转悠。你们可不敢再上去了啊,小心让鬼给捉住。听叔的话啊!"说着拍拍屁股上的土走了。

小军、平平和宝良听了,假装很相信很害怕的样子,等老四走远了,三人忍不住捂住肚子大笑。

"这瞎尿想从我们嘴里套话哩,一看套不出来,又想吓唬我们呢,真不是个好东西!"笑完了小军对平平和宝良说。

"悬棺墓肯定是这瞎尿挖开的,我们得盯着这瞎尿。"平平恨恨地说。

"我刚才差一点儿说出'虎尾石'的事。"宝良心有余悸地说。接着又赶紧补充说,"我们要不要告诉京书爷,让他不要将蕴空山悬棺的秘密说给老四?"

小军说:"这还用你操心,京书爷不知道谁好谁坏啊?老四把尾巴一翘,人家京书爷就会知道他要拉啥屎,放你的十二个心吧!"

孩子们猜对了,老四确实找过京书爷。

老四是龙首堡公认的一个瞎尿,人狡猾得很,但懒得不成器,这些年和高唐镇几个文物贩子勾结在一起,四处匿摸发死人财。龙首堡的老地道就是他带人挖出来的,还有蕴空山上的大铁钟,也是他偷的。那次偷盗蕴空山上的大铁钟,只是顺手牵羊,蕴空山上的悬棺墓才是他们的最终目标。根据他们一伙多年来的打探,蕴空山悬棺墓是南塬一带含金量极高的一座古墓,墓主人的身份特殊,在南塬历史上的地位很高,民间传说他的墓中有大量的陪葬和金银珍品。为了能找到悬棺墓,老四他们做了很多功课,查阅古书上的记载,收集塬上各种坊间传说,到很多信佛老居士那里打探,但始终没人告诉他们悬棺墓的准确位置。

在这些年的寻找过程中,老四他们还掌握了一个惊人的消息:李自成的巨额宝藏也可能埋藏在蕴空山上的悬棺墓中。他们把一些蛛丝马迹的线索串起来进行了认真分析,发现这个说法还真不是胡吹的,确实有一定的历史根据。这让老四他们兴奋不已,更加加紧了对悬棺墓的探寻。在南塬上遭到百年不遇大暴雨的那个晚上,老四他们一伙认为下大雨山上肯定没有人,就冒着大雨夜上蕴空山,对山上的古塔进行了破坏性挖掘,企图在古塔下面找到悬棺墓。结果,悬棺墓没有找到,却把有一千多年历史的古塔挖倒了,引起了南塬上所有人的恐慌。

古塔倒掉之后,老四他们也害怕了一阵。幸好大家都认为是大雨把古塔冲倒了,所以南塬上的人包括公安部门没有再深入调查。老实了一段时间以后,老四他们又开始了寻找悬棺墓的活动。老四明白,知道蕴空山秘密的人已经不多了,但有一个人肯定知道,这个人就是堡子里的京书爷。

他找过京书爷几次,可不管是软的硬的还是连哄带磨的办法都用尽了,京书爷就是不给他透露一点儿有用的信息,这让他对京书爷恨得牙根痒痒。没有办法,他们只好暗地里寻找另外的知情人,打探悬棺墓的准确位置。

偷大铁钟的那一次,其实是他们在古塔倒掉之后又一次上山探测悬棺墓去了,结果那天晚上仍然没有发现一点点儿悬棺墓的痕迹。不甘之下,他们想顺手偷走大铁钟,不想遇到守墓的鬼弄出那么大的动静,引起了人们和公安的注意。从公安局被放出来没几天,他的同伴传来好消息,他们终于找到了西峪一个老糊涂的老居士,老居士已经分不出好坏,稀里糊涂地给他们回忆和描述了悬棺墓的具体位置。

贪婪的欲望让老四和他的同伴一刻也不想等,他们冒着被再次发现的风险,连夜偷上蕴空山,挖开了悬棺墓。可让他们没想到的是,找到悬棺墓,打开悬棺墓的石门以后,在墓室里面什么也没有发现。没有金袈裟,也没有金银财宝,最奇怪的是连悬棺也没有。他们在墓室里面盲目寻找,差一点儿挖塌了悬棺墓,同伙还被墓室里掉下来的石块儿砸伤了头。回去以后,他们又赶紧到那个老居士那里去问,那个老居士才又告诉他们说,悬棺墓里有地宫,悬棺藏在地宫里。而且地宫设有机关,如果找不到机关在墓室里面乱挖,就会引起悬棺墓和上面的山体倒塌。听老居士说完,老四他们一阵后怕,多亏停止了盗墓行动没有硬挖,要不然的话,说不定宝找不到,人也可能给埋进去了。

他们再问地宫怎么找的时候,那个老居士想了半天,摇摇头说,想不起来了。着急、困惑和无奈之中,老四看到几个孩子最近和京书爷打得火热,就主动找到他,想从几个孩子嘴里弄到一星半点儿关于悬棺墓地宫的情况,可又让孩子们给软软地顶回去了。

"看来还得从京书爷这老家伙身上下手。"老四离开小军、平平和宝良三个孩子时,心里这样想。

京书爷家住在龙首堡的南头,恰好在进出堡子的路口。这一天,堡子口出现了一个陌生人。陌生人来到京书爷家门口,看前后左右没有人,一闪身进了京书爷家。

京书爷一生未娶,老来无儿无女,平时,就他孤身一人住在祖上传下来的老屋里。陌生人进来时,他正坐在上房屋的八仙桌旁,一手扶老花镜,一手捧着那"日""月"俩物件在琢磨着。

孩子们上次从蕴空山回来后,把他们在悬棺墓里发现"虎尾石"的情况一一告诉了京书爷。京书爷分析以后,和孩子们一致确定,那块石头就是"虎尾石",但"寻光明""藏古今"是什么意思呢? 他和孩子们一样,也一时理不出个像样的头绪。这些天,京书爷一直根据孩子们提供的情况,在脑子里思索着,渐渐地,孩子们描述的"虎尾石"上那个小洞的形状引起了他的注意,圆形的洞,还有两个对称的凹槽,他突然想起了"日""月"两个物件。这不,京书爷这会儿正拿着"日""月"两个物件在手里仔细端详着,一会儿把它们两个合上,一会儿又把它们分开,慢慢地他心里就有谱了。到最后,他几乎可以肯定,"日""月"两个物件就是打开"虎尾石"的钥匙。

京书爷明白了,先人们把这两件东西说成蕴空山寺庙里的供器留传下来,是为了掩人耳目,保护蕴空山的秘密,而它真正的用处是打开悬棺墓地宫的钥匙!

这时,陌生人突然闯进来,把正在对着那两个物件发呆的京书爷吓了一跳。

"老汉叔,叨扰了!"陌生人一进门就满脸堆笑地说。

"吓我一跳,你是谁嘛。"京书爷把手里拿着的东西小心地收拾起来放进抽屉里，拉着脸问陌生人。

"老汉叔，我是来收宝的。"陌生人谦恭地说，"听说咱这堡子挖出来一个老地道，发现很多古董宝贝，我来看看有没有人卖。"说着声音就变得悄悄起来。

京书爷抬眼一看，来人一副鬼鬼祟祟的样子，就知道这人不是个好东西。他淡淡地对来人说："老地道倒是有，但地道里是空的，没有发现什么宝贝。"说着就做出请陌生人出门的样子，"你还是到别的村去找找吧。"

那陌生人不想走，还缠着京书爷啰唆，京书爷始终不给他好脸色，执意让他走。

陌生人终于露出他的本来面目，只见他狡黠地一笑，对京书爷说："老汉叔，听人说你这里就有宝，你开个价吧！"

京书爷一愣，说："我一个孤老头子家的，能有什么宝？"

陌生人说："这南塬一带，就你知道蕴空山的秘密，只要你告诉我蕴空山悬棺怎么找，我就可以给你开个高价，保证够你养老！"

京书爷听陌生人说完，脸色一变，厉声骂道："你狗日的想打蕴空山悬棺的主意，没门儿！"骂着就在身边寻找顺手的东西，要赶那陌生人出门。

陌生人一看知道来软的是不行了，突然从腰里掏出一把刀，上前一步抵在京书爷的胸前，压低声音威胁道："不识相的老东西，快告诉我蕴空山的悬棺在哪里，地宫的入口怎么找。要不然的话，今天要了你的老命！"

陌生人的刀没有把京书爷吓住，反而一下子激起了京书爷心中的愤怒，愤怒中，京书爷右边脸上的那只耳朵更直了，支棱的耳朵还通红透亮。只见京书爷一把推开陌生人，抄起一根木棍就要和陌生人拼命。急火攻心之际，京书爷一使劲倒把自己摔倒在地，半天起不了身。那陌生人看老汉不好惹，软的硬的都不行，便趁京书爷倒地起不来的时机，把京书爷刚才放进桌子抽屉里的两个物件抢到手里，脱逃而去。

京书爷受此一难，急恨交加，躺在床上一时不能动弹。悬棺墓受到了前所未有的威胁，他自己又年老体衰，下面也没有子女可依靠，眼看悬棺墓的秘密要被揭开，悬棺墓要遭到破坏，他是又急又没有办法。

就在京书爷急困交加的时候，结巴大汉来到了京书爷家。原来，上次悬棺墓被挖开,连夜给京书爷报信的也是结巴大汉。

结巴大汉告诉京书爷一个更危急的消息:老四他们在蘊空山的西峪里找到了一个老居士,这个老居士也掌握一些悬棺的秘密。听说这个老居士已经老糊涂了,怕是经不住老四他们的三言两哄。

京书爷感到悬棺危在旦夕。

第二十三章　杏儿熟了麦子黄了

　　太平塬上干旱少雨,土地瘠薄,麦子比关中道上成熟得要早。黑娃和朱恒他们从关帝庙看闯王刀回来后,太平塬上沟沟岔岔里的人家就开始收割小麦了。这太平塬是秦岭北麓的塬台区,庄稼地也是就着塬台地形这儿一块儿,那儿一片,几乎没有大面积的整块儿地。塬上缺水,种的庄稼也只能是靠老天爷照看。年景好了,雨水充足,这一年的收成就好。如果遇上个旱年,尤其是在秋麦两料收割下种的时候,几个月或半年不下一滴雨,那肯定是要家家拉饥荒。

　　对大饥荒,太平塬上的人记忆犹新。就在前几年,崇祯十三年到十四年,是灾年连着灾年。先是崇祯十三年七月,蝗虫自东而来,塬上的庄稼全被吃光。紧接着,"全陕天赤如血",整个华州出现大旱,引起粮食奇缺,粮价飞涨。崇祯十四年春,因前一年的蝗虫幼虫大量繁殖,再次成灾。这时候,华州和太平塬上依然无雨,连华州非常著名的白崖湖都因旱而干涸。

　　这个白崖湖是在北宋熙宁五年的少华山崩中形成的,"水深数十丈,大与郡城同",到明崇祯十四年已存在将近有六百年时间。一直以来,白崖湖水势浩渺,景色旖旎,湖中建有楼馆台榭,舟楫可行其中,草木荫荫,鸥鸟飞翔,颇有江南园林之景韵。但就在这一年的大旱中也水尽湖干,可见当年旱情之严重。

　　受到连续打击的灾民无粮无食,草木都被吃光,很多人被饿死,"枕尸相藉"。幸存下来的人只好外出逃荒,却大都饿死在他乡野外,"死于道者不计其数"。当时的华州知府邓承藩打开官仓进行赈灾,但远远不够,他又劝州内的一些富户捐出粮食赈济灾民。这些赈济并未能扭转大饥荒的蔓延,到了崇祯十五年还有一万多灾民无粮无食。

灾荒过去后的崇祯十六年,华州百姓程进昌等十几人,为使后人知道这一场大灾难,共同立了一块《感时伤悲记》的石碑。碑文中除简述了这次大饥荒的惨状外,还特别列举了饥荒中的高昂物价,以铭记灾情之真之重。如:"稻米粟米每斗二两二钱,小麦一斗二两一钱,麸子一斗五钱,猪肉一斤一钱八分,红白萝卜一斤一分。"这里的物价货币是白银,一两白银等于十钱,一钱等于十分。容积单位十升等于一斗,十斗等于一石。平常年景,一斗米不过五分白银,而在这次大饥荒中,一斗米为二两二钱,上涨了四十倍。立碑者在碑文中说的一句话,充分表达了灾民的痛苦和无奈,至今让读到它的人泪流满面,感同身受:"嘱咐一块儿石,记载千古愁,来世有见者,难道不泪流。"——所有的苦难只能说给一块儿石头听!

收麦子了,朱恒跟着三和师父来到会儿家的地里帮助会儿一家收割小麦。塬上的麦收季节讲究的是抢收抢种,俗话说"麦熟一晌",早上还看着绿绿的麦子地才有一点点发黄,经过中午的太阳一晒,到了晚上就可能变得齐刷刷一片金黄,干爽熟透。如果这时候不及时收回场里,被风一吹,熟透的麦粒就会从麦穗中炸裂掉落出来,再收割回去就只剩下轻飘飘的一把麦秆了。收了麦子,还要及时赶墒把秋粮的种子种下去,这时塬上的人才能心里落停地把刚打上的新麦装上一口袋,扛到河边淘洗晾晒干净,再拿到水磨房磨出新面粉。有了新面粉,就可以摊个煎饼蒸个穰皮子扯一碗裤带面什么的开始享受一年丰收的喜悦。所以看到大家都在地里忙活,三和师父觉得自己不能光闲在庙里,也应该给村村邻邻帮点儿忙。

从去年冬到今年春,虽然太平塬上雨水也不充足,但好赖下过几场雨,割一把麦子拿在手里还有点儿分量,说明今年还算是一个难得的丰收年。朱恒跟着三和师父顶着炎炎烈日来到金黄一片的麦地里,可师徒两个什么也不会干。羊娃和李嫂两口子耐心地给他们教怎么拿镰刀,怎么弯腰,怎么把麦子往怀里一搂,但他们笨拙地干了两下就干不了了,羊娃和李嫂两口子直笑他们是没下过苦的人。后来三和师父就帮着把羊娃和李嫂两口子割下来捆好的麦捆往一起抱，朱恒和会儿一起捡拾收割后麦地里遗落的麦穗。不一会儿，他们就被头顶的烈日晒得汗流浃背，满脸通红，尤其是三和师父，他抱麦捆的时候麦芒透过薄薄的衣衫扎到他的胳膊和脖子、脸上，再经汗水一浸，又蜇又疼。看三和和朱恒实在干不了这个活，羊娃两口子就让他们到地边的树荫下歇息。

这时，会儿把朱恒一叫，说："朱恒哥哥，跟我走，给你好东西吃！"

朱恒跟着会儿来到不远处的沟边，只见在半崖上长着一棵很大的杏树，树上结满了黄澄澄的杏子。朱恒正奇怪这树长在半崖上，人怎么才能上去摘到杏子的时候，会儿从地上捡起一块儿土坷垃往树上打去，准准地打中了，两枚杏子从枝头掉落了下来。

"朱恒哥哥，你下去捡，我在上面打。"会儿看自己打下了两枚杏子，很高兴也很得意。因为杏树长在半崖上，站在沟上面打很轻松，但打下来的杏子却是掉到了沟底，所以会儿觉得自己打得准，就让朱恒到下面捡。朱恒一看会儿都打下了杏子，自己也想试试，他也学着会儿的样子从地上捡起土坷垃往杏树上打去，可是由于准头不够就是由于力量太小，扔了两三下也没有打下一枚杏子来，惹得会儿不停地笑他。

自从那一回在太平寺里撞见朱恒以后，会儿就觉得这个朱恒哥哥和黑娃、墩子、蛋蛋这些塬上的孩子明显不一样。他不但长得俊俏帅气，说话谦谦有礼，浑身有一种说不出来的气息，更重要的是朱恒哥哥那忧郁迷蒙的眼神，似乎在他心里隐藏着无穷无尽的秘密，这让会儿非常着迷。知道了朱恒的身份后，会儿对朱恒又多了一分崇拜。塬上像她那么大的女娃子已经开始提媒说亲了，虽然会儿知道她和朱恒不是一条路上的人，闹不好朱恒以后就跟他师父一样在太平寺里出家当和尚了，她的结果只能是嫁给黑娃或者是墩子、蛋蛋那样的塬上娃，但她心里还是对朱恒怀有一种异样的感情，喜欢和他在一起，喜欢注视他幽深的眼眸。

会儿和朱恒在沟上面打了一会儿，打下了好多杏子，都掉到了沟底下，他们就一起下到沟底开心地边捡边吃。金灿灿的麦子，黄澄澄的杏子，太平塬从南到北一片金黄。远处是高高的秦岭山脉，近处是忙碌的夏收人群，在艰难困苦的岁月里,太平塬上呈现出一派难得的和平丰年景象。

由于家家户户都忙着收麦子,朱恒和黑娃他们一直没有找到合适的机会再下塬到关帝庙去矮摸闯王刀。五个人当中只有他们俩有空,黑娃是个到处流浪的孤儿,没家更没有庄稼地,管你是忙是闲他都是野人一个。逮着他的时候,李嫂会把他叫上帮家里干些活,真干起来的时候黑娃还的确是一把好劳力,也舍得出力气,但就是尖尖尻子坐不住,耐性不够。干完活吃完饭,嘴一抹碗一摞,转身就不见人了,所以他有的是闲浪荡的时间。朱恒在庙里就是抽空跟师父去给谁家帮个忙而已,乡下人的闲忙时节对他来说也不起作用。就是墩子、蛋蛋和会儿他们三个都要帮家里做活计,这忙天紧日的大人不让他们出门胡浪。

其实,太平塬上麦收时间也快,只要天气晴美不下雨,三五天光景,地里的麦子就收光了。你再看的时候,地里的麦穗麦秆都收回到场里了,只剩下寸把长的麦茬根等着老天爷下雨。雨一来,把地皮一润,太平塬上的人就赶紧到地里刨坑点种,把秋粮种上。麦子收到各家的场里,有用连枷打的,也有用牛套上碌碡碾的,这叫打场碾场,再经过收场扬场,就可以把麦粒从麦穗中分离出来,再晒干拣净,收回家中,麦收程序即告结束。

这一天,他们几个终于凑到一起了。马上行动,目标——关帝庙,闯王刀。

华州城内,有一个神秘的人物在四处游荡。这个人物表面上看似一个闲散商人的模样,但实际上则处处留意身边的过往行人和不经意传到耳朵里的街谈巷语,从蛛丝马迹中捕捉他需要的信息。

这个来到华州的神秘人物是清朝政府的密探,名叫李人旺。李人旺身上背着一个特殊使命,那就是秘密追查一个重要人物的行踪,但几年时间过去了,竟然是毫无头绪。这个特殊使命是陕西总督孟乔芳亲自给李人旺布置的,孟总督已经几次严厉督催,再查不出个眉毛胡子来,李人旺和他的几个兄弟将全部贬为兵勇,发配前线。

就在这两天,他来到华州以后,终于嗅到了这个猎物的踪迹。

孟乔芳布置给李人旺的特殊任务,就是秘密在陕西查找崇祯儿子的下落。当年，孟乔芳接到清朝的密旨后，一方面给各州府下发秘函，一方面抽调精干人员，组建了特别密探小组，在各地开展秘密查访，李人旺就是其中的一员。前段时间，有消息说崇祯的长子已逃往南明，三子在北京被当成假冒皇子被杀，只剩下四子不知所终，所以对李人旺来说，现在查找的目标就只有一个，那就是四皇子朱慈焕。

在路边的一个凉粉摊上，他听到几个路人在闲聊中说出了"操练兵马""南塬"等话语，引起了他的警觉。后经确认，在华州确实有一个叫南塬的地方，于是，他决定到南塬上一探究竟。

从华州城到南塬要经过一面长长的黄土坡，这也是那里唯一的交通要道，当地人叫它瓜坡。传说在唐朝初年，此地有一对夫妇以种瓜为生，一日，二人因言语争吵，妻子气愤不过，自缢身亡。见妻身亡，丈夫念及过去的恩爱，懊悔不已。恰逢唐太宗魂游地府，承诺给阎王送瓜，这个丈夫便自告奋勇，愿赴黄泉送瓜，期望再见妻子一面。当这个丈夫服毒后灵魂出窍，头顶北瓜，手提佳果，献于阎罗殿上时，被深深感动的阎王拿来生死簿，朱笔亲批：给二人各添四十年阳寿，这夫妻二人便双双返回了人间。此后，夫妻二人继续在南塬北坡一带种瓜，恩爱到老。他们种的瓜瓤甜籽盈，名扬天下，此地遂被人称为瓜坡。但他们种的瓜里没有北瓜，因为北瓜已经送给了阎王。

此地还有一种说法，因为这面坡太长，上下号称有十里，人从坡底上到坡顶，当地人会说一句："把人都上瓜了！""瓜"在这里是"傻了"的意思，所以就叫瓜坡。当地民谣有"十里瓜坡五里塬，马家河里走半年"之说，也形象地记述了瓜坡的长和上瓜坡的艰辛。

李人旺行走在瓜坡上。正是初夏时节，阳光渐强，不一会儿汗水就浸湿了他身上的衣裳。他抬头往前看，在两边稀疏的树木映衬下，长长的瓜坡看不到头，似乎和高高的天边相连。李人旺心想，这南塬也太偏僻了吧，这偏僻之地如何能有"操练兵马"之事，怕是乡人闲语而已。但等李人旺气喘吁吁地爬上坡顶，整个南塬展现在他面前之时，他大吃一惊，立马改变了想法。

原来，站在坡顶，放眼望去，迎面而来是一片豁然广阔的天地。只见在高高秦岭的映衬下，刚刚收过小麦的田地苍苍茫茫，一眼望不到边，其间沟壑相间,塬塬相连,即便有千军万马隐藏其间,外人也看不到丝毫踪影。

李人旺大惊,他感到这南塬绝非等闲之地,也不是穷乡僻壤那么简单,于是提高警惕,小心地往塬深处走去。

经过金辉塬往西行,翻过一个沟壑,李人旺来到了太平塬上的太平镇。他走进一家山货店,假意要购买一些当地的山货药材,与店家攀谈了起来。

李人旺先打问了一阵山货药材的行情后,问店家:"看你这南塬上人迹冷清,生意怕是不好做吧?"

店家答:"可不是嘛,兵荒马乱的年月,到处是兵匪祸患,真正的生意人不敢来了呢!"

李人旺又问:"生意人不敢来,来这里躲灾躲难的人多不多?"说完又加了一句,"我看这地方隐蔽偏僻,躲个仇家、躲个灾祸倒是个好地方。"

那店家一点儿防备也没有,接着李人旺的话就说:"来这里躲难的人倒是多了,成天都有不认识的生面孔从这里经过,听人说前朝皇帝的皇子都在这塬上躲着呢!"

听到这里,李人旺手里正拿着的一把药材"唰"的一下掉在了地上。为了掩饰自己的失态,李人旺忙说:"这些药材我买了,全买了。"

那店家没有发现李人旺的情绪变化,继续说:"因为前朝皇帝的皇子在这里,又来了不少他们的人,他们要在这里造反复明哩。"

听了这几句话,李人旺已经兴奋得是浑身发热,他知道终于找到崇祯儿子的下落了,而且还发现他们准备造反,这可是巨功啊! 他仿佛看到了荣华富贵就在他的眼前! 真是踏破铁鞋无觅处,得来全不费功夫。

李人旺一边应付着店家的话,一边让自己兴奋的情绪逐渐冷静下来。

这时,从镇子不远处传来"叮当、叮当"的声音,李人旺听出来那是铁匠铺子的打铁声。他心里一动,便告辞山货店老板,循着声音往铁匠铺子而来。

从山货店老板那里得到了关键信息,他心里的警惕性更加提高,所以到了铁匠铺子,他并不靠近,只是远远地察看。他看到在铁匠铺子的地上放着一堆已打制完好的马掌铁,还有其他一些杂七杂八的东西,全不是农事上使用的家当,他心里更有了几分把握。

果然，不大工夫，来了一辆马车，装上放在地上的东西拉上就走。李人旺不敢迟疑，假装不经意地跟在马车后面尾随而行。

　　马车出了太平镇，一路往南山方向而行，约行了有三五里地的样子，拐进路边的一个村庄里不见了踪影。

　　李人旺抬头四望，只见这里已经到了秦岭脚下，在两座对峙的山峰中间，一股秦岭峪水奔涌而出，形成一条很大的河流向下游而去。河水两边，是一大片宽阔的空地，可能是河水长年的冲刷沉淀，空地上的土质含有大量泥沙，使这一大片空地看上去松软平整。

　　突然，一队人马从刚才马车进去的村庄里冲了出来，把正站在路边的李人旺吓了一大跳。只见这队人马约有二三十人，有骑马的，也有跑步的，有持刀的，也有拿着棍棒农具的。

　　李人旺以为自己被发现了，这些人马是来捉拿他的，转身就要跑。可那队人马呼呼啦啦地从李人旺身边经过，并没有对他怎么样，而是冲到河边的空地上，展开了操练。李人旺瞬间明白了，这就是乡人传说的"操练兵马"，他心里更加惊喜，看来这一回是真的摸到了贼窝窝。

　　强忍着内心的兴奋和紧张，李人旺悄悄地观察那队操练的人马。那些人中，有一些一看就是笨手笨脚的农人，但还有一些却能看出来是训练有素、手脚麻利准确的行伍人员，他们互相教习着一些简单实用的军事动作，你来我往之中虽然铿锵有力，但却没有半点儿多余的喧哗和吵闹。李人旺不由得心里暗暗惊奇。

　　不大工夫，又有几支队伍从不同方向进了操练场。来得突然，又没有什么动静，李人旺竟没有发现这队伍是从什么地方来的，甚至怀疑是不是从天上掉下来的。队伍聚齐以后，李人旺估计大约有几百人，其中有些人还穿着僧人模样的服装，分外显眼。分队开始操练后，这几百人有搭弓射箭的，有策马奔腾的，有徒手搏击的，有棍棒格斗的，虽然人马比刚才多了很多，但仍然没有多余的喧哗和吵闹声，只有刀械的碰撞和马蹄的奔跑声，整个场面在低沉压抑的气氛中，暗含着一股杀气。

　　这时，李人旺发现不知何时，操练场周边竖起一圈各色旌旗，中间最高的一面杏黄大旗上，竟然写着一个大大的"明"字。秦岭巍巍，旌旗猎猎，李人旺被这庄严、肃穆的场面震撼了，恍惚间，他仿佛看见四皇子率领千军万马攻破了西安城，杀了孟乔芳，又浩浩荡荡向北京城杀去，一路上大明的旗帜满天飘扬。

李人旺发出"啊——"的一声，自己被自己吓醒，连忙顺原路仓皇逃离。

从南塬上回来，天色已晚，李人旺径直来到华州府衙。终于发现了四皇子的踪迹和动向，这令他激动万分，他知道对清朝政府来说，这是他们急需的重大情报，所以他决定连夜赶回西安城，给总督孟乔芳报告。

看到门房送进来的号牌，华州知府刘自妙知道来人是总督府的亲信，不敢怠慢，忙和魏师爷把李人旺迎进门。

李人旺进门以后，二话不说，要求刘自妙速备快马一匹。刘自妙和魏师爷满口答应，吩咐下人快去备马。

这备马的当口，魏师爷赶紧给李人旺上茶，间或说一两句闲话。看李人旺说话遮遮掩掩，并且神情紧张，魏师爷心想，这其中似有重大事情，便小心试探地问道："李大人，何事如此匆忙，能否告知一二？"

李人旺没好气地回道："都是你这华州府干的好事，天大的动静，你们竟然不知不报。"末了还加了一句，"你们等着看好戏吧！"

这话一说，听得刘自妙和魏师爷顿时傻了眼。虽然不知道李人旺所说的到底是什么事情，但听这话外之音，怕不是小事，而且这事情显然与华州府脱不了干系。

"李大人，这、这、这是从何说起呢？华州府一向安稳，不知何事冒犯了您老人家，还请您老明示！"刘自妙本来就胆小，这时说起话来舌头和嘴唇已经开始打架了。

看刘自妙和魏师爷被吓住了，李人旺换了一副得意的口气说："哈哈，冒犯我的事倒是没有。"说完停了一下，又突然口气一变问道，"你们可知南塬上的事情？"

此话一出，只见刘自妙和魏师爷"扑通"一下，双双跪倒在地。他们心里非常清楚，那个神秘人物就在南塬上，李人旺能说到南塬，肯定是那个神秘人物的事情被发现了。刘自妙和魏师爷不由得感到一阵害怕，慌乱之中，一时不知如何回答。

许久，才听见刘自妙颤抖着声音说道："小人失、失职，小人不知南塬上有何、何事？"他想假装不知蒙混过关。其实也只能说不知，这么大的事情，谁敢说自己知道，知道不去报告，那不是找死吗？

"好，好，不知就算了，刘知府请起。"李人旺知道这华州府不是揭开谜底的地方，他也没有必要和刘自妙纠缠，他现在紧要的是抓紧时间赶回西安总督府，所以他马上换了一副轻松的口气对刘自妙和魏师爷说。

刘自妙和魏师爷从地上站起来，两人脑子里迅速盘算起了对策。魏师爷出去了一下，回来躬身请示李人旺："李大人，马匹很快就准备好。您一路辛苦，刘知府给您准备了薄酒一杯，可否赏光一用？"

李人旺跑了一天，这时肚子也真是饿了，听说饭菜已准备好，便一口答应下来："哦，我真饿了。好，用饭，用完饭我就走。"

趁李人旺进去吃饭的空隙，魏师爷一把拉住刘自妙进了旁边的厢房。

魏师爷说："大事已经暴露，不能让李人旺把情报送到西安城。"

刘自妙胆小老实，这时是满头大汗，犹豫中拿不定主意。

魏师爷又说道："李人旺一旦走脱，不但坏了南塬上的事，你我也是死罪难逃。现在只有一个办法。"说着只见魏师爷做了一个抹脖子的动作。

刘自妙想了想，别无选择，只有点头同意。

正在里间狼吞虎咽的李人旺，不防备间，脑后被人重重一击，顿时昏死了过去。几个蒙面大汉冲进来，三下五除二把昏死过去的李人旺捆了个结实。

这时，魏师爷悄悄进来，低声吩咐说："沉进渭河里去。"

几个人将捆扎结实的李人旺装进一个布袋里，抬上了院子里的一辆马车。夜色中，马车从华州府衙的后门悄然而出，朝北边的渭河方向快速驶去。

第二十四章　奶奶的谜语

　　平平家里,平平的父母都下地干活去了,平平奶奶准备做饭,就让平平哄着六岁的妹妹蓉蓉玩。

　　那时候的农村,家家都是几个孩子,很少有独子独女一个孩子的。孩子多有孩子多的好处,做一件衣服,大的穿了小的还能接着穿,一件衣服能穿大小三四个娃,虽然看着孩子多但实际上也还挺省的。那时农村也没有幼儿园什么的,全是大的带小的,一个带一个,大人们上生产队出工干活完全不受影响。你看那手上拖的,背上背的,怀里抱的,还有脖子上架的,全都是自己的弟弟或者妹妹,走到哪儿都跟着,干什么都得带着,那叫尾巴。家里孩子多,吃起饭来那是连吃带抢,越抢越香,不用家长喂,也没有人挑食,粗茶淡饭一大锅,抢着争着就吃饱了,这个叫好养。

　　平平家住的房子是南塬农村传统的民居。房子南北朝向,最南端是三间正房,也叫上房。紧挨上房两边接檐各有三间朝里面收的厦房,接两边厦房北面一端也是三间朝里面收的厦房,这三面厦房的结构是最显农村传统盖房工艺的地方。一是三面厦房要和上房的主梁主檩衔接齐平,保持水平;二是四个窝角要互相参差,还要严丝合缝,不能留空,不能渗漏雨水。厦房的外侧都是直直的外墙,不留门窗。这种结构的房子从里面看,是一个完整的四合院,院中开有天井,收纳雨水,寓意招财进宝。平平家的天井上还安装着用豌豆铁丝编成的防护网,防护网的周边用三寸长钉固定在瓦檐下面每一个突出来的椽头上，中间只留拳头大小的空隙。这种房子从外面看，四周外墙齐平高大，难以攀爬逾越，整栋房子完整独立，自成一体，特别有利于防盗防匪，所以也叫"四檐平"。平平奶奶说，这栋房子是平平爷爷的爷爷盖起来的，有几百年了呢！

上房是长辈居住，家里的锅灶连着火炕都是在上房里，一家人的生活中心都在上房。两边的厦房是晚辈居住和存放粮食物品的地方，最头上横过来的三间厦房，中间留一间当门厅，另两边一边盘牛槽喂养牛，对面的一间正好放牛饲料当草料房用。整个设计上下有序，布局合理。连牛也请进了室内，不但显示了牛在农家的地位，也体现了农家人对牛的尊重。实际上，把牛养在室内也确实方便，喂料饮水离得近，晚上加料也不用跑到黑漆漆的院子里，关键是刮风下雨天寒地冻的时候，冻不着牛，冷不着牛。

牛也是一口人，牛给咱出大力呢，一定要对牛好！南塬上的人都知道这个道理。牛收到生产队以后，平平家的牛房就一直空着。

平平家西边的厦房是平平他大他妈的住房，东边的厦房没有隔墙，留着一个宽敞的厅堂。光线从天井里照下来，厅堂里很明亮，平平和妹妹蓉蓉经常在这里玩。在厅堂的横梁上，平平奶奶让平平他大用大绳给娃们绑了一个秋千，这会儿，平平正推着妹妹荡秋千。

自上次从悬棺墓里探秘回来，平平就在心里一直琢磨着悬棺墓里"虎尾石"所提示的秘密，他隐约觉得"寻光明"好像在哪里能找到对应的东西，但就是想不起来。脑子里想着这个事情，他和妹妹玩起来就不专心，结果一不小心把妹妹从秋千上推翻掉在了地上，摔疼脑袋的蓉蓉妹妹一下子哭了起来。

听到蓉蓉的哭声，平平奶奶放下手里的活，拄着拐棍就赶过来哄蓉蓉。走到跟前，她拿起手中的拐棍朝平平一比画，并不真打，算是对平平把妹妹弄哭的惩戒。然后，平平奶奶放下拐棍往板凳上一坐，把蓉蓉抱在自己的双腿上，连忙用手给蓉蓉揉脑壳，边揉边在嘴里念叨："我娃不哭，我娃不哭，我给我娃打哥哥。"揉完了脑壳，奶奶又把蓉蓉放在腿上一前一后地摇，同时念着一首儿歌："罗罗面面，我娃是个亲蛋蛋；罗罗面面，我娃是个亲蛋蛋。"一会儿，蓉蓉就不哭了。

平平奶奶是农村的小脚老太太,肯定是没有上过学堂没有文化的那种人,但从她嘴里说出来的话却是一套一套的,蛮有文化味。

这不,平平奶奶继续哄着蓉蓉,嘴里又念出一首儿歌:"月亮月亮亮堂堂,我在河里洗衣裳,洗得净净,捶得硬硬,打发哥哥出门去;去时骑的花花马,回来坐的花花轿,一头喇叭两头号,看你门上热闹不热闹。"边说边做出洗衣裳的动作、骑马的动作和吹喇叭的动作,逗得蓉蓉"咯咯咯"笑个不停。这首儿歌一听就是说一个农村的小媳妇给哥哥洗衣裳送哥哥出门求功名的故事,适合逗蓉蓉这样的小女娃。

旁边的平平听了奶奶的儿歌,也受到了感染,嚷嚷着说:"奶奶,我也来一个。"奶奶把平平带大,奶奶说的好多儿歌平平也记得。

平平站起来,用脆脆的声音念着,边念还边摇晃着身子:"月亮月亮光光,把牛吆到梁上,梁上没草,把牛吆到涧脑;涧脑有贼,贼打我,我打贼,赶紧把牛吆上回。"平平念的时候表情神态俱佳。

哈哈,这首儿歌真是给平平这些小男孩准备的,让人仿佛看见一个小光头在月亮出来的晚上,还在坡地上放着自己家的牛,突然出来一个坏人要抢小光头的牛,小光头勇敢与坏人搏斗,一看打不过坏人也不蛮拼,赶紧撤退牵牛回家,画面生动,描写入神。

念完一首儿歌,平平意犹未尽,说:"奶奶,再来猜谜语吧!"猜谜语也是平平奶奶的拿手绝活,平平最爱和奶奶猜谜语,也不知道平平奶奶的那些谜语是从哪儿学来的。

平平奶奶眯缝着双眼,笑着说:"好,你猜不出来就罚你看妹妹,猜出来就可以出去玩,行不行?"

平平痛快地说:"行。"平平知道,有些谜语都是奶奶说过的,他肯定能猜得出来。

平平奶奶耐心地带着两个孙子玩谜语,小的开心,老的乐和,一幅天伦之乐之景。

平平奶奶先说了一个:"一扭两扭,家家都有。猜这是什么东西?"

"洗锅的抹布。"平平马上就说出了答案。龙首塬上的人家洗锅洗碗的时候,都是用麻秆丝、稻草秆拧成一团当抹布,用布当抹布的都很少。用得久了，这些东西就成了丝丝扭扭的一团。

奶奶接着又说了一个："门外一树杏，天明落得光光净。"

奶奶刚说完，平平就紧跟着说出了谜底："是天上的星星。"晴朗的夜晚，人们打开门窗，浩瀚的天空中繁星点点，就像一棵繁茂的大树结满了黄澄澄的杏子，让人欲摘却不能。在你爱犹不舍的时候，东方起白，天色发亮，一声鸡啼中，群星消失，似乎那些熟透的杏子一下子全部落到了地上，干干净净的天空你再也找不到一个！

我忍不住惊讶了，这哪是谜语，这简直是一篇优美的散文，或者是一首精致的诗歌！一个平常的自然景象，寥寥两句话，看似信手拈来，看似平平淡淡，但却运用得极为贴切、生动、形象，让乡村的生活和身边普通的景物一下子透露出强烈的美感！

看平平连着猜出了两个谜语，平平奶奶又说了一个："一个老汉一身虮，不靠墙立不起。"说完平平奶奶不吭声，盯着平平等他说答案。

平平一听，这个谜语以前奶奶没有说过，挠挠头，半天猜不出来。

蓉蓉看见了，拍着小手喊叫："哥哥不会喽，哥哥不会喽！"喊得平平有些不好意思，只好让奶奶说出谜底。

奶奶说："你到咱家门背后看一下，看那儿有什么。"

平平跑过去一看，他家门背后的墙上靠着一杆秤，他马上就明白了，谜底原来是秤，秤身上星星点点的斤两标志就是奶奶说的虮。

平平不服气，对奶奶和妹妹说："我说一个谜语，奶奶你不准说谜底，让妹妹来猜。"他说，"南岸来个咚打咚，穿蓝衫子挽蓝领。"

平平说完，奶奶直笑，奶奶肯定知道谜底，但平平不让奶奶说。

小蓉蓉嘟着小嘴，瞪着两只大眼睛，努力做出认真想的样子，其实她一点儿也不知道谜底。憋得实在不行了，小蓉蓉只好求助奶奶。

奶奶说："就是咱家盛面粉的瓦缸。"龙首塬上来卖瓦缸的都是秦岭南边的陕南人，所以叫南岸来的。来的时候拉一辆大车，上面尽是瓦盆瓦缸瓦罐等，大的上摞小的，小的外套大的，行路的时候都要十分小心，万一碰了或翻了那可就全报销了。龙首堡的人买瓦盆瓦缸时要用手敲，一敲就知道瓦盆瓦缸质量的好坏，敲的时候瓦盆瓦缸会发出"咚、咚"的声音，所以叫咚打咚。瓦盆瓦缸瓦罐都是青色的，为了方便用手抓，瓦缸上边有一圈圆的翻边，就像上衣的领子一样，所以叫"穿蓝衫子挽蓝领"。瓦缸瓦罐可以放面、米、苞谷糁等粮食，还可以把蒸熟的馍和一些好吃的放进去，盖子一盖，通气透风防老鼠。在平平家里，大大的擀面案上面有一个架子，架子上面一溜放着五个大肚子的青瓦缸。小一些的瓦盆则多做塬上人的尿盆用。

看妹妹因为猜不出有点儿难过，平平赶紧说："妹妹，我这回给你来个简单的，你肯定能猜出来。你听，红箱子，绿锁子，里面装的干果子。是啥？"

蓉蓉听了，脸上露出了笑容，因为这个谜语的答案她知道。蓉蓉咧着小嘴，拖着长长的儿音说："是红辣椒——"

看兄妹两个玩得开心，奶奶说："来，你两个现在听我说，我这回再说一个新谜语，你两个可要好好猜啊！"说着奶奶坐端正身子说道："从小绿瘆瘆，长大黑瘆瘆，风一吹，瘆打瘆。是树上长的，你两个来猜。"奶奶还提醒了一下。

这个谜语奶奶以前没有说过，平平和妹妹一听，还真都给难住了。平平在脑子里面想各种树上长的东西，苹果啊，梨啊，杏啊，核桃啊，连桑葚果都想到了，桑葚是黑的，可奶奶都说不对。

奶奶又提醒说："小时候的和长大了的不一样，还能发出声音。"平平还是想不出来，蓉蓉就更不用说了。

奶奶又进一步提示："咱家门口就有的。"

平平好像有所明白，他试探着问奶奶："皂角吗？"

奶奶把平平拉到跟前，在额头上亲了一下，也在蓉蓉额头上亲了一下，赞扬道："我孙子真聪明，就是咱家树上结的皂角。"

皂角树是乡村比较常见的树木，长得也很普通，浑身有尖硬的刺，但它结的皂角却很奇特，是乡村人洗衣服洗头发的首选。刚长出来没成熟之前，皂角像扁长的豆角，颜色是青色的；秋天皂角成熟以后，它的角因为里面籽粒的鼓胀而变得饱满，颜色也由青变黄再到一身黑亮。这个时候风儿一吹来，吊满枝头的皂角互相碰撞，皂角碰皂角的声音，还有皂角里面干硬的籽粒回响的声音,"啪、啪、啪"地响成一片,犹如家门口挂了一树的风铃。

我小的时候,家里也有一棵像平平家那样的皂角树。可在我长大后,有一天再回老家,却发现那棵皂角树不见了。弟弟说,来了一个人,说是大树进城哩,给弟弟少许的钱,就开着挖掘机把我家那棵皂角树挖出来运进城里去了。听说一起进城的还有老国槐和古柳树等,我听了好生悲伤!

乡村的田野上生长着各种各样的树木,有自然野生的,也有人为种植的。但不管是野生的还是种植的,每棵树都有它对人来说的好处和用处,有的能成材料盖房子做栋梁,有的能做家具做板凳,有的能结果实供人享用,最不济也能遮阴凉当风景烧柴火,所以,树木是乡村土生土长的生命,是农人最亲近的朋友。可一旦把它们移进城里,我的乡村的田野地头就空了,我的乡村就空了!这些大树的根在乡村,把它们移进城市奢华的空气里,它还不一定能服水土呢!

和奶奶连续猜了好几个谜语,一下子打开了平平的思路,他突然想起了他心中久久未解开的一个谜语,他就问奶奶道:"奶奶,我也有两句话的谜语,你能帮我猜出来吗?"

奶奶说:"好啊,你说。"

平平说:"'虎尾石上寻光明'是什么意思?"

奶奶听了想都没想,对平平说:"光明就是日头和月亮,它们都是发光发亮的。"本来还有下半句"蕴空悬棺藏古今",但已经不用说出来了,因为奶奶的话使平平忽然茅塞顿开,日头和月亮不就是"日""月"两个物件嘛!"日""月"合在一起不就是"明"嘛,这不就是"寻光明"嘛!原来,"日""月"两个物件就是打开"虎尾石"的钥匙!

平平为自己的发现兴奋得大叫,撇下奶奶和妹妹一溜烟地跑出门去了,奶奶在后面嗔骂了一句他都没有听见。

平平跑出家门,赶忙叫上小军和宝良来到京书爷家,想把这个发现告诉京书爷,好赶快上山开启墓中墓。那次从高唐镇文物贩子那里偷回宝贝后,他们把两件东西全都交给了京书爷保管。

没想到等他们三个人来到京书爷家,却看见京书爷摔得很重,躺在床上已经不能动弹,而且"日""月"两个物件已经被坏人抢走。三个孩子非常伤心难过,一个个瞪眼摩拳要为京书爷报仇。

平平把自己的猜测和分析告诉京书爷后,京书爷点头表示同意。平平更难过了,虽然知道了谜底,但谜面却掌握在坏人手里。

京书爷对平平、小军和宝良说:"他们抢走了地宫的钥匙,悬棺面临不保。悬棺墓在蕴空山上已经三百年了,不能毁在我们的手里。现在看来只有报告刘公安,把老四一伙赶紧抓起来,才能保证悬棺的安全。"

孩子们一听,也觉得只有这个办法了。

宝良忽然想起了一个问题,他问:"京书爷,蕴空山上不是有鬼吗?鬼可以保护悬棺墓,难道老四他们不怕鬼吗?"

京书爷略一沉吟,轻轻对孩子们说:"蕴空山上哪有鬼啊,那不是真鬼。"

"明明看到鬼啦。"宝良争辩道,"我们上山时看到了,没吓死我们,怎么会没有呢?"

平平也跟着说:"是啊,咱这儿的人都说有鬼呢!很多人都因为怕鬼不敢上蕴空山上去!"

"还有上次老四他们偷大铁钟的时候,追他们的那不是鬼吗?"小军说。

京书爷说:"娃们些,这个秘密我来给你们揭开吧。"说完,他挣扎着要坐起来,三个孩子赶紧把他扶起来。

只见京书爷说:"蕴空山上没有鬼,你们碰到的鬼是憨憨娃装的,吓跑老四他们的也是憨憨娃。"京书爷说出了鬼的真相。

"啊,憨憨娃装的!憨憨娃是谁?"孩子们不知道憨憨娃是谁。

京书爷说:"憨憨娃就是你们在山上碰到的结巴。"孩子们听到这儿心里就明白了,怪不得小军一个小把戏就可以把结巴大汉骗走,原来结巴大汉是个憨憨。

京书爷给他们进一步讲道:"保护蕴空山悬棺墓可不是一件容易的事,尤其是到了我手里,山上没有了常住的僧人,上山朝拜的信众也几乎没有了。我年轻的时候,还能经常上山看护悬棺墓,但慢慢地我老了,山也上不去了,悬棺墓就被孤零零地弃置在山上,若不是山上突然开始闹鬼,悬棺墓迟早会让那帮盗墓贼找到挖开的,这也是我最担心的事情。

"突然有一天,上蕴空山的人,不管是砍柴的,挖药的,还是放羊割草的,回来都说蕴空山上有鬼,是他们亲眼看到的。一传十,十传百,咱这南塬一带的人都知道了蕴空山上有鬼,吓得大家再也不敢随便到蕴空山上去了。有人说,鬼是蕴空山的山神,是专门出来保护蕴空山普乾法师悬棺墓的。当然,也有不怕鬼的人上去过,其中也有想对悬棺墓下手的,但听说不是断了胳膊就是摔了腿。这以后,打悬棺墓主意的人也少多了。"

孩子们在听着。

京书爷继续说:"听到这儿你们也应该明白了,这鬼就是我让憨憨娃扮的。憨憨娃是我的一个远房亲戚,家就住在蕴空山下的李村。山上一有动静,他就上山扮鬼。他扮鬼的任务就是吓唬上到蕴空山的各种人,给外界造成蕴空山上有鬼的假象,目的是保护蕴空山和山上的悬棺墓。那些断胳膊摔腿的事确实有,但并不是鬼使了什么魔法,而是他们心里有鬼,在憨憨娃吓唬他们的时候,自己摔伤撞伤的。"

明白了蕴空山闹鬼的真相,孩子们也明白了京书爷保护蕴空山的良苦用心。

小军问京书爷:"那上次你给我们喝的符水也是假的吧?"

京书爷一听,给孩子们解释道:"娃们些,甭怪爷哄你们一回,因为那时候爷还不想揭开蕴空山闹鬼的真相,但又怕你们不敢上山,为了给你们壮胆才那样做的,那其实就是一碗清水。"

小军、平平和宝良忙说:"不怪,不怪,京书爷,我们不怪你!"

事情已经越来越明朗了,盗墓贼就是老四他们一伙,龙首堡的老地道和山上的悬棺墓肯定都是他们干的。

孩子们和京书爷商量决定先盯住老四,抢走"日""月"两个物件的家伙肯定会和老四联系,等抓到老四进一步盗墓的证据以后,报告刘公安,将老四一伙抓起来。

第二十五章　闯王刀不知所踪

麦收之后的一天，朱恒、黑娃他们从太平塬上下来，径直往关帝庙村而来。

当朱恒要随黑娃他们再次下塬时，三和和李士淳极力反对。他们告诫四皇子说，大事在身，不可再执着孩童游戏，万一暴露身份，不仅危及皇子安全，又坏了反清大计。

但朱恒心里一股倔劲上来，非要和这个闯王刀较个高下。在他的眼里，那把刀就是李自成，就是他面前的敌人，取了那把刀就是杀了李自成，就是报了李自成的杀父夺国之恨。这是一个男孩子在成长过程中的倔强，这种倔强激发了朱恒内心斗争和抗争意识的觉醒。三和和李士淳只好同意。

几个人来到关帝庙门口，石狮子依然蹲卧在大门两边，两根高大的旗杆和一排白杨树站在一起，守望着门前的关中古道。

来的时候，蛋蛋妈让蛋蛋背了一个大锅盔，顺便到他舅家把"麦怕"一看。看"麦怕"是东府一带的风俗，大概是过去关中东府一带的人缺粮，每到麦收的时候就特别害怕收成不好，导致下一年没有麦子吃。所以，每到收麦季节各家各户收完了麦子，亲戚间都要走动看望慰问一下，相互间告诉一下今年麦子收到家了，收成还不错，不用为我们担心了。为了表示真的收到了麦子，去亲戚家的时候一般都会用新麦面烙一个又大又厚的锅盔，用包袱包上棍子一挑背上一背，送给亲戚享用、品尝。这就叫看"麦怕"，看了"麦怕"

东府塬上的人就一年不用再害怕没有麦子吃了。

蛋蛋没有把大锅盔背到舅舅家,而是和朱恒、黑娃他们一起把锅盔背到了关帝庙里。进到庙里,按事先商量好的计划,他们分成两拨,一拨是蛋蛋、墩子和会儿一起先找到庙祝把他拖住,然后由黑娃和朱恒趁机到大殿里偷刀。

庙祝住在大殿旁边的一间小屋里。蛋蛋、墩子和会儿找到的时候看到庙祝正好在,就嬉皮笑脸地围到门口,蛋蛋亲热地说:"师父舅舅,我们看你麦怕来啦,看,这是给你背的大锅盔。"说着就把大锅盔抱到身前给庙祝看。

上次来了以后,庙祝就记住了这几个孩子。这回一看孩子们又是把他叫舅舅,又是给他带锅盔的,大嘴一咧乐了:"哎呀,这娃们家的好啊,来来来,师父给你们一人拿个好东西。"说着从屋子里拿出几个护身符给蛋蛋、墩子和会儿每人戴在脖子上,"关帝老爷保佑娃们家平平安安,长命百岁。"

三个孩子戴上庙祝给的护身符,没有高高兴兴地离去,而是一齐拥进庙祝住的小屋子,开始围着庙祝不停地问这问那。

"师父舅舅,你说关帝老爷真的能显灵吗? 大人们说我们塬上经常闹鬼,每到半夜就出来到处抓小孩子,能不能让关帝老爷显灵到塬上给我们抓鬼啊?"蛋蛋先开始编故事。

不等庙祝回答,庙祝也不知道怎么回答的时候,会儿又开始问道:"师父,你说世上真的有鬼吗? 是不是人死后都变成了鬼啊? 鬼是不是就住在坟墓里,我家旁边的沟里就有死人的坟墓,我可害怕了!"

墩子插上来说:"我不害怕坟墓,我和黑娃老到坟墓堆里去耍呢,坟墓堆里野兔最多。"

"你是胆大不知羞。"会儿接着墩子的话说,"你上次和黑娃在人家坟上挖野兔窝,把人家的祖坟都挖塌了,让人家没骂美啊! 不是你们跑得快,腿不让人家给打断才怪哩!"

几个孩子把庙祝围在中间,你一句我一句,让庙祝插不上嘴也动不了身。他好像听见大殿的门响了一下,想出去看看,可孩子们紧紧拉着他不撒手,他只好耐下心来和孩子们啦呱:"哎哎哎,娃们家的,甭闹活了,听我给你们讲讲关帝老爷。"庙祝一想也好,正好给这些娃们讲讲关帝的厉害,让他们以后再到庙里来的时候乖乖的,不要再捣乱。果然,他坐下来一开始讲,几个孩子立马就变得不闹腾了,紧紧贴着他听他往下讲。

"关帝老爷那可厉害了……"庙祝刚开始讲了一句,突然就从大殿那边传来动静。

"哎哟——咣!"好像有人在外面摔倒了,还有一声金属撞在地上的声音,蛋蛋、墩子和会儿以及正准备开讲的庙祝都一愣。

"猪哼哼,快起来跑!"是黑娃的声音。

庙祝马上明白了外面有情况,他忽地站起来就要往外去看。会儿给墩子和蛋蛋使了个眼色,墩子和蛋蛋同时各抱住庙祝的一只腿,让庙祝一步也迈不开。会儿跑到门外大叫:

"朱恒哥哥,你们快跑!黑娃哥,你们快跑!"

庙祝急了,使劲从两个孩子的缠阻中挣脱出来,跑出门外一看。不看还好,这一看直让他又惊又气又恨,原来这帮碎仔在给他设套哩!只见黑娃和朱恒两个人抬着闯王刀正往庙门口跑去,黑娃劲大力蛮跑在前面,而朱恒刚才摔了一跤这会儿落在后面好像快跑不动了。

"呔——"庙祝一声大喝,跨步追上前去,很快就赶到他们跟前,扬手就从黑娃肩上夺回闯王刀。

"碎狗日的东西,还想日弄我哩,看我不剥了你们的皮!"庙祝边骂着边抡起刀把照黑娃头上劈去。

黑娃灵活得跟个猴子一样,一个闪躲就蹿远了,朱恒却刚好跑到庙祝跟前,被气咻咻的庙祝逮个正着。

庙祝一只手提着刀,一只手攥着朱恒细细的胳膊把朱恒拉到大殿里。他先把闯王刀包起来在原地方藏好,然后站在旁边盯着朱恒直喘粗气。他没想到这帮碎仔太胆大了,一边给他送锅盔,一边竟敢来偷刀,看来真是要好好治治这帮碎仔!他打定主意,就开始审讯朱恒。

庙祝问朱恒是谁家娃,在哪个村子住,叫个啥名字,为啥来偷闯王刀?但任他凶神恶煞般地盘问,朱恒只是一句话都没有。实话不能说,就是给黑娃和会儿他们编过的那些话也不能说,实际上朱恒就根本不知道他怎么和庙祝这样的人对话。他原来的生活和庙祝这样的人离得十万八千里,出逃到太平塬上以后，他也只是和黑娃、会儿他们有一些孩子们之间的玩耍交往，几乎没有和其他外人有过更多的相处，何况他心里背负着天大的秘密和太多的重担，这些更是不可轻易为外人知道。虽然不说话，但朱恒面对凶狠的庙祝也不觉得害怕，在偷刀出门的那一瞬间他是非常紧张，紧张到一出门就摔倒在地，但这一会儿被庙祝抓住了他反而坦然镇定了。你问吧，我没啥说的，看你能把我怎么样？他一副无所谓的样子倒把庙祝气得没了办法。

会儿、墩子和蛋蛋跑出庙门找到黑娃，黑娃一看朱恒没出来，知道是被庙祝抓住了，几个人一下给傻眼了。回关帝庙去找吧，不敢去；回太平塬吧，少了一个人。这时天气开始变得凉爽，原来，太阳已经开始西沉了。

会儿忍不住哭了起来，边哭边念叨："朱恒哥哥怎么办啊？朱恒哥哥怎么办啊？"

他们几个人一时不知怎么办，就只好在回太平塬的半路上停下来等朱恒，希望他能很快被庙祝放回来。

在关帝庙里，庙祝本想着把朱恒教训一顿就放了了事，毕竟是孩子家的，也没有把闯王刀偷走。但朱恒老是一副倔强和傲慢的态度，不但不吭一声，而且丝毫没有害怕的样子，表现出一点儿不把庙祝放在眼里的架势，这让庙祝是又羞又恼，简直无法容忍。看看天快黑了，在左吼右吼了半天之后，气急败坏的庙祝最后狠狠地给朱恒撂下一句话："你娃子能！我叫你娃子能！看是你能过我，还是我能过你！今晚你就在这大殿给我待着，不治治你娃子的毛病看来是不行！"说完气哼哼地走出大殿，从外面把大殿门拉上插上了门闩，走远了。屋子里一下子变得安静和昏暗，只有供桌上的两支蜡烛发出暗黄的光亮。

朱恒一看庙祝这是要把自己关在这大殿里，这才慌了神。他跑过去拉门，门从外面闩住了拉不开。他再回头一看，在昏暗的烛光里，影影绰绰的关公、关平和周仓的神像这时变成了青面獠牙、面目狰狞的鬼怪，随时准备着向他扑来。朱恒打了个寒噤，心里这才感到了害怕。

"黑娃哥，咱们回去找朱恒哥哥吧，这么久了咋还不见回来呢？"黑娃他们还在半塬上等着，天都黑下来了，还是看不到朱恒的影子。会儿忍不住了，想让黑娃去找朱恒。

黑娃还没有说话,蛋蛋和墩子却不想去。他俩说:

"都快饿死了,咱们先回吧,皇上一会儿就自己回来了。"

"就是,没事的。回晚了我大会揍我的,咱们先回去吧。"

"回,回,回,你们光顾自己回!朱恒哥哥又不熟悉咱塬上的路,他一个人咋回来嘛!"会儿一听他俩不愿意去,都快急哭了,快嘴利舌地顶了他俩一句。

一听会儿顶他们,墩子也故意跟会儿找事:"哎——会儿,你咋对人家皇上那么心近的?是不是看上皇上了?"他明知道黑娃喜欢会儿,却偏在这节骨眼上哪壶不开提那壶。

"呸——狗嘴吐不出象牙。"会儿冲着墩子吐了一口,"你们不去算了,还是结拜兄弟呢?我自己去找朱恒哥哥,才不要你们呢!"说完自顾自就往塬下走去。

黑娃心里真的喜欢会儿,他也知道李嫂和羊娃两口子早就有意让他倒插门到会儿家,反正会儿家没有男娃就会儿一个女娃,有了他会儿一家以后就有了顶门杠子。所以,在太平塬上谁的话他都不听,但就是听李嫂和羊娃两口子的话。他在太平塬上惹的事也不少,却轻易没人敢说,说也说不下,说了他还更要给你寻事。但李嫂和羊娃两口子敢收拾和教训他,而且收拾完了教训完了黑娃也听,因为黑娃知道李嫂和羊娃两口子是把他当儿子看待,是真心为他好。在朱恒没有来太平塬以前,会儿也喜欢整天跟着黑娃到处玩,上树掏鸟窝,下沟摘野果,疯疯张张,乐乐呵呵的。朱恒来了以后,黑娃明显感到会儿一心都在朱恒身上,对他没有以前那么亲近了,这让黑娃心里时不时地泛出一阵醋意。醋意归醋意,如果这么大的孩子可以算男人的话,黑娃算是太平塬上一个豁达的男人。在没有弄清朱恒身份之前,在黑娃心里朱恒就是个和尚娃,会儿和他就根本不是一个道上的人。所以虽然能从会儿看朱恒的眼神中看出一些东西,但黑娃根本不想去和朱恒较这个真,只是从心里更加爱护和关心会儿,他相信会儿是属于他黑娃,属于太平塬的。后来,弄清了朱恒的身份之后,黑娃心里更坦然了,因为他理解了会儿对朱恒的那种感情,那种感情他也有,蛋蛋、墩子也有,那是一种浓浓的友情和塬上亲情。

黑娃知道墩子和蛋蛋在故意捣乱，所以也不生气。对他俩说："你们要回就先回吧，我到关帝庙去看看，不能把皇上一个人丢下。"说完就迎着黑夜下塬追赶会儿去了。黑娃心里既有对会儿的关爱，也有对朱恒的义气。

夜晚的西潼古道上已没有了白天的人来人往，静寂中显得一片空旷。

黑娃追上会儿后，两人继续往前走，但一路上都没有碰到朱恒，他们只好寻到关帝庙。到关帝庙的门口，他们往院子里巡视，没有看到朱恒也没有看到其他人，就悄悄地溜进院子。来到大殿跟前，看到大门紧闭，铁门闩从外面插着。他们以为没有人，正想往别处去找的时候，听到朱恒在里面叫他们。他们赶紧从外面拨开插着的门闩，把朱恒从里面救出来。

"啊——朱恒哥哥，可找到你了！你没事吧？"会儿一把拉住朱恒的手关切地问，找到了朱恒她高兴得都快哭了。

"皇上，他们怎么把你关起来了？打你了没有？"黑娃看到庙祝竟然把朱恒给关到大殿里，心里感到愤愤不平。

"那庙祝说要关我一个晚上。多亏你们来救我，我都有些害怕了！"朱恒也放下了紧张的心。庙祝训斥他的时候他不害怕，可庙祝把他一个人留在大殿里的时候他有些害怕了。

"黑娃哥，咱们快带朱恒哥哥走吧！"会儿提醒黑娃。

"好，咱们走！"黑娃说。三人一溜儿出了关帝庙。

正走着，朱恒停了下来。只见他回头望着关帝庙说："不行，我得把那把闯王刀弄出来！"

会儿一听忙说："算了，朱恒哥哥，咱们不要了，小心又让那庙祝抓住了！"

黑娃也想到了闯王刀。他本来对闯王刀没有多大仇恨，只是为了帮助朱恒才赞成偷刀的，但刚才看到庙祝竟然把朱恒关了起来，这让他觉得庙祝做得太过分了，有一副侠肝义胆的黑娃决定报复一下庙祝。

"皇上，走，我和你去把闯王刀弄出来！"野性一上来，黑娃有的是胆量。他俩让会儿待在原地等，又反身进了关帝庙。

他们先来到庙祝住的小屋子，听到庙祝好像正在里面唠唠叨叨地念经。黑娃如法炮制，像庙祝关朱恒一样，从外面轻轻地把庙祝的门闩也给插上，然后他们进到大殿里。

在昏黄的烛光照明下,黑娃和朱恒来到庙祝藏刀的地方。打开关公像下面的暗洞,朱恒一摸,没有闯王刀。他奇怪地又伸手进去摸了摸,还是没有。他对黑娃说:"奇怪,我明明看见庙祝把闯王刀放进去的嘛,怎么没有呢?"黑娃伸手进去摸,也是没有。

他们又在周围找,也没有发现个蛛丝马迹。他们俩一下蒙住了,不知道闯王刀到哪里去了。

黑娃抬头看了看高大的关公像,他心想,会不会藏到上面什么地方呢?想着他就爬上供桌,又从供桌上爬到关公像的腿上,在上面到处瞅了瞅,什么也没有,他只好又刺溜刺溜地从关公像的腿上爬下来。从供桌上往下跳的时候,一晃动,供桌上的蜡烛给晃倒了,正好倒在旁边的布幔上,不一会儿布幔就给引燃了。

黑娃和朱恒开始都没有注意到这个情况,等他们发现的时候火焰已经顺着布幔往上烧去,因为布幔是从房顶上悬挂下来的。黑娃和朱恒急忙扑到供桌跟前想把火焰弄灭,但长年悬挂在大殿里的布幔非常干燥易燃,遇到明火一碰就着,而且火焰是顺着布幔往上烧的,黑娃和朱恒紧赶慢扑火势就已经烧到半空中了,还把相邻的布幔引燃了。他俩一看这火势已经控制不住了,当时就吓呆在原地,知道这一下把事情给弄大了,把乱子给捅下了。直到听见火焰烧到屋顶上面响起"噼里啪啦"的声音的时候,黑娃才赶紧把朱恒一拉,蹿出大殿跑了出去。

跑出去的时候他们听到庙祝在他的屋子里大声喊叫,边喊叫边在里面狂拉被黑娃从外面闩起来的房门。庙祝在他的小屋子里已经感受到了火势。

黑娃和朱恒跑到会儿等他们的地方,拉起正在惊慌失措的会儿就往太平塬上跑去。

他们身后,关帝庙的火焰映红了关中东府的天空。

庙祝最后被人救出,但烧伤严重,一病不起。关帝庙在火灾中被烧成残垣断壁,从此后也断了香火。若干年后,关中道下了一场绵绵连阴雨,关帝庙的残垣断壁在阴雨中轰然倒塌。

闯王刀也从此消失,不知所踪。

第二十六章　悬棺墓里的真相

果然,没过几天的一个傍晚,有两个人影鬼鬼祟祟来到老四家里。

老四家在龙首堡村的西南角最边上。老城墙毁坏以后,西南角也开了一条出入村子的道路,所以老四家的人出来进去的一般不会引起村子里人的注意。只见老四把来人迎进院子,反身关上了大门。

天渐渐黑了,来老四家的人还没有离开,从老四家的窗户上透出隐隐约约的灯光。忽然,一个小巧的身影从老四家的院墙上翻了进去,轻手轻脚地来到亮着灯光的窗子下面,侧耳细听起来。听了一会儿,他又轻手轻脚地从院墙上翻了出来。

塬上农村的人干完了一天的活,晚上回来一般都还要再弄些吃的喝的把肚子填饱。农活靠的是力气,全靠饭食来增补腰身,添力加气,不像现在的城里人动不动晚饭不敢吃,吃了就撑得消化不了。这对 20 世纪七八十年代的农村人来说,简直就是笑话,能吃才能干,能吃多少饭就能干多少活,你饭都吃不了还能弄成个啥些! 吃过喝过,男人们抽锅烟,再把明天要用的农具找出来摆顺放好,女人们把猪一喂羊一饮,然后全家就吆鸡关门睡觉。孩子们疯了一天是早都睡了的,不像现在的娃光电视先看个不停,晚上不睡,早上不起,在那个时候是没有的。

估摸着村子里的人差不多都睡了的时候,老四家的门"吱呀"一声悄悄地打开了。先是两个人影闪出门来,离村而去。隔了一会儿,老四也从门里闪了出来。只见他一身精干打扮,身上还背了一个包,在黑沉沉夜幕的掩护下沿着村口的道路向蕴空山而去。

等老四的身影快隐没在黑暗中看不见的时候,有另外三个人影也从村口闪了出来,悄悄地跟在了老四身后。只听见一个声音有些颤颤地说:"小军,我有点儿害怕!"是宝良压低了的声音。

那两个鬼鬼祟祟的人一来到老四家里,就引起了小军的注意。他们在老四家里密谋商量的时候,小军悄悄地翻进老四家的院子,探听到了他们的谈话。那两个人不是别人,一个是高唐镇上古玩店的老板,另一个正是在京书爷家里抢东西的家伙。小军听到他们三个人说打开地宫的秘密已经找到,决定由老四今晚就上蕴空山进墓寻宝,另两个人回去做好明天转移财宝的准备。

听到这个情况,报告刘公安是来不及了,小军立马把平平和宝良从家里叫出来,决定跟随老四夜上蕴空山。刚一出村口,面对黑漆漆的夜晚,再想起那蕴空山上的悬棺坟墓,宝良有点儿胆怯了。

小军倒是主意坚定,毫无惧色。他盯了一眼缩头缩脑的宝良说:"你害怕就甭去了,我和平平去。"

"甭害怕,京书爷都说了,山上的鬼是憨憨娃装的,没有真鬼的。再说是他老四干坏事,咱还能害怕他? 走,没事!"平平给宝良打气,其实他心里也有点儿虚。黑夜,墓地,还有坏人,跟电影上一样,不会出啥事吧?

平平给宝良说话的时候,小军已经往前面赶去,他怕老四走远了看不见。平平说完也跟了上去,宝良不知道是要跟上走还是要回家去,犹犹豫豫跟在他俩后面几步远的地方。

小军回头看见了骂他一句:"要去就跟上来,落在后面像鬼一样,黑绰绰吓死个人了!"

宝良赶紧跟上来,三人一起撵着老四而去。

南塬上是成片成片的苞谷地,这个时候苞谷已经长得很高了,齐刷刷像一排排的士兵,在夜色中默然静立。虽然是夜晚,但一路上的弯弯道道,哪一片庄稼地,哪一棵柿子树,哪一个村庄,三个孩子清楚得不能再清楚了。这里就像是他们的乐园一样,他们除了上学,整天都和伙伴们在这塬上疯,塬上耍。干了坏事会让大人追得满塬上胡躲,偷了别人家的瓜果,捅了树上的马蜂窝,欺负了邻村的碎碎仔,惹怒了路边的看门狗,等等。其结果都会看到他们在这满塬上的庄稼地里狂奔,或者一瞬间躲进哪个沟沟岔岔里销声匿迹,才算万事大吉。

因为对这一路上的地形道路非常熟悉,小军三个在后面跟踪起老四来非常轻松。过了南塬的苞谷地,又过了白杨树村,老四果然是向蕴空山方向去了。蕴空山下的李村已经是灯火漆黑,鸡犬俱静。害怕引起李村的狗叫,老四狡猾地绕过李村村子,从旁边的小路往山上爬去。后面,小军三人也机警地跟了上去。

黑暗中的秦岭山巍峨高耸,沉默不语,就像是单等着他们到来一样。

正行进间,宝良悄悄拉了一把小军:"等、等,我紧、紧、紧张很,都快尿裤子了,咋、咋办?"宝良显然被这种紧张的气氛压抑得快承受不住了,越接近山顶的悬棺墓他越感到恐惧。

其实,小军和平平也一样,心里面也是又兴奋又紧张,又害怕又刺激,这是他们长这么大以来最胆大最冒险的一次行动。他们以前哪里半夜出来过,何况要去的地方还是远离龙首堡谜一样的蕴空山和悬棺墓,前面还有老四那人面鬼心的家伙,黑咕隆咚的蕴空山上迎接他们的不知道将会是什么。

小军看见宝良都吓成那样了,又紧张又兴奋的他忍不住笑出了声:"害怕个屎! 老四那瞎尿都不害怕,咱更不害怕! 他还是一个人,咱有三个人哩,上!"小军坚定的态度给了平平和宝良很大的信心,他们三个人猫着腰顺着山路又追了上去。

在漆黑的夜幕下,小军、平平和宝良盯着前面老四影影绰绰的身影时走时停,时躲时藏,就像黑夜里大山的精灵。夏天的夜晚山风凉爽,这使孩子们爬起山来不觉得热也不觉得累,不知不觉地走过了"遇仙桥",也经过了"歇虎石",眼看着就快到蕴空寺和倒塌的古塔跟前。

突然,前面的老四不走了,停在了原地好像是发现了什么,小军、平平和宝良也赶紧躲进路旁的草丛里。正疑惑间,只见老四一转身朝山下奔来,也不顾山路崎岖充满危险,连跌带撞地逃命一样,边跑还边喊:"有鬼啊——有鬼啊——"声音压抑而恐怖。对这突然变化的一幕,小军、平平和宝良一点儿准备都没有,平平和宝良几乎一跃身也要往山下跑,小军一把把两人拉住按在草丛里没动。老四恐怖地号叫着从他们身边冲下山去:"有鬼啊——有鬼啊——看到鬼了——"凄厉的喊声在寂静的山谷中回荡。

等老四跑下去了,小军、平平和宝良三人也惊恐地想下山而逃,但这时才发现他们浑身颤抖,双腿发软,根本就迈不动一步。三人心想,这下完了,京书爷不是说山上没有鬼吗,那是啥东西把老四吓成那个样子,难道这回是遇到真鬼了?如果这回有真鬼,那老四已经跑了,剩下他们只好让鬼捉了,这鬼还不知道会把他们怎么样呢!

"呜呜呜——妈呀!"

"妈呀——呜呜呜!"宝良和平平趴在草丛里同时被吓得哭出了声。

小军也是一种绝望的感觉。看到把老四吓成了那样,他也觉得这回是真有鬼了,看来这次是胆大过了头。在这夜半的深山老岭之上,龙首堡村离得那么远,跑是跑不回去了,也不会有人来救我们,那还不完蛋了啊!小军一边心里这样想着,一边往蕴空寺和倒塌的古塔方向惊恐地看着,等待鬼魂的出现。

一瞬间的工夫,老四已不见了踪影,也听不见他喊鬼的声音了,怕是给吓得跑远了。山上又恢复了寂静,偶尔有一两声虫子、夜鸟或者山风引起的响动,使山上的这种寂静瘆人和暗藏杀机。平平和宝良哭着哭着就自己停了下来,因为他们发现正是他们的哭声使他们自己越来越害怕,那么怪异、那么变调的声音原来是他们自己发出来的。

没有什么东西出现,蕴空寺那隐隐约约的山门和倒塌的古塔遗迹静静地等待在那里,好像随时都可能有鬼魅的身影飘出来。三人还趴在路边的草丛里,小军几乎是目不转睛地盯着蕴空寺的山门和古塔那儿,但他脑子里慢慢地冷静了下来。也不知过了多长时间,他们三人才试着动了动身子,一看腿脚能动了就迅速靠到一起。

"鬼在哪里啊?我们是不是鬼啊?"宝良还沉浸在对鬼的害怕里,都分不清自己是人是鬼了。

"有没有鬼啊,吓死我了!"平平紧紧抓着小军的胳膊,手还在颤抖,"我们也下山吧,老四都不见了。"

"快回吧！快回吧！一会儿鬼真来了咋办？"宝良看着周围高高低低的树影,仿佛它们随时都可能变成鬼来抓他。

小军说:"你俩甭喊叫了,鬼在哪里嘛!"刚才老四的举动确实给他来了个猝不及防,慌乱之中他也几乎跟着一块儿往山下跑,但他一瞬间反应过来,即使跑也不能和老四一块儿跑,所以本能地把平平和宝良给拉住了。等稍微镇静了一会儿之后,他觉得老四的"鬼来了"有点儿蹊跷,这山高夜深的,他来干坏事,还那么样炸响雷响锅的,好像真的有鬼。可真有鬼的话,这么长时间了,鬼在哪里呢?! 鬼并没有出现,只有风在吹,树在摇!

小军似乎明白了,他对平平和宝良说:"你俩甭害怕了,你们看哪里有鬼嘛,狗日的老四是想吓唬咱呢!"

"什么?"他们两个还不明白小军的意思。

小军给他俩分析说:"老四可能发现了我们在后面跟他。你们想啊,他发现了后面有人,他还能再去盗宝吗? 肯定不会去了啊! 可是他想下山也下不了,我们堵着他的后路呢。他上不成下不成,怎么办? 他就故意给我们表演了一出撞鬼,既能把我们吓跑,又能趁机逃下山,你们说是不是?"

"哦——这瞎尻这么鬼精的!"宝良松了一口气,明白了并没有真鬼,全身也一下子放松了。

平平也说:"狗日的老四,吓死个人!"

"老四已经蹿下山去了,咱们也赶紧回吧!"宝良说。

小军想了想说:"只有回去了,我们没有'日''月'钥匙,上去也打不开虎尾石。"小军说完,三个人回头再望了一眼夜幕下的蕴空寺和倒塌的古塔遗迹,准备下山。

突然,扑棱棱从蕴空寺和古塔方向传来一阵夜鸟飞动的声音,还伴随着一两声急鸣,像是鸟儿受到了什么惊吓。紧接着,又听到一声石块的摩擦声,沉闷而遥远,脚底下的大山也似乎为之一颤。

刚准备下山的平平、小军和宝良一惊,停下了脚步。

"不对,上面有情况。"小军警觉地说。一瞬间,平平和宝良刚放松的神经又紧张起来。

"是什么声音,好像是从地底下传来的,太奇怪了!"平平说。

"不会又是闹鬼吧，我真害怕了！"宝良在黑暗中惊恐地睁着双眼，边说边往小军和平平身边靠。

此时的蕴空山上，夜半天黑，万籁俱寂。黑，黑得高高低低的树木若人若影；静，静得远远近近的声音似有似无。不远处，隐隐约约的蕴空寺和古塔遗迹仿佛在说，来呀，我就是未知，我就是秘密，我就是冒险，就看你们敢不敢来！

三个人中，宝良害怕得要下山回家，平平有些犹豫，只有胆大和勇敢的小军受到了夜幕下蕴空寺和古塔的诱惑，那个诱惑对他说，上山，上山。

"我们不下山了，上蕴空寺和古塔去。"小军对平平和宝良说。

"啊——"平平和宝良听了一震，脊背上一阵阵发冷。心想，不会吧，这会儿谁敢上山去！

小军说："我感觉有人在上面，咱们上去看看。"

宝良赶紧接着说："哪有什么人，老四都下山跑了，现在山上就只有我们。在上面弄出声音的可能是鬼，也可能是野兽，我们上去，要是把我们吃掉了可咋办？"说着，宝良都快哭出来了。

小军说："不行，老四下山了，但为什么山上会有动静？这太奇怪了，我得上去看个究竟！"说着就扔下发愣的平平和快要崩溃的宝良独自向禅院大门和古塔而去。

平平迟疑了一下，他心里实在不想上山，但回头看了看山下，觉得这个时候下山也同样令人害怕，那样还不如三个人在一块儿。想到这儿他拉了宝良一把也跟了上去。宝良更不敢一个人回家，只好硬着头皮紧跟两步，随在平平身后。

三个人先来到古塔遗迹周围，没有发现什么动静，就又悄悄进到蕴空寺里。进到寺院里，他们屏声静气，仔细观察，静寂和黑暗中，什么活动的东西都没有。偶尔，树上的夜鸟一两声啾啾，吓得三个人紧紧依偎在一起。

突然，从悬棺墓的方向传来一声轻微的响动，像是什么东西掉在了地上。全身高度紧张的小军、平平和宝良三个人对视了一眼，慢慢向悬棺墓方向移过去。

来到悬棺墓跟前，黑暗中，悬棺墓张着它恐怖的大口，三个人一时不知是进去还是不进去。多亏来的时候平平从家里带了一个手电筒，他们用手电往墓洞里照了照，没看到有啥异常情况。但既然来到跟前，三个人最后还是决定进到里面看一看究竟。

由于上次已经进来过一次，他们对墓室已经熟悉。进到墓室后，先用手电筒四周乱照了一通，之后他们来到普乾法师的坐像前面。

突然，三人惊呆了，同时叫出了声："啊——墓中墓被打开了！"

只见原来正面朝前的普乾法师坐像整体转了一个方向，正面朝向了后面的墓墙，而后面的墓墙上敞开了一个约一米见方的石门，用手电一照，能看到里面有一个悬空的木棺。

小军、平平和宝良面面相觑，大气都不敢喘，呆呆站在原地，谁也不敢上前一步。

镇静了一会儿，小军要过平平手里的手电筒，往"虎尾石"的地方一照，看见"虎尾石"上的小洞里插着合在一起的"日""月"两个物件，像镶嵌进石洞里的铆钉，尺寸大小正好合适。

三个人明白了，看来还是盗墓贼抢先一步，用"日""月"两把钥匙打开了墓中墓。

这下完了，墓中墓到底没有逃脱盗墓贼的黑手，悬棺被找出来了，京书爷说的李自成的那些财宝肯定也被盗墓贼弄走了。真是来迟一步啊！平平、小军和宝良这么想着，赶紧凑到打开的石门跟前往里面察看。

墓中墓里面并不大，主要就是一口木质悬棺。由于年代久远，悬棺很多地方已经裂开，仿佛一碰就会散成一堆灰渣。和快要朽烂的悬棺形成鲜明对比的是两条乌黑粗壮的铁链，虽然同样也年代久远，但铁链看上去依然结实牢固，透着一股阴森森的力量。阴森粗壮的铁链连接在墓室顶部的两个固定点上，将悬棺从底部托起悬吊在离地面约有二十厘米的半空中，四周果然不着一处泥土。

从外往里，先是悬棺的小头，悬棺的大头抵着洞里。小军用手电筒一照，发现悬棺的棺盖已经打开，打开的棺盖斜着放在悬棺上面，露出了里面一堆白生生的骨骸。看到死人的骨骸，三个孩子的头发都耷起来了，生怕那骨骸突然从木棺里站起来。

　　骨骸很完整，从骨骸的长度判断，普乾法师生前应该是一个个子比较高的人。对平平、小军和宝良来说，此刻他们不关心这个，他们关心的是悬棺里到底隐藏着什么秘密，有没有金袈裟或者李自成的宝藏，有的话那些东西还在不在。答案是没有，快要朽烂的悬棺里除了那具完整的骨骸，什么也没有，既没有金袈裟，也没有金银财宝，连一点儿提示性的东西也没有。那静静的死人骨骸仿佛是一堆已经被人遗忘的历史，空洞无言。

第二十七章　南塬上举起抗清旗

时光荏苒,春去秋来,四皇子朱慈烺在太平塬上逐渐长大,太平塬给了他以庇护,也给了他生命的信心和力量。

清廷在进占了中原以及长江流域的大部分领土以后,在汉人中间强行推行改变发式、更换服装的"剃发易服"政策,激起了全国人民的强烈反抗。汉族人自古以来就非常重视衣冠服饰,"身体发肤,受之父母,不敢毁伤,孝之始也"。汉族人成年之后就不可剃发,男女都把头发绾成发髻盘在头顶。满族人的发型与汉人迥异,他们把前颅头发剃光,后脑头发编成一条长辫垂下。汉人的服装叫汉服,汉服以交领、右衽、无扣等为主要特点,而满族人服装的主要特点则是立领、对襟、盘扣等。

由于满族人长期生活和居住在关外东北的偏僻和荒远之地,当一下子面对中原强大的汉族文化时,他们表现出来的是心怯和自卑。为了改变这种状态,显示他们的强大,满族人在全国强行实施"剃发易服"政策。"剃发易服",就是要通过这些外在的形式,打击、摧垮广大汉族人民固有的文化传统和民族精神,强化满人的思想文化观念,达到维护他们统治地位的目的。所以,在推行"剃发易服"的过程中,清廷的政策极尽严酷和强硬,号称"留发不留头,留头不留发",在全国范围内掀起了一股血雨腥风的镇压运动。事实上,"剃发易服"确实在一定程度上割裂了汉族文化的传统和传承。

当江南和北方各地到处都爆发反清抗清的斗争浪潮时,身处关中东府塬上的四皇子朱慈烺也打出了反清复明的大旗。他聚集明朝故旧,广招当地兵民,号召大家剪辫蓄发,改换汉装,恢复明礼。他还利用太平塬隐蔽偏僻的有利条件,修建了一个十里马场操马练兵,决心与清军一决高下。

四皇子在太平塬上反清复明的消息传出以后,太平塬上熟悉和不熟悉的百姓纷纷群起响应和支持,整个太平塬上几乎形成了全民皆兵的阵势,黑娃、墩子、蛋蛋和会儿等一拨塬上青年自然成了四皇子坚定的支持者和得力战将。那位和四皇子一直暗中交往的塬上义士从南塬外面招募了数百人的反清队伍,商洛山中的王人杰和王世耀父子也率部越过秦岭,和四皇子合兵一处,南塬上很快形成了一股强大的抗清力量。

公元1659年夏季,在来到东府南塬十四年之后,经过秘密准备和周密筹划,四皇子在南塬上领导的反清战争终于爆发。这一天,清明山下,十里马场旌旗招展,喊声震天,一面大大的"明"字旗下,站着手握宝剑、一身戎装、年轻英俊的朱慈烺。此时的朱慈烺已经理所当然地被大家推举为反清起义队伍的首领,真正当上了"皇上",但他不着皇帝衣装,不讲皇帝排场,执意要以一个战士的身份亲赴反清战场。在他身后,李士淳、三和、孙赞、徐一功、赵守仁、义士、王人杰、王世耀、黑娃、蛋蛋、墩子、会儿等一大批文官武将拥立两旁,人人表情肃穆庄重。大风起处,只见朱慈烺一声号令,整整齐齐排列在他面前的数千名反清将士齐声呐喊:

"还我河山,反清复明!"

"还我河山,反清复明!"

声震秦岭,势动原野!

四皇子率领反清起义队伍首先攻取了华州城,华州知府刘自妙率众不战而降,自动献城。反清起义的队伍没收了华州城里几个地主豪绅的财产和粮食,分给贫苦百姓,又逮捕了在华州城最先剃发和改换衣冠的降清分子,当众宣布他们的罪状并施以惩罚,还把陕西总督派到华州来的三个清廷官员当街处斩。这三个清廷官员平日里飞扬跋扈,欺压汉人,作恶多端,处死之后,华州百姓奔走相告,拍手称快。一时之间,四皇子的反清气势和决心在东府乃至陕西引起强烈震动。

四皇子在东府南塬上举兵造反的消息很快被陕西总督府获知,这时候的陕西总督是李栖凤。李栖凤看到四皇子在东府的起义势头凶猛,他立即征调"河西三杰"之一的张勇和他手下的大将王进宝组织军队上塬围剿。张勇是清初时期的明将,他接到任务后并没有把四皇子的军队放在眼里,所以他第一次只组织了两千余人的军队。这两千余人的队伍从西安开到华州后,沿赤水川道向南塬进发,不想刚走到圣山沟口,就被四皇子的起义队伍结结实实打了一个埋伏。张勇部队准备不足,不能招架,只好撤退。

第二次,张勇增加了兵力,从赤水川道和瓜坡、金辉塬两个方向向南塬进攻,企图形成两面夹击的态势。四皇子沉着应对,一方面派王人杰、王世耀二人带领一支起义队伍从赤水方向迎敌,一方面派孙赟、徐一功、赵守仁三人带领一支起义队伍从金辉塬方向迎敌。金辉塬方向,起义队伍依塬头筑起防御工事,居高临下,把张勇的清军阻止在长长的瓜坡下面不能前进。张勇仔细观察了一下周围的地理地形,发现面前塬高坡陡,除了瓜坡一条通往塬上的道路之外,两边再无通途。张勇指挥清军强攻,塬上的火枪、弓箭、石块儿、木头便一齐如雨泼般而下,清军只有躲避的份儿,丝毫没有还手之力。赤水方向,清军遇到了王世耀父子军的强力抵抗。这支军队训练时间长,作战能力强,再加上人数众多,士气旺盛,在赤水川道复杂地形的掩护下,清军也一时占不到便宜。

两次失败以后,张勇对四皇子和他的反清起义队伍再不敢小视。他仔细地对南塬的地理地形做了研究之后,又调集了大将郑泰部数千清兵,第三次对南塬发起进攻。这一次,张勇率领王进宝、郑泰及清军主力七千余人,分东、中、西三路,向太平塬步步逼进。

东路军由王进宝带领两千余人,从华州城一带出发,主攻瓜坡,目标直指金辉塬,意图拿下金辉塬以后,对太平塬形成居高临下之势。天刚亮,王进宝即率部展开进攻。防守瓜坡塬头的依旧是孙赟、徐一功、赵守仁三人带领的反清起义队伍,塬上塬下一时硝烟弥漫,喊杀声一片。西路军是由郑泰率领的两千余清兵,他们从渭南县城出发,经崇宁塬,直扑魏家塬口而来。如果拿下魏家塬口,过了涧峪河就是四皇子反清起义部队的重要根据地——高唐古镇。中路军则由张勇亲率清兵三千,继续由赤水川道向南摸进,意欲同郑泰军对高唐古镇形成合击。阻击郑泰部的是四皇子手下姓张的将军和那位塬上义士率领的反清起义队伍,迎击张勇主力的是王人杰、王世耀率领的反清起义部队的精锐。四皇子同三和、李士淳、黑娃、蛋蛋、墩子和会儿等则在太平塬上的太平寺里调度兵马,指挥御敌。

张勇部这次来势凶狠,下了决心是要完胜四皇子,以便在清朝政府那里邀取大功。在瓜坡和金辉塬战场,王进宝率部猛冲猛打,一波接一波进行强攻。孙赞、徐一功、赵守仁三人带领队伍英勇阻击,拼死抵抗,再加上坡高塬陡,有利防守,清军伤亡惨重,始终无法取得突破。但在魏家塬口战场,阻击的反清起义队伍则遭到重创,郑泰部配备有火枪和强弩,在火枪和强弩的强力进攻下,反清起义队伍的防御工事尽遭摧毁。危急关头,那位引导四皇子走上反清道路的塬上义士挺身而出,带领反清队伍反守为攻,冒死杀向郑泰的清军。冲杀过程中,一支强弩射中了义士的前胸,义士踉跄了一下,但随即推开前来救护他的人,继续往前冲去。清军没想到义士身中强弩还能往前冲杀,惊愕间,义士冲到跟前,一剑下去,那个射杀他的清军还没来得及迈开腿就一命呜呼。同时,那位义士也倒地牺牲。义士壮烈牺牲了,但义士的勇敢举动震慑了清军疯狂的进攻。乘着清军喘息的机会,张将军为了保存实力,连忙组织起义队伍后撤。

在赤水方向的战场上,张勇率领的主力更是凶猛。此前,张勇对南塬的地形道路进行了仔细研究,对每一处的关卡和要塞都做到了心中有数。战斗开始以后,张勇率领清军没有贸然进攻,而是稳扎稳打,稳步推进。遇到抵抗的时候,他们就利用身边的地形地貌就地展开防御,在防御中对反清起义队伍发动进攻。面对清军稳扎稳打的战术,迎战的王人杰、王世耀和他们率领的反清起义队伍一下子没有了好的办法。地形的优势没有了,偷袭的机会没有了,只能以硬碰硬,顽强抵抗。在这种硬拼硬的战斗中,张勇的清军占有明显的优势,他们人数多,装备精良,迫使反清起义队伍一步步后退。清军一步步进逼,生生地把战线推进到了高唐古镇。

高唐古镇是南塬上一个人口稠密的小镇,弯弯曲曲的街巷,高低错落的民房,还有大大小小数十个客店、商号等。居民和房屋阻挡了张勇清军的前进,给他们的进攻造成了新的障碍。这时,从魏家塬口退守回来的张将军和王人杰、王世耀两部合兵一处,他们利用镇子复杂的结构同张勇和郑泰的清军在这里进行了激烈的巷战。反清起义队伍派弓弩手占据了民房和各个商号、客店的屋顶,在高处对清军进行射杀。在道路拐角和隐蔽处进行埋伏,突然对清军进行袭击。反清起义战士还化装成百姓,给清军错误指路,乘机把清军队伍分散开,逐个消灭。战斗中,王世耀和张勇迎面相遇。两强相争分外眼红,只见王世耀一声大喊,拍马挥刀向张勇杀去。张勇的亲兵连忙上前迎战,刀起手落之际,王世耀已将一名张勇的亲兵斩杀马下,神勇之气丝毫不输当年的关云长。张勇一阵恐慌,赶忙下令火枪手开枪,一阵枪声,伴随着弓矢飞鸣,王世耀和他的马匹身中数枪倒地。高唐古镇的战斗持续了一天一夜,厮杀声、马鸣声、刀剑撞击声混合在一起,犹如涧峪河的怒涛,一波高过一波。激战中,年轻的王世耀牺牲后,反清起义战士也死伤众多。王人杰强压心中的悲痛,不得不同张将军指挥队伍往高唐古镇东边的牛背梁撤退。

牛背梁是高唐古镇和太平塬之间的一道南北向高坎,过了牛背梁,眼前就是太平塬,所以牛背梁是通向太平塬的最后一道防线。

撤退到牛背梁以后,王人杰、张将军也意识到已经没有退路,牛背梁是他们必须以死相守的最后阵地。他们一方面率领顽强的反清起义队伍依托牛背梁筑起死守的防线,一方面派人请求四皇子火速支援。这时候,东路王进宝的进攻丝毫没有放松,金辉塬方向的战事也依然激烈,四皇子接到支援的请求后,只能派出李士淳和另外一个将军带领留守的部分兵力赶赴牛背梁参战。看到增援的李士淳队伍到达,反清起义队伍的士气受到鼓舞,大家合兵一处,一时压制住了张勇清军的进攻,牛背梁的战斗暂时僵持了下来。

经过短暂的休整,清军又发起了更猛烈的进攻。他们用火枪、强弩轮番向防守的起义队伍发射,间歇中又派骑兵冲击起义队伍防守的阵地,牛背梁战事又开始告急。渐渐地,在清军凌厉的攻势下,反清起义队伍的阵地出现松动,清军一步步向牛背梁顶部挺进。王人杰、张将军和李士淳指挥队伍顽强抵抗。掩体工事被打坏了,就面对面和敌人厮杀;弓弩火药打没了,就棍棒大刀相拼;手里没有武器了,就搬起塬上的土块儿、石头往敌人窝里砸。反清起义的战士勇猛,但清军更疯狂,张勇看出了起义队伍到了弹尽粮绝的最后关头,决心孤注一掷拿下牛背梁。在清军强大的攻势面前,牛背梁防线眼看着就要被清军攻破。

在太平寺里,四皇子看到了战场形势的危急。但他毕竟是初次带兵打仗,没有指挥作战的经验,更重要的是此时的他手中已经无兵可派,所以当接到从金辉塬和牛背梁两个战场传来的不利战报后,四皇子在太平寺里焦急起来。危急时刻,黑娃、蛋蛋和墩子站了出来,他们向四皇子请战,愿意带领塬上的青年子弟支前杀敌。四皇子非常感动,但又担心他们缺少战斗经验,做出无谓的牺牲,意欲不准。

黑娃"扑通"一声单膝跪地、双手抱拳向四皇子大声请缨道:"皇子,我们塬上人不怕清军,更不怕死! 今天有幸与皇子共同抗清,正是我们报效国家、报效皇子的好时机,请皇子准许,不打败清军誓不回还!"说完气宇轩昂,视死如归,等待四皇子答应。

蛋蛋、墩子也和黑娃一样,纷纷向四皇子请战道:"我们是结义兄弟,关键时候就要靠我们上前杀敌,我们不上谁上? 有我们在,让他清军占不了便宜!"

"清军是我们汉人的共同敌人。今日不战,更待何时? 愿一拼到死!"说着,一个个青春年轻的脸由于激动涨得通红。

四皇子备受鼓舞,满含热泪扶起黑娃、蛋蛋和墩子三人,同意他们出兵迎敌。

旁边的会儿也按捺不住,要求随黑娃他们一起上战场,被黑娃和四皇子一齐劝住了。

黑娃、蛋蛋和墩子组织了一支六百余人的塬上青年敢死队,有兵器的拿兵器,没有兵器的就自己配备锄头、铁叉、棍棒等顺手的家伙,而黑娃则肩扛着大铡刀片。这六百人的队伍在黑娃几人的带领下,从太平塬顺塬往南,迂回到方寨、鱼池后,突然从高唐塬直插牛背梁西边,从背后向张勇的清军发起了冲锋。张勇的清军没有提防后面,经黑娃的敢死队突然一冲,后方瞬间大乱。乘这个机会,在正面阻击清军的张将军、李士淳和王人杰等顺势发动反击,一时间清军出现混乱后退,牛背梁又回到了反清起义队伍的手中。

黑娃带领六百塬上青年敢死队出发以后,四皇子朱慈烺也亲自披挂上阵,带领身边护卫和会儿等人来到太平塬头。站在太平塬头,牛背梁战场尽收眼底。四皇子朱慈烺既能随时看到战场情况变化,也能随机应变,指挥战斗。看到清军被黑娃和正面的反清起义队伍两面夹击出现混乱后退,牛背梁又回到反清起义队伍的手中,并且被起义队伍牢牢控制住时,四皇子朱慈烺一阵高兴,长长舒了一口气。

但清军毕竟是训练有素的正规军队,张勇又是一名能征善战的骁勇之将,一阵混乱之后,清军又很快恢复了阵形,开始前后分头应战。渐渐地,黑娃的敢死队在最初的勇猛过后出现不支,敌人疯狂地向他们反扑,很多塬上子弟手里那简陋的武器都打没了。手里没有了武器,就赤膊迎敌,徒手对武器,以死相拼。黑娃在双方交战的人群中最为显眼,他手里一把大铡刀片子,左砍右杀,虎虎生威,清军十几个人近不了身。黑娃的勇猛吸引了清军的注意,突然,清军阵营中一个火枪手举起手中的枪偷偷向黑娃瞄准。墩子看见了,赶过去已经来不及,只见他一声大喝,手一扬,手中的铁叉就照着那清兵而去。清兵没有提防,铁叉正中他的肩膀,正在发射的枪一偏,没有打中黑娃。墩子想赶过去拿回他的铁叉,不想那清兵忍着胳膊的疼痛回身向墩子开了一枪,墩子倒下去了。看墩子倒下去了,旁边的蛋蛋连忙冲过去准备救护墩子,那清兵又开了一枪,蛋蛋也倒下了,倒在墩子身旁。

虽然塬上子弟一个比一个勇猛,但能看出来战况却越来越对塬上子弟兵不利,双方激战中塬上子弟的伤亡越来越多。站在太平塬头观战的四皇子和会儿虽然为黑娃的勇猛振奋,但同时也为墩子、蛋蛋的牺牲和塬上子弟的伤亡心如刀绞。看到战况还在恶化,为了避免更大的牺牲,四皇子急忙传令黑娃带领塬上子弟撤出战斗。此时,双方的战斗已经进入了白热化,黑娃他们即使想撤也已经撤不出来了,四皇子和会儿只有眼睁睁地看着塬上的子弟们在清军的屠刀下一个个倒下。一个塬上的子弟倒下了,又一个塬上的子弟倒下了……

突然,南塬的天空下起瓢泼大雨,伴随大雨炸起震耳欲聋的响雷。雷声过处,南塬上由远而近传来阵阵喊杀声,犹如南塬地底下发出的轰鸣,震天动地。

四皇子和会儿等人注目一看,滂沱的大雨中,从南塬的四面八方冲出来一群一群的南塬百姓。人群中有男有女,有老有少,每个人手里都拿着农具当武器。有拿棍棒的,有拿铁锹的,有拿木权的,有拿铁耙的,还有扛着大扫把的。他们丝毫不顾大雨的阻拦,也不管脚底下坑坑洼洼有没有路,只管喊着叫着往前跑着,一直朝着牛背梁战场冲杀而来。

四皇子惊呆了,会儿惊呆了,正在杀敌迎敌的李士淳、黑娃和所有将军士兵也惊呆了。反清的起义队伍惊呆了,张勇的清军也惊呆了,双方瞬间都停止了战斗,呆呆地注视着这突然的变化,不知道转瞬之间,这南塬上究竟发生了什么。

等大家都反应过来时,南塬上的百姓黑压压一片已经把牛背梁围得严严实实,人们挥舞着手里的农具直向清军阵营里杀去——南塬上的父老乡亲起来了,南塬震怒了!

第二十八章　夺宝刀悬棺墓遇险

在悬棺墓里,看到被打开的悬棺里只有普乾法师的骨骸,平平、小军和宝良三个人失望地收回手电筒,前一刻的紧张兴奋一下子变成一种无以言说的沮丧。还好,这种感觉让他们暂时忘记了害怕,忘记了这里是夜半深山,忘记了自己还身处几百年的古墓中。

"肯定是老四他们把财宝偷走了,我们回去报告刘公安吧!"宝良小声嘟囔着,他想赶快离开悬棺墓下山。

"不是老四,老四已经跑下山了,应该是另外的人干的!"平平接着宝良的话说。

小军没有吭声,但他心里在琢磨,明明看见老四从他们眼前跑下山去了,可这是谁干的? 难道是老四的同伙,或者是其他什么人? 那这个人呢,这个人是怎么上来的,又是怎么跑掉的,跑到哪儿去了呢? 一系列的疑问让小军一时想不明白。

宝良又说:"不管是谁,悬棺墓已经让他们给盗了,我们赶快回吧。"说着就慢慢往墓室门口退去。

突然什么东西把宝良绊了一下,几乎把他绊倒,吓得他一声怪叫:"哎哟——这是什么?"

小军和平平连忙用手电往他身边照,只见在离墓中墓的洞口不远的地上,横放着一件用麻布之类的东西包裹着的长形物件,大约有一米左右。三个人一惊，又把手电往四周照了照，四周再没有发现其他东西。稍迟疑了一会儿，三人小心翼翼地蹲下身来，在手电筒的光亮下仔细察看这个神秘的物件。

"这是什么东西啊，是从悬棺里面跑出来的吗？"宝良惊奇地说。

小军开口说："这肯定是盗墓贼盗悬棺时遗留下来的，上次我们进来时咋没有发现？来，我们打开看看是啥。"说着，他们就开始打开那件东西外面的包裹。

平平和宝良看小军要打开那件东西，心里有点儿害怕，怕打开后出来个毒蛇或其他可怕的东西，忙制止小军不要打开。

小军却不害怕，让平平和宝良给他照着手电，他开始打开那件东西外面的包裹。包裹是一层层的麻布或者丝织类的东西，基本上都已经腐化变质，要么一碰就碎，要么粘到一起硬得像石块，用手抠都抠不开。小军一层一层往下弄，平平和宝良在一旁紧张地看。小军好不容易清理掉外面厚厚的包裹以后，没有毒蛇，也没有怪物，一把生锈发黑的龙头大刀赫然呈现在他们眼前。

这应该是一把长把大刀，现在看到的只是剩下的刀头部分。只见整个刀头全长约有一米，凹背凸曲，刀背有一刺，刀锋向刀背倾斜。更为惊奇的是，刀的颈部连接刀把的地方，是一个铜铸的张口吐舌的龙头。虽然经历了几百年的风雨沧桑和泥土浸淫，但仍然可以从斑驳的锈迹中，感受到它透出的腾腾杀气。

小军、平平和宝良三个人都吸了一口冷气，一下子被眼前的这把大刀吸引住了。虽然在黑暗的墓室和微弱的手电光亮下还看不真切，但他们已经感到这把大刀非同一般。

"哇——真是一把宝刀啊，你看那上面的龙头多威风！"平平说，"多亏盗墓贼没有偷走！"

"要是安上刀把，这把刀得有多长啊！"宝良说，"这肯定不是一般人用的刀。"

"不知道盗墓贼还从里面偷走了什么，真可惜！"小军惋惜地说，他心里还在惦记着李自成的那批财宝。小军说完，把刀翻了个面，用手轻轻地在上面摸。

"哎,这里好像有一个什么字,你们看!"小军手摸着刀颈连接龙头的地方,果然有一个字,还用一个圆圈圈着,平平和宝良凑上去也仔细地瞅。

"好像是一个'闯'字。"平平先认出来。

"叫我看一下。"宝良绕到平平那边,"就是,就是,就是个'闯'字。"

"'闯'字是什么意思? 这个刀是姓闯的人的吗? 它为什么会在这里?"认出了"闯"字,但到底是什么意思,小军、平平和宝良三人就一片茫然了。

夜上蕴空山,虽然没有现场抓住老四和他那帮盗墓贼,也不知道他们到底在悬棺墓里盗走了多少东西,但收获了大宝刀,这对三个孩子来说,也足以慰藉他们所受的一切害怕、恐惧和紧张。他们现在想的是赶快把宝刀拿回去给京书爷看,让京书爷讲讲这把宝刀的故事;还要赶紧告诉刘公安,让公社的人把老四他们抓起来拷问一下,看他们还在墓里面偷了什么东西,让他们把盗走的东西交出来。三个人一边这么想着,一边把宝刀收拾起来准备走出悬棺墓下山回家。

可是,这个时候,最恐怖的一幕出现了。

就在小军、平平和宝良拿起宝刀转身准备走出墓室的时候,身后悬棺洞里传来令人惊悚的怪笑声,声音不大但怪异阴厉,仿佛是那具骨骸活了过来。

"哦——呵呵呵呵,哈哈哈哈——"怪异的笑声中还夹杂着模糊不清的话语:"哼、想、拿、走、我、的、宝、贝,看、我、不、要、了、你、们、的、小、命!"声音在墓室里一圈一圈回荡。

三人齐回头看,这一看可不得了,只见一个全身雪白披头散发的厉鬼,眼睛和嘴里往外冒着火光,半截身子正从悬棺墓洞的石门里往外爬出来。

刚刚才忘记了恐惧和害怕,以为他们拿到了宝刀。沉浸在兴奋和喜悦中的三个孩子一瞬间被这突然出现的一幕骇住。——真是鬼,不是没有鬼吗,怎么鬼从墓室里面出来了呢? 看来这回是碰上真鬼了,是普乾法师的骨骸变成鬼从里面出来啦! 孩子们脚不知怎么迈,手不知怎么动,头脑里瞬间空白,几乎是同时一声惨叫:"妈呀——"昏厥倒地。

看孩子们倒下去了,那鬼从悬棺墓洞里爬出来,跳跃着到每个人身边又察看了一遍,嘴里还不停地怪叫着。直到确认三个孩子真的是已经昏死过去了,才现出原形——原来是老四!

鬼是老四扮的,这又是怎么回事呢?

原来,就在刚才上山快接近蕴空寺的时候,老四突然发觉他今晚的行动让人给跟踪了。他当时也不知道跟踪他的人是谁,隐隐约约好像是三个人,他一下慌了神。当他发现原来是同村的小军、平平和宝良三个孩子在跟踪他时,他乐了——碎仔,还想跟我玩,看我怎么收拾你们! 于是,他就来了个虚张声势,引鬼下山,想把几个孩子吓跑——碎仔们,回去找妈睡觉去吧! 老四在孩子们面前演了一出鬼来了的把戏之后,他自己绕到山坡的另一面又上山了。可没想到,三个孩子确实被吓到了,但是并没有跑掉,而是被他打开悬棺地宫时发出的动静所吸引,也上山来了。

老四先到山上一步,他把同伙从京书爷家抢来的"日""月"两个物件合在一起放在"虎尾石"上的小洞中,然后转动普乾法师塑像,塑像带动墓室里面的机关"轰隆隆"一阵响,墓室后面的墙上慢慢地打开了一道石门——传说中神秘的墓中墓终于被他找到了!

面对打开的墓中墓,老四欣喜若狂,他顾不上墓室由于长年封闭产生的那种难闻、腐朽的气味,爬进悬棺墓室。

墓室很小。用手电扫了一遍之后,老四既没有发现金袈裟,也没有发现任何金银财宝,他最后小心地打开悬棺。悬棺朽得很厉害,所以老四轻而易举就打开了悬棺的木盖。等他打开悬棺木盖,看见悬棺里面也只有一具普乾法师的骨骸。又仔细察看了一遍,确认没有想要得到的东西时,老四非常失望:费了那么大的劲好不容易找到悬棺,悬棺里面竟然没有金,也没有银——原来那些传说都是假的。

财迷心窍的老四哪能善罢甘休,不甘心地在悬棺墓室里四处寻找。突然,他在快要朽烂的悬棺的底板下面,摸到了一层夹板。夹板很简易,一看就是后来临时加上去的。抠掉夹板,从里面掉出一件被包裹起来的东西。墓室里面很憋闷,老四拿到那件东西后,来不及在里面打开看,心想先拿出去再说。

可就在他刚把那件东西放到墓中墓外面的地上,人还没有从墓中墓出去就听到小军、平平和宝良也来到了悬棺墓外面,而且还找火柴找手电筒的准备要进来。

老四一听蒙了，又是三个孩子，又把他给堵住了，而且这回是被堵在墓室里。小小的墓室里连一点儿回旋的余地都没有，看来这回想走是走不掉了。情急之下，老四赶紧回身，爬进悬棺下面的空隙处躲了起来，他想先躲藏好，等几个碎仔走了再出来。

孩子们进来后，小军拿手电筒往悬棺洞里照的时候差点儿照到老四，但由于孩子们太紧张还是没有发现他。眼看着老四已经隐藏成功，可这时孩子们却发现了撂在墓室地上的那把宝刀，还商量着要把刀带走。这一下，老四按捺不住了，虽然他还没有看到那把刀的具体样子，但孩子们的议论他却听了个明白——那把刀就是在华州历史上赫赫有名的"闯王刀"。

在文物古董方面混迹了这些年，老四对那把刀的历史非常了解：上面一个"闯"字，表明那就是当年李自成留在华州关帝庙里的那把"闯王刀"，它记载着当年李自成和华州城的一段辉煌历史。老四知道那把"闯王刀"已经失传数百年，他曾经在高唐、大明、赤水这一带苦苦寻找那把刀，但一直没有音讯线索，没想到它竟然在蕴空山的悬棺墓里。至于怎么来到这个悬棺墓里的，老四一时想不明白，看样子好像是后来在修这个墓中墓地宫时才被人放进来的。虽然来不及想这中间的缘由，但老四知道不能让三个碎仔把那把刀带走，那把刀太有分量了，应该是我老四的。

怎么办？扮一个活鬼，这墓室、棺材不是现成的道具吗？老四在墓室里悄悄换上随身包里带的白衣服和一头红颜色的假发，然后缓缓从悬棺下面爬出来，发出鬼怪的声音，再用随身携带的微型手电筒从下巴底下往上照自己的脸和头发，一个白衣红发的厉鬼样子就出来了。

可怜的三个孩子，哪能斗过人扮的鬼，他们压根想不到会从墓室里冒出一个活物，紧绷的神经一瞬间就被吓到爆断。

老四看到孩子们倒下了，拿起他们丢落在地上的宝刀，一转身就要溜出墓室。

突然，他感到自己的一条腿被什么东西给缠住了，使他动不了身。三个孩子已经倒在地上了，还会有谁来阻止他呢？如果有，那只有传说中保护悬棺墓的那个鬼了！这一想，吓得老四浑身一激灵。

等他用手电往脚底下一照，一下子明白了，原来是清醒过来的小军紧紧抱住他的腿不放,不让他带着"闯王刀"离开。

老四又急又怒,使劲地想从小军的怀里抽出自己的腿,小军却是使出了吃奶的劲就是不松手。老四一看不来狠的不行了,就放下一只手中拿着的闯王刀,把另一只手中的微型手电筒往嘴里一叼,腾出双手来三下两下把小军的双手倒背在后,控制住小军不让他动弹。老四平常看起来身单力薄,但发起狠来,孩子们还真不是他的对手。

小军这时着急地喊着平平和宝良,想把他俩叫醒过来帮忙。老四听见更急了,他嘴里叼着手电筒不能出声,便掏出随身包里的绳子把小军的双手在身后反绑起来,使小军不能反抗。

这时,平平和宝良在打闹声中渐渐苏醒。老四害怕那两个孩子醒了和小军联起手来,他不一定能对付得了,所以他一看见平平和宝良动弹,赶紧赶过去把两个还在迷糊中的孩子也绑了起来。小军的喊叫声在墓室里回荡,还有老四的手电筒发出的光到处晃动,像鬼火。

把三个孩子控制住以后,老四捡起刚才放在地上的闯王刀从墓室里往外退去。这时,平平和宝良完全清醒过来了,他们看见自己被绑起来了,再听到小军的喊叫,明白了眼前发生的一切。可是,已经晚了。老四退出墓室后,用他随身带来的工具把墓室的石门使劲从外面合上,平平、小军和宝良三个人一下子被关在黑漆漆的墓室里面。

平平和宝良发出绝望的叫声,身子却不能动弹。小军双手被绑在一起,但腿脚却可以活动。他连忙冲到石门跟前,想推开石门,但石门却纹丝不动,三个人心里一下子冰凉到极点。寻找了一整这悬棺墓,难道这悬棺墓倒成了自己的坟墓?黑漆漆的墓室里谁也看不见谁,唯一能互相感知的只有害怕和绝望。

慌乱之中,小军摸到平平和宝良身边,三个人背靠背摸索着互相解开绳子。平平摸到了掉在地上的手电筒,三人找到悬棺墓石门的方向,准备过去合力推开石门。突然,手电光照到之处,一条胳膊粗的乌梢蟒蛇不知何时出现在石门和孩子们中间,蛇的脑袋正扭过来对着他们,两只绿豆一样的眼睛在手电光的照耀下散发着绿幽幽的光。孩子们一惊,瞬间止住了乱叫的声音,抱在一起浑身忍不住战栗,谁也不敢往前再迈出一步,仿佛世界在这一刻凝固,仿佛世界在这一刻死亡。

这时,从墓室外面传来打闹追赶的声音,把平平、小军和宝良三个人从凝固和死亡的状态中拉了回来。三个人静下神来仔细一听,一个是憨憨娃的声音,一个是老四的声音。三个孩子浑身颤抖,想喊憨憨娃来救他们,可又怕惊动了眼前伺机发动进攻的蟒蛇。最后,三个人慢慢地挪动到普乾法师坐像的后面,把自己隐蔽起来后才对着墓室外面喊:

"憨憨娃,快来救我们!"

"快来救我们,憨憨娃!"

"别让老四跑了,老四就是盗墓贼!"

三个人不停地喊着,声音在墓室里面一圈一圈回荡。

不大工夫,似乎是憨憨娃把老四给制服住了。三个人又一阵大叫,让憨憨娃赶紧来救他们。

憨憨娃听到了孩子们的喊叫,来到墓室石门外面,第一次没有推开石门,他又反身拿来老四身上的工具,才把石门从外面撬开。那条横在悬棺墓里面石门口的乌梢蟒蛇,不知何时已经悄无声息不见了。平平、小军和宝良心有余悸,惊魂难定,三个人被憨憨娃从悬棺墓里解救出来的时候,恍惚间不知自己到底是活人,还是死人!

三个人相互搀扶着走出墓室,跟憨憨娃来到蕴空寺的大殿里,看到老四已经被憨憨娃用绳子绑在大殿的柱子上,正惊恐地看着他们。

"你这个瞎尻,打死你这个瞎尻!"

"你这个狗东西,想要害死我们啊!"

"叫你瞎尻跑,看你瞎尻还往哪里跑!"

孩子们想到刚才老四把他们关进墓室的情形,愤怒不打一处来,三个人在老四身上又是踢又是打。

"好了好了,饶了我吧,我不要那把刀了,是我错了,是我错了!"老四求饶道。憨憨娃也挡住几个孩子,不让他们再打,结结巴巴地说天亮把老四送到公安局。憨憨娃是听到山上闹鬼的动静才赶上山来的,多亏他及时赶到,才截住了老四的去路。

经过这一夜的人鬼大战,人最后胜利了,鬼露出了原形。

第二十九章　南塬自此有蕴空

激烈的战斗把南塬从沉睡中惊醒,南塬在大雨中哭泣,南塬在大雨中发出怒吼。

受到父老乡亲鼓舞,重新焕发斗志的反清将士们,带着浑身胆魄和满腔怒火重新投入战斗。黑娃和他的南塬敢死队从失败的边缘爬了起来,张将军、李士淳和王人杰以及所有的反清起义将士也重新振作了起来,仿佛一瞬间他们的身上被注入了新的能量和新的战斗力,人人表现出无比神勇,个个勇猛向前冲去。在他们身后,是纷纷赶到的越来越多的南塬百姓,那是他们的父老乡亲,也是他们的坚强后盾。

张勇和他的清军没有料到这一突然变故。当成千上万的南塬百姓冲到他们跟前时,他们被南塬百姓那种不要命的气势完全吓破了胆。虽然百姓们手上拿的都是一些农具,但清军一个个腿发软,手发抖,没有一点儿气力进行抵抗。张勇心里明白了,这仗打不成了,不能再打下去了,如果再打下去,从四面八方越聚越多的百姓,光用脚踏就能把他们这些清军踏死。想到这儿,张勇拨转马头,从侧面寻着一个空隙,一声撤退,带头遁去。在他身后,已经完全吓破胆、不分东南西北的清兵,一窝蜂地在雨水中各自寻路四散而逃,逃得慢的都成了反清队伍和塬上百姓的刀下鬼……

张勇败退,东路的王进宝也立马撤军。

战斗胜利了,天空也晴朗了。

经此一战，四皇子和塬上军民打出了威风，打出了气势，震动了东府和整个关中。

张勇失败后，重整清军，又硬着头皮进剿了几次。凭借着南塬地区沟壑纵横、易守难攻的有利地形和塬上军民同仇敌忾的斗志，四皇子连连胜利。经过这一阶段的抗清斗争，南塬上便流传开了形容四皇子和塬上军民打败清军的顺口溜：

> 陕西愣娃，
> 铡刀刃上安锨把。
> 铁叉耙子用处大，
> 打开了摸住啥就是啥，
> 看你清兵怕不怕……

顺口溜形象地描述了南塬上的军民抗击清军英勇战斗的场面，也生动地体现了东府南塬上的汉子们打仗时的血性和勇猛，至今读来也让人热血沸腾！

正当张勇进退两难的时候，黄河流域的甘肃地区出现反清叛乱，兰州城失守，西北震动。朝廷紧急把善于处理西北事务的张勇和郑泰调到甘肃平叛，只留下王进宝继续同塬上的四皇子作战。王进宝不熟悉南塬地理和民俗风情，清军数次对南塬发动进攻，但始终不能取得胜利，南塬上的战事便进入胶着状态。

四皇子在南塬领导的抗清斗争持续了八年，其间南塬军民不断取得胜利。

公元 1662 年，八岁的玄烨即皇帝位，清朝社会进入康熙年间。

这期间，一直在外流亡的南明永历皇帝先是从南京跑到云南，又从云南逃到缅甸。在清兵大军压境的逼迫下，缅王莽猛白将永历皇帝献于清将吴三桂，吴三桂命人用弓弦将永历皇帝及其子缢死于昆明城内箅子坡。永历皇帝是明神宗朱翊的孙子，是崇祯皇帝朱由检的堂弟，他的死标志着明朝统治的完全灭亡，也宣告了从朱元璋以来一段历史的终结。

永历皇帝死后，当初同李自成、张献忠一起反明的农民起义领袖李定国

"仰天大恸",自尽而绝。清兵入侵以后,李定国率部毅然由反明转而投入反抗清人压迫的斗争,而且屡建奇功。李定国从一名普通的农民军战士成长为抗清名将,身先士卒,爱护兵民,誓死抗清,戎马生涯三十六载。李定国因反明而起,却因爱明而死,他看似矛盾的一生,其实是那个特殊的历史时期阶级矛盾的反映。有着特定的历史意义。

原明末大顺农民起义军中,还一位坚持抗清到最后的将军,那就是李来亨。李来亨率部众坚守茅麓山,奋力抗清至康熙三年。是年,清军集结三十万人,分三路围剿。李来亨两次亲率将士出击,力图冲破清军封锁,但由于双方实力悬殊,李来亨又孤军作战,更无援军,未能取胜。当双方相持到九月时,农民军粮食用尽,清军重重围困。李来亨自知不能久存,但他镇静自若,大义凛然,在会集了众将、安排好农民军的撤离等事宜后,当月二十四日,举火焚烧了山寨并和妻子、亲随等人投火自焚,宁死不屈。李来亨部的三万余名将士,被俘者仅一百五十余人。

至此,明末清初轰轰烈烈的农民起义斗争由反明开始,到最后抗清,逐渐进入了尾声。

一日,北京城上空传来阵阵怪声,犹如战鼓擂鸣。随即,有陨石从天而降。有四颗落入北京城里,有七颗落到了北京城外。第二天清晨,有人捡起落在地上的陨石,陨石还炽热烫手,一时之间,北京城里人们传为神奇。

约一年后,北京城发生地震。"一阵地动"中,京师宫殿和全城都产生震颤,城内房屋倒塌不计其数,就连坚实的城墙也有百处左右倒塌。与此同时,狂风骤起,横扫全城,灰尘遮天蔽日,人们惊恐万状,争相逃到街上。康熙皇帝和太皇太后、皇后、嫔妃及宫中的太监、宫女,朝中的要臣显贵等都撤离屋外,在帐篷中住宿。此后三日,每天都有余震发生,百姓不得归家,人心、社会陷入惶惶不安。

两件怪事发生不久,十四岁的康熙皇帝开始亲政。

这一天,年轻的康熙皇帝接到了从太平塬上传来的战报。他认真审阅了奏章战报后抬起了头,给面前跪了一地的大臣微微一笑说,别打了,给他吧!

清政府的使者来到太平塬给朱慈烺传旨说,只要朱慈烺不再率众反抗清朝,太平塬就归他,还可以给他封一个清廷的官当。

朱慈烺虽然仗打赢了，但他心里也非常清楚，清朝正在强大，再坚持反清复明无异于以卵击石，而且还会有更多的牺牲。每每想起在前面战斗中牺牲的塬上义士、王世耀和反清将士，还有一起玩耍、一起成长，给了他纯真情谊的蛋蛋、墩子以及众多年轻的塬上子弟，四皇子的心里总是难以抑制地痛惜和伤悲。他有自责，有彷徨，有迷茫，也有痛苦。最后，面对残酷的现实，经过理智的思考，虽然朱慈烺心里有万般的不甘，还是痛苦地接受了清廷的议和。

康熙皇帝遂赐太平塬为"大明"，喻示这里为明朝的土地，允许四皇子永久居住，允许这里的居民着明装，行明礼，打明旗，自成一方。从此，太平塬改名为大明塬，太平寺也叫大明寺。后世有人称这是中国"一国两制"的最早雏形。

同清朝政府议和后，朱慈烺在他的大明塬上安安稳稳生活了八年。

公元 1675 年，农历三月十七日。这一天，朱慈烺离开大明寺，一路经过他已经非常熟悉的大明塬，来到了西南约六里处的凤凰山上，在云寂寺正式削发为僧，法号普乾和尚。这一天，距他和三和太监来到太平塬的那一天已经过去了整整三十年。

那一年，那位塬上义士带四皇子朱慈烺第一次来到凤凰山上时，云寂寺的独眼老尼曾对四皇子说，他与云寂寺有缘。三十年后，云寂寺山门为他而留。现在看来，独眼老尼对四皇子朱慈烺和他今天的一切都早有预料。三十年，是从四皇子朱慈烺来到东府南塬的时间算起，这期间的一切，尽在老尼无眼的法眼之中！是独眼老尼神奇，还是这凤凰山神奇，抑或是这广袤的南塬神奇，四皇子朱慈烺心里无法说得清楚。

云寂寺相传是东汉年间一个叫云禅的大师，驾云仙游其间，看中了凤凰山这一块儿风水宝地，遂在此建寺修院，设堂授经，并起名为云寂寺。凤凰山是秦岭最北面的一面山坡，居高临下，能俯瞰整个关中东府的平原，尤其是大明寺和大明塬，尽收眼底。来到凤凰山上，四皇子朱慈烺就是为了能天天看见和守望他的太平塬。

云寂寺里，四皇子朱慈烺不断回想着自己在东府南塬上三十年的历程，慢慢地，他放下了这一生的是非恩怨，得失情仇。他明白了，国仇家恨也罢，个人恩怨也罢，大风起处，到头来都是一场干干净净的空！你看这南塬上，四季风刮过一遍又一遍，日出日落，岁月变幻，何曾有仇恨？何曾有恩怨？土地生长出一茬一茬的庄稼，养活一代一代的人，庄稼收割了如一代人的离世，又会长出新一茬庄稼，同样，还会有新一代的人再长大。这用争吗？争能争得来吗？大自然有大自然的规律，历史也自有历史的规律。

这一天，僧装僧服的四皇子朱慈煐来到云寂寺旁边的古塔前面，凝望着山下坦坦荡荡的关中东府南塬。秦岭巍峨，古塔高耸，东府南塬一望无际。四皇子朱慈煐由南塬想起父皇，想起大明江山，心潮澎湃，思绪万千。此时的四皇子，已经不再是刚到东府南塬时那个满脸泪痕的少年。他一身僧装，身材高大，身形消瘦，黝黑的皮肤与这南塬上的汉子没有二致，只是在他凝重思虑的眉宇之间，透露着一种成熟，一种沉静！

大明王朝已经远去，父皇的历史不可逆转，反清复明的愿望也已成泡影，自己只有把国仇家仇民族恨深藏心底，出家为僧，超度众生，才是对大明故国的热爱和保护百姓的唯一出路。我热爱我的父皇，热爱我的国家，也热爱我的人民，我不想让国家在战争中动荡不安，也不想让人民在战争中无辜牺牲。三十年，脚底下这一块贫瘠的大明塬接纳和养育了我，也帮助我通过顽强的斗争赢得了清朝政府对我的尊重，得不到大明江山能得到一块儿大明塬也聊以安慰我朱慈煐的一生。

——父皇、国家、人民，你们都永远在我的心里！

不知不觉中，黑娃和会儿也来到四皇子朱慈煐身边，随同四皇子朱慈煐一起静静地注视着山下。这时，羊娃和李嫂两位老人已经过世，长大的黑娃和会儿已结为夫妻。黑娃更黑更壮了，会儿还保留着当年的秀气，两个人站在一起黑白一对倒也般配合适。为了照顾四皇子，他们两人也离开了太平塬，离开了蛋蛋和墩子安息的地方，以居士身份追随四皇子朱慈煐来到了凤凰山上。黑娃和会儿两人的家，就近安置在凤凰山下的龙首塬上。

1701年，康熙四十年正月十五日夜晚，在凤凰山云寂寺隐修二十六年后，四皇子感觉力不从心，自知大限已到。他唤来黑娃、会儿和众弟子，嘱咐他们说："我是明朝皇子，生不做清官，死不沾清土，尸柩悬空葬之！身边剩余财宝气银，尽数散予乡邻众生。"天明，坐化而去。黑娃、会儿和弟子们深深理解师父悬空葬之的意义，遂在凤凰山修建墓室，把四皇子的尸棺在墓室中央悬葬，并在四壁墙上绘有四皇子在太平塬上进行反清复明斗争的场景，以表达对四皇子的崇敬和纪念。

"天也奇，地也奇，大清地盘竖起大明旗。说也怪，唱也怪，得了大明宫，尸棺悬空中。"这一段至今在大明和东府南塬上流传的歌谣，生动形象地描述了当年四皇子在太平塬上反清复明的斗争和死后悬棺而葬的传奇故事。

后人在对四皇子纪念过程中，慢慢体会出了四皇子临终的无奈和对江山人生的感悟。大明的江山几百年，在崇祯皇帝走向死亡的时候，他带不走一椽一瓦，一金一银；而四皇子在大明塬上抗争奋斗，最后算是得到了一片小小大明塬，但他在临死的时候，他也带不走——哪怕是塬上的一草一木，一土一石。大的带不走，小的也带不走，都是一场蕴含空意的梦！从此后，关中东府南塬上的人就把云寂寺改名为蕴空寺，凤凰山也改为蕴空山，寓意一切蕴空！

四皇子圆寂以后，黑娃和会儿专门为四皇子朱慈烺完成了一件特别的事情，那就是寻找并终于获取了在关帝庙里失踪的闯王刀。这件事情他们早已在悄悄进行，虽然当时只是四皇子和他们几个孩子年轻气盛的冲动，但黑娃和会儿觉得那也是四皇子朱慈烺的一个心愿，他们有责任替四皇子朱慈烺完成。闯王刀找到以后，四皇子已经圆寂，黑娃和会儿就把闯王刀悄悄保管了起来，并一代一代传递。传递到京书爷的爷爷手里的时候，正好要对悬棺墓进行封闭，修建地宫，京书爷的爷爷就在悬棺的下面做了一层夹板，把闯王刀放进夹板同四皇子的悬棺一起封进了地宫。

如今的蕴空山，每逢农历三月十七日这天，都要举行盛大的庙会活动。三月十七日，是四皇子到蕴空山削发为僧的日子。这一天一大早，各乡各镇的村民就捧着香盘、供品，在鼓乐队伍的带领下，从四面八方向寺院奔去。先是对普乾法师进行祭拜，然后是祈愿求香，爬山踏青。数以万计的信徒、游客把寺院拥挤得满满当当，水泄不通。峪道沟口、山上山下不分远近赶来的商贩、杂耍、自乐班、秧歌、锣鼓、社火、皮影等搭起帐篷、摆起地摊，有叫卖的，有吃喝的，有表演的，锣鼓喧天，热闹非凡。这是蕴空山一年一度的盛会，有时候聚集而来的人流几天不散，可长达五日七日之久，给平静的东府南塬注入了一股新鲜的活力。

尾 声

我的故事讲完了,而我的心却仍然停留在对南塬难舍的依恋之中——依恋我的南塬,依恋我的故土家园!突然,一阵嘈杂的声音把我惊醒,我举目一看,只见我依恋的南塬正在今天的现实中渐渐被人遗弃。人们义无反顾地离开南塬而去,去城市里追寻更快乐的生活。

我的祖先们,他们在这里生活了多少年,养育了多少代,他们即使离去了,他们的魂灵还在塬上的高空中守望。作为精灵,我听到了他们的哀叹,也听到了他们对后代们的苦苦挽留。

我听到祖先们说:瓜娃些,这塬上多好,有山有水,空气清新,有粮食瓜果,有野兔飞鸟,这里才是你们生活的地方。而那城市里,虽然车水马龙,灯影繁华,道路笔直,但却是容易让你迷路的地方。你可以在城市里寄居,可以从城市里路过,你也可以在城市里观光、打工,但你不能忘记了塬上才是你真正的家。

塬上的土地是爷爷,那后来的城市不过才是个孙子么!

如果有一天,那城市里留不下你,而你又忘记了回到塬上的路,瓜娃些,咋办呀?那城市不是你的,你又失去了你塬上的乡土,你将要到哪里去?

祖先们的这些话我能听到,但很多人却听不到。我听到了,我就要返回塬上的怀抱。塬生养了我,我不能只是怀念和感恩,我还要陪伴它,回归它。

回到安安静静种地的日子,回到和庄稼、黄土、大自然无言而热烈相对的日子,回到一日三餐星星点灯的日子,回到一抔黄土就可以长眠的日子。尤其是那秋季,发黄枯萎的苞谷秆和豆子蔓划伤了手臂,燥热的太阳晒得额头冒汗,那是生死交替的瞬间,也是镌刻在肌肤和心灵深处永远的印记。

　　我是精灵,我可以飞翔,也通晓塬上塬下的众多因缘,但人世的我和你一样,呈现出来的是普通和正常的模样。我希望有一天,精灵的我和人世的我合二为一,然后像一个巨人一样停留和站在高高的蕴空山之巅。停留和站在高高的蕴空山之巅,为的是守望和陪伴我东府的南塬,永远的东府南塬!看那云飞日落,大地苍茫,那是人世的良辰美景,也是生命的辉煌灿烂!
　　南塬,我的南塬——

后　记

　　难忘和感恩小时候的农村生活。那种生活纯真、快乐、自然，像金子一样一直散发着光芒，让我至今受用无尽。我的家就在蕴空山下，蕴空山的故事就是我们家的故事，虽然离开家乡有三十多年，但与家乡的联系和藕丝情结始终没有隔断过。《蕴空山传奇》是我根据小时候的生活感受和家乡的故事传说，以及后来收集的多种素材综合创作的一部长篇小说，是写给我东府南塬的一部心灵恋歌。

　　小说中过去和现在两条线索交叉进行，以两个年代的孩子为主人公，以闯王刀隔空相连，最后以蕴空山悬棺墓为故事终结。蕴空山悬棺和闯王刀，都是华州地区流传很久的故事。在写作过程中有些素材是我现场调研和采访所得，有些是查阅历史资料所得，有些是从民间传说所得，还有些则是我的艺术加工和处理，目的是把关于蕴空山悬棺和闯王刀那些零散的往事传说，整理成一部好看的华州历史故事。小说中还有一条重要线索，那就是作为一个东府南塬人对南塬的热爱之情。怀念南塬的生活，热爱南塬的土地，感恩南塬的父老乡亲，是我在这本小说故事的背后，想要表达的一个主要思想，也就是我所说的情怀——对南塬，对生活，对人生的情怀！

　　小说在创作和出版过程中，得到了渭南市华州区党委、政府的重视和大力支持，蕴空山所在的大明镇领导也给予了支持和帮助，在此表示衷心感谢！高塘塬上的文化人宋远先生对本书的创作提供了大量素材，《渭南日报》副总编张博、渭南市作协副主席王旺山、渭南师院文学教授任葆华等同人对本书的修改提出了中肯有益的意见，感念在心，一并致谢！

这是我的第一部长篇小说，文笔粗涩，难言写作水平，谨对家乡、对小时候的生活表示心中深深的敬意！

书中有不当之处，敬请读者批评指正。

董卓武

2016 年 8 月 8 日

后
记